THE GOSPEL TRAIN

# 福音列車

川越宗一



角川書店

# 福音列車

# THE GOSPEL TRAIN

川越宗一

角川書店

装幀　世古口敦志(coil)

# 福音列車

目次

# ゴスペル・トレイン

# 一

「死にたくないなあ」

確定してしまった明日の予定について、島津《しまづ》啓次郎《けいじろう》はごく軽い口調で嘆いた。

丘の中腹に、啓次郎は佇《たたず》んでいる。夜空には満月だけが煌々《こうこう》と輝き、星を思わせる無数の光点は眼下の闇にちりばめられている。八個旅団、五万人を数えるという政府軍が野営する篝火《かがりび》だ。昼であれば、焼け野原になった鹿児島城下の市街地も一望できただろう。

秋の風が襟まで届く長い髪を梳《くしけず》ってゆく。ひそやかな自慢だった舶来のフロックコートは垢《あか》と埃《ほこり》、ほつれ、擦り切れだらけになってしまった。無理やり巻いた兵児帯《へこおび》に突っ込んだ大小二刀は相変わらず重い。

維新の英雄、西郷隆盛《さいごうたかもり》が政府の非を問うとして兵を挙げたのは七か月前。啓次郎は時の熱気に中《あ》てられた同志たちの頭領に推され、郷里の日向佐土原《ひゅうがさどわら》（現宮崎市）に開いたばかりの学校を引き払って挙兵に加わった。

意気揚々と鹿児島を発した西郷軍は九州《きゅうしゅう》の各地で戦い、敗れ、退き、城山《しろやま》と呼ばれる丘陵に立て籠《こも》っている。一万数千の軍勢はいつのまにか四百名足らずにしぼんでいた。

――明日、総攻撃を行う。

城山を包囲する政府軍が寄こしてきた最後通告に対して、西郷軍の幹部たちは無視すると決めた。その勇ましさは称賛に値するかもしれないが、おかげで啓次郎の余命も決まってしまった。

「前途洋々たる若者を内乱で無為に戦死させるとは一体どういうことだ。理不尽極まる。納得がいかない」

周囲に誰もいないのをいいことに、愚痴《ぐち》がとめどなく出てくる。

「まあ、身分に捕まってしまったということか」

啓次郎は庶子ながらも大名家に生まれた。いまなお、その血筋は敬されている。裏返せば、卑怯《ひきよう》なふるまいは郷里佐土原の恥となる。だから、逃げられない。戦って死ぬしかない。因習を打ち破ると宣言してはじまった明治の世にありながら、いつのまにか因習に絡め取られてしまった。

「だいたい、ぼくは死ぬには早すぎる。まだ二十一歳なんだぞ」

背後の少し離れた場所は、惜別の宴《うたげ》で騒々しい。ひとしきり酒が回ったらしく、いまは調子の外れた野太い声が上がり、わりあい巧みな薩摩琵琶《さつまびわ》の音が悲壮に彩っている。

啓次郎はひとり、頭上を仰ぐ。宴につられて、だが別の歌をうたった。

The gospel train is coming（福音の列車が来る）
I hear it just at hand（その音がすぐそばで聞こえる）
I hear the car wheels moving（車輪のうなりが聞こえる）

And rumbling thro' the land（大地が鳴り響く）
Get on board, children!（さあ乗り込もう、子供たちよ！）
Get on board, children!（さあ乗り込もう、子供たちよ！）
For there's room for many a more（客室はまだまだ余裕があるさ）

歌の題は「ゴスペル・トレイン」という。律動は陽気で、詞《ことば》も明るい。死出の供には似つかわしくないが、曲の謂《い》われと真意を啓次郎は知っている。

自由であるはずの神のみ国が必ずあるという希望、そこへ向かって諦《あきら》めず自ら進むという決意を込めて、米国の黒人奴隷はこの曲を育《はぐく》み、うたい継いだ。いつ終わるとも知れぬ艱難《かんなん》の暗闇にいたからこそ、曲は光が跳ねるような軽快な調子を獲得した。

米国に留学していた三年前の夏。奴隷の子だったという男はそう教えてくれた。啓次郎は留学の目的だった海軍兵学も英語もそっちのけで歌を習った。東京の政府に歯向かう大反乱に加担して討伐されるなど、当時は考えてもいなかった。

「この歌、人前でうたったことがないな。せっかく覚えたのに」

戦死の間際に湧いた感慨は、ごくごく些細《ささい》なものだった。

# 二

三年前の六月。

啓次郎はアメリカ合衆国東岸、メリーランド州アナポリスの海軍兵学校に学んでいた。アナポリスは海運で栄え、合衆国独立時の首都だったという由緒を持つ。イギリス植民地時代の古風な街並みには船乗り、旅客、積み荷、労働者、馬車があふれていた。

兵学校は長期休暇に入っていた。寮はがらんとしていて、第一学年にあたる四号生の年度を無事に終えたばかりの啓次郎は暇を持て余し、読書や復習の真似事にも飽き、夏の暑さに辟易《へきえき》し、たまらず街へ出た。

二列の金ボタンを並べた紺の詰襟服に白いズボンという兵学校の制服は嫌でも目立つ。とはいえ私服での外出は許可されていない。心持ち背を丸め、夏の遅い西日が注ぐ目抜き通りを抜け、細い路地へ入った。

雑多な建物がひしめく一角、「ミハイロフの店」という看板を掲げた飲食店の扉をそっと開くと、ひと仕事を終えた労働者たちの喧騒《けんそう》に迎えられた。

奥の演台では痩《や》せぎすの男が笑い話を披露していて、しかし誰の視線も浴びていなかった。ご苦労なことだと思いながら啓次郎は汗と酒の臭いを潜り抜け、カウンターの空席に腰を下ろす。

「おや、ケイ。今日は早いね」

店主のミハイロフ氏が、酒樽《さかだる》ほども豊かな体を揺らして近づいてきた。

「定刻前行動は海軍士官の大事な心懸けだからね」

そう返した啓次郎には定刻どころか、やることも行くあてもない。ミハイロフの店はひとりでも居心地がよく、ある休日に見つけて以来、通い詰めている。

「学校は休みだろう。故郷には帰らないのかね」

「遠いし、何より旅費がない」

正直に答える。ミハイロフ氏はうなずきながら、飴色《あめいろ》の液体を注いだグラスをそっと置いてくれた。

「日本が遠いのはわかるが、金はあるだろ。きみの家は貴族なんだから」

「貴族と言っても大小いろいろあってね。ぼくの家は、ごくごく慎《つつ》ましい」

肩をすくめ、啓次郎はいつものブランデーをあおる。灼《や》けるような感触が胸を下り、数えで十八歳の肢体に広がる。もれた吐息はもう熱い。背伸びをしているという自覚はある。

「シチーでいいね」

店主は自慢のメニューを挙げた。キャベツと牛肉、その他あれこれの具材をじっくり煮込んだロシアの料理で、ミハイロフ氏にとって故郷の滋味でもあった。ただしアナポリスの港湾労働者には塩気が薄いようで、暑い夏にも熱々のシチーをしつこく薦める店主のやりようと相まって、「あれだけはいただけない」と常連客にも不評だった。

「うん、頼むよ」

啓次郎は素直に諾《うべな》う。「お育ちのゆえか、啓次郎どのは断ることをご存じでない」とは、渡米に同行した日本人からの評価だ。

啓次郎は佐土原藩主、島津忠寛《ただひろ》の三男に生まれた。父の信頼篤《あつ》い家臣に養子に出されて以来、町田《まちだ》の名字を名乗っている。

佐土原島津家は、薩摩島津家の分家にあたる。二万七千余石という所領はごく小さかったが、維新では本家とともに官軍について軍功を上げた。当主忠寛は進取の人で、町田家へやった啓次郎も含めて息子たちを米国に留学させた。

啓次郎はまず英語学校で学び、次いで日本の新政府が苦心して得た海軍兵学校の外国人入学枠に入れられた。卒業して帰国すれば、建軍間もない日本海軍の将来を担うこととなるだろう。将来が拓《ひら》けたと周囲にも実家にも喜ばれたが、啓次郎の感情は複雑だった。

大名家に生まれ、誰もがうらやむ洋行を許され、将来の職もある。全て、自ら望んだものではない。実家や国家の期待に四肢を縛られ、あらかじめ用意された世界に漂うしかないらしい人生は、若い啓次郎に安堵《あんど》より疎ましさを覚えさせた。

そのせいか、兵学校に入ったあたりから糸が切れたように向学の意欲が失《う》せてしまった。試験の点数はみるみる下がり、代わって罰則点がぐんぐん上がった。

「傷はもう治ったのかね」

いったん奥に下がったミハイロフ氏が、湯気の立つシチーの皿を持って再び現れた。啓次郎は包帯に包んだ右手でスプーンを持った。

少し前、学校で決闘をした。傷はその時に受けた。

「もともと大したことはないんだ。甲の皮を切られただけだから」

啓次郎は笑顔で答えたが、胸には苦みが広がった。

海軍兵学校では、校則で禁じられた酒を楽しむ秘密の会が夜な夜な開かれる。ある日の会で、啓次郎は大名の子息としての生活を面白おかしく披露し、そのような階級のない米国の生徒にたいそう受けた。

兵学校の生徒たちだから、雑談の話柄はしぜん戦争に及ぶ。維新に続いた戊辰《ぼしん》の内戦は、恰好《かっこう》の戦例として米国にも知られていた。

「ケイも戦ったのか」

綽名《あだな》を交えて飛んできた質問に、啓次郎は首を振った。

「ぼくは子供だった。父が天皇《エンペラー》のために領地から兵を出した」

佐土原の兵は江戸《えど》から東北《とうほく》まで半年にわたって勇戦し、藩の面目を施した。凱旋式《がいせんしき》のおり、東京藩邸の庭に整列した士卒の逞《たくま》しい顔つき、戦死者の名を粛々と読み上げる声は、父の後ろに座っていた啓次郎の目と耳に強く焼き付いていた。

「きみの父上は、何人くらいの兵を出したのだ」

「四百人前後だと聞いているけど」

「少ないな」

ごく当たり前の感想を啓次郎は否まなかったが、「それだけでは戦局になんら寄与しなかっただろう」と続けられると、体が勝手に動いた。尻《しり》のポケットに突っ込んでいたはずの白手袋が虚空を飛翔し、笑ったばかりの相手の鼻面に当たった。

「決闘か」

手袋をはぎ取った生徒の震える声で、啓次郎は初めて知った。

どうやら自分は、故郷に誇りを持っていたらしい。

宿酔を考慮して、決闘は二日後となった。

自習を放り出して寮の裏に集まった生徒たちが囃《はや》し立てる中、啓次郎はサーベルを抜き、「扱いにくい」と内心で不満を覚えた。いちおう武門の出であるから、剣の稽古《けいこ》は日本でみっちりやらされている。だが、両手で使う日本の刀と片手で握るサーベルでは勝手が違う。

「扱いにくい」

今度は声に出し、腕慣らしで何度か振り回す。それなりに様になっていたようで、生徒の人垣から「おお」という無責任な感嘆の声が上がった。

かたや相手は、構えからなっていなかった。貴族も戦士階級もない米国人にとって刀剣は日常から親しむものではなく、たいていは陸海軍の士官を養成する学校に入って初めて触れる。不慣れであるのも、当然と言えば当然だった。

――四民平等。

日本でその言葉が盛んに使われたのは啓次郎が米国へ発《た》ってかららしいが、佐土原の士卒が命懸けで切り拓いた新時代とは、刀剣もろくに持てぬ者が胸を張っていられる世なのかもしれない。

などと考えていると、頼りない斬撃が迫ってきた。

決闘は前触れなく始まった。相手がしゃにむに繰り出す刃を、啓次郎は身をよじって避ける。型も何もないからむしろ剣筋が読みにくく、何度目かに繰り出された刃が右手の甲をかすめた。

格下相手にむきになっても、とためらっていた啓次郎もさすがに本気になった。次の斬撃を思いきり跳ね返し、体勢を崩した相手の胸板に鋭くサーベルを突きだす。寸前で止めるつもりではあったが、そこで教官の怒鳴り声が割り込み、決闘は勝負つかずで終わった。

啓次郎にとっては「あのままならケイが勝っていた」という評判より、右手の傷のほうがはるかに重要だった。多少の自負があった剣の腕すら、素人に傷をつけられる程度にとどまる。身を自由に処しえる立場にないだけでなく、そもそも自ら処するような力も持っていないという事実は、啓次郎を底の見えない無力感に突き落とした。

「どうした、ケイ。不味《まず》いかね」

ミハイロフ氏の心配そうな声で、啓次郎は我に返った。右手の包帯をぼんやり眺めている間、持ったスプーンはほとんど使っていなかった。

「いやいや、おいしい。いつもどおりの味だよ」

慌てて答え、見せつけるようにがつがつと食べ、「アツッ」と思わず日本語をもらす。ミハイロフ氏は満足げに頷《うなず》くと、別の客の応対に去った。

必要もないのに啓次郎は急いで食べ終えた。顔を上げると店内は静まり返っている。さっきまで陽気に騒いでいた立ち飲みの客たちが、嘲《あざけ》りめいた薄ら笑いを浮かべたまま一点を凝視していた。

「ひっこめ、黒ん坊」

誰かの叫びが契機となって、店には罵声《ばせい》が渦巻いた。

## 三

啓次郎は思わず腰を浮かせた。さっきまで誰も聞かない笑い話が続いていた演台に、いつのまにか若い男女五人ばかりが並んでいる。

その肌の色は濃淡こそあれ、みな褐色だった。真ん中に女性が二人、その左右に男性が立つ。啓次郎から見て左手、四人から一歩離れたところに、一団のリーダーらしき背の高い男がいた。

ほとんどが白人である酔客たちは、敵意を剝《む》き出しにして騒ぎたてる。「どうして黒人が店にいるんだ」とミハイロフ氏に詰め寄る者さえいた。

米国では、黒人への蔑視《べっし》がすさまじい。彼らを奴隷のままにしたい南部と解放を唱える北部に分かれて、内戦まであった。奴隷制が廃された今も黒人への風当たりは強い。

そんな中で一団は何をするのか。啓次郎が首をかしげながら見つめる先で、リーダーが合図するように目配せした。

女性ふたりが伸びやかな声を発した。両脇の男性も豊かな声で続く。声楽だろうか。それぞれの音は見事に調和していた。

男性たちが同じ言葉を低い声で繰り返しはじめた。女性たちは高く声を伸ばしたまま、緩やかな旋律へ移行する。

そのまま歌となった。男性たちは転がるような発声でうたい、女性たちが明るい調和で包み、飾っていく。

The gospel train is coming
I hear it just at hand
I hear the car wheels moving
And rumbling thro' the land

教会で白人たちが歌う讃美歌《さんびか》に似ている。啓次郎はそう思った。ただ、聞いた感触は真逆ほども違う。讃美歌は、白磁を思わせる玲瓏で凜《りん》とした佇まいを持っていた。対していま聴く歌は、揺さぶるような律動と熱に溢《あふ》れている。

女性たちの声が高く駆け上がり、主旋律を取る。男性たちは大地を支えるような低音に降《くだ》って律動をより確かに、いや大きくする。
陽光まぶしい荒野に、規則正しい蒸気の音を響かせて、軽便鉄道くらいの小振りで色鮮やかな汽車が走っている。耳で聞いているはずの歌は、啓次郎にそんな情景を見せていた。

Get on board, children!

五人の声が力強く揃ったとき、啓次郎が見ていた汽車に露天の客車が連結された。客席は目を輝かせる子供たちでいっぱいで、汽車は高々と汽笛を鳴らして荒野を走る。どこへ行くかは分からない。だが行かねばならぬような、存在を知ってしまえば行かずにはおれぬような、そんなどこかへ行くのだろう。

Get on board, children!
Get on board, children!
For there's room for many a more

ひと通りの歌詞の締めくくりに調子外れの声が交じった。女性のひとりが息継ぎの合間にぺろりと舌を出した。リーダーが、次いでみなが微笑みを返し、合唱の一団は新たな歌詞を同じ旋律で紡いでいく。一巡目より身振りは大きく、表情にも楽しげな余裕が浮かぶ。
啓次郎の身体はいつのまにか、ゆらゆらと左右に揺れていた。歌の律動に合わせて振幅は刻々と大きくなる。耐えきれなくなり、ついには立ち上がった。歌は身体に直接流れ込み、渦巻き、啓次郎の肉体に衝動を与える。頭を振り、膝《ひざ》を曲げ、伸ばし、腰を振っていると、雑多な想念が洗い落とされていくような感覚にとらわれた。

旋律はもう一巡する。最後に歌手たちは全員で高く声を伸ばし、堂々とうたい終えた。

あれほど騒いでいた客たちは、すっかり黙り込んでいた。カウンターの中にいたミハイロフ氏が太い拍手で静寂を追い払うと、それを合図に一斉に歓声が上がる。店内は罵声ではなく、称賛の言葉や口笛にあふれた。

「ありがとう、私たちはザ・チャリオット・シンガーズといいます」

リーダーの男が、はにかむような笑顔を聴衆に向けた。白い歯が眩《まぶ》しい。それから様々な曲がうたわれ、そのたびに白人たちは喝采《かっさい》した。

三十分ほどで歌の披露は終わった。啓次郎は頃合いを見計らい、演台の脇のテーブルに向かった。出番を終えたばかりのザ・チャリオット・シンガーズは、ミハイロフ氏に振る舞われた酒やレモネードを片手に談笑していた。

「素晴らしかった」

火照った手を差し出してから、凡庸な言葉になったと啓次郎は後悔した。英語はもう少し話せるはずだったが、熱っぽい感動が薄っぺらい言葉を奪った。

黒人たちはみな怪訝《けげん》な顔をしている。小柄な東洋人が合衆国海軍兵学校のいかめしい制服を纏《まと》って英語を話しているのだから、奇妙に見えても仕方ないだろう。

「ありがとう」

ややあって、リーダーが手を握り返してきた。笑顔には硬さが残りつつも、敵意やいぶかしむような気配はなかった。

「中国人かい。たいそうな服を着ているが」

「ぼくは町田啓次郎。日本から来た。海軍の学校で学んでいる」

「ジャパン？」

さっき舌を出していた女性が軽く首をかしげた。会話ですらも音楽的な声の響きに、啓次郎の胸が高鳴った。

西海岸のずっと向こう、中国の近くの国だな。物知りらしいリーダーは説明するように言ってから、

「俺はウィリアム・ニューマンだ」

と、なんだか角ばった名を口にした。

「彼女はネッティ。俺の妻だ。それから――」

女性はさっきと変わらぬ音楽的な声で「よろしく」と笑った。啓次郎はなぜか落胆を覚えながら、次々に紹介される歌い手たちと握手を交わす。

「何の用かね、ミスター・マチダ」

「ケイと呼んでほしい」

「では俺のこともウィルと。で、何かね、ケイ」

「ぼくも、入れてくれないか」

「入れる？」

「ザ・チャリオット・シンガーズに。ぼくも、きみたちの歌をうたいたい」

四肢を縛られて漂う無力な身でも、うたう声くらいは出せるはずだ。啓次郎はそう思っていた。

# 四

「まず普段の俺たちを見て、それから決めるといい」

突拍子もない啓次郎の申し出に、ウィリアム・ニューマンは穏健な提案を示した。

ザ・チャリオット・シンガーズは教会に通う人たちで結成されたという。毎週日曜の礼拝でうたい、そのあとに練習をする、と教えられた啓次郎は日曜日の朝早く、教会を訪れた。

街外れという説明よりだいぶ遠くの野っ原に、十字架を掲げた建物があった。会堂は白く塗り上げられた質素な木造で、中は正装をした老若の黒人でいっぱいだった。

「私たちは、魂を解放された神の子です」

白いローブを纏った牧師が、説教台を叩《たた》いて叫んでいた。啓次郎は足音を忍ばせて隅に立った。牧師の背後にはあのザ・チャリオット・シンガーズが、こちらも白いローブに身を包んで並んでいた。

「ダニエルの前には獅子《しし》がいました」

牧師が、それこそ獅子のごとく白い歯を剝きだして吠《ほ》えている。かつて学んだ英語学校では聖書が教材のひとつだったから、啓次郎も知らない話ではない。征服者であるバビロンの王に愛されたダニエルは、嫉妬《しっと》した周囲の奸計《かんけい》にかかって獅子が待つ穴に投げ入れられた。

「ですが」

牧師は唾《つば》と声を飛ばす。

「獅子はダニエルに牙《きば》を向けなかった。誰が獅子の口を閉じたのでしょうか？」

「神だ！」

全員が叫び返す。この教会での礼拝はえらく騒々しい。

「誰が獅子の口を閉じたのでしょう？」

再びの問いに、「神だ！」という返事がくる。

誰が。神が。誰が。神が。繰り返される応答は力を増してゆく。牧師のありさまは聖職者というより、煽動者《せんどうしゃ》と呼ぶほうがふさわしかった。

「我らアフリカから来た民は、もう奴隷ではありません」

牧師は両腕を振り回し、海老《えび》ぞりに背をそらせた。

「売られ、買われ、鞭《むち》打たれる存在ではなくなった。主はダニエルを救われたように、我らも救いたもうたのです！」

牧師は海老ぞりのまま、足を激しく踏み鳴らす。奇態と見えなくもないが、これほど露骨に歓喜を示すというのは啓次郎の常識にはなかった。なにかの合図を感じ取ったのか、聴衆は一斉に立ち上がる。ローブを着たザ・チャリオット・シンガーズたちの白い肩が深く息を吸うように上がった。

My Lord delivered Daniel,（主はダニエルを救われた）
My Lord delivered Daniel,（主はダニエルを救われた）
My Lord delivered Daniel,（主はダニエルを救われた）
Why can't He deliver me?（どうしてわたしを救わずにおられようか）

歌はミハイロフの店で聞いたものに近い。だが、その時よりずっと勢いがあった。

埃と、むせかえるような体臭がたちこめる大地。そこは黒人たちの故地、もしくはバビロン、あるいはイスラエル、はたまた神の国だろうか。どこであるかは分からないが、確かに存在する「どこか」だ。大地は発生の瞬間から太陽を仰ぎ、絶えることなく自転し、公転している。さような世界を神が造りたもうたという信仰を啓次郎は持っていないが、我が身を巡る脈動と天地の運動が共振してゆくような錯覚にとらわれた。

もっと激しく、もっと高く。歌は肉体を直接煽《あお》ってくる。参列者たちは、もはや参列者ではなかった。飛び跳ね、四肢を振り回し、うたい、手を叩く。

「主よ！　主よ！」

牧師はくるくると回りながら、合いの手のように絶叫を差し込む。そこかしこの恍惚《こうこつ》が声となり、唾となり、汗となって飛散する。

ザ・チャリオット・シンガーズの歌は大意、救いを待つとうたっている。うたう全員はじっと待つどころではなく、救いへ向けて手を伸ばし、自ら行かんとするように足を踏み鳴らしていた。啓次郎もいつのまにか、正装代わりの制服を脱ぎ捨てていた。熱と汗と恍惚に満ちた教会で、夢中で体を動かし続ける。

そして、祝祭のような日曜の礼拝は終わる。参加者たちはせっかくの正装をぐっしょり汗で濡《ぬ》らしたまま、回される麻の袋に思い思いの寄付金を投じてゆく。

「よかっただろう、ケイ」

騒《ざわ》めく会堂に、ウィリアム・ニューマンが降りて来た。額には汗が、得意げな笑みには白い歯が光っている。傍らには妻のネッティもいた。

「よかった。けど、ミハイロフの店で聞いた時とはずいぶん雰囲気が違っていた」

「外では白人にも聞いてもらえるよう、上品にうたっているんだ」

「品の上下は分からないけど、ぼくは今日のほうがずっと好きだ」

覚えた感動を簡素な言葉で表現すると、ウィリアムは「ほう」と厳《いか》つい顔を歪《ゆが》めた。

「ケイには〝ソウル〟が分かるかもしれないな」

「ソウル？」

問いには答えず、ウィリアムは啓次郎の肩を軽く叩いた。

「食事がある。金や食材を持ち寄った信徒のためのものだが、今日のきみはゲストだ。食べていくといい」

啓次郎は、集会所だという隣の丸太小屋に案内された。室内には大きく四角い質素なテーブルが四つあり、うち一つには食べ物が山と盛られてあった。輪郭まで煮溶けた茶色い菜っ葉、何かの揚げ物、切り分けられた大きなパンケーキ、などなどだ。

「好きなものを取るといい」

ウィリアムは隅に積まれていた深皿を一枚、啓次郎に手渡した。

「カラード・グリーンは青臭い菜っ葉を念入りに炒《いた》め、煮込んで作る。これは鯰《なまず》のフライ。それと焼きたてのコーンブレッド。ぜんぶ、俺たちのソウルを育ててくれた最高のメシだ」

ウィリアムは誇らしげに説明しながら、啓次郎が持つ皿に次々と料理を盛ってゆく。

啓次郎の腹がぐうと鳴った。そのうちに礼拝の参列者もぞろぞろとやってきて、皿に食事を取ってテーブルに着いた。

最後に牧師が着席する。啓次郎はコーンブレッドにかじりつき、ふるまいの礼も兼ねて味もわからないうちに「うまい」と言おうとして、自分の失敗に気付いた。

信徒たちはみな指を組んでうつむき、静かに祈りを捧《ささ》げている。ウィリアムに至っては祈りの中へ潜っていくように、首を深く垂れている。かじった箇所を下にして、啓次郎はそっとコーンブレッドを皿に戻した。いびつな形になって均衡を失ったコーンブレッドがごろりと転がり、慌てる。口の中のかけらは無理に呑《の》み込んだ。

祈りが終わると、話し声と食事がはじまった。

啓次郎は再びコーンブレッドを手に取り、今度はなるべく上品にひとかけらをちぎり取って口に入れた。みっしりした食感と素朴な甘みが口の中に広がる。カラード・グリーンは苦かったが、日本の煮びたしを思い出させた。難しかったのは鯰のフライで、泥臭さがどうにも受け付けない。一気に片付けてしまおうとカラード・グリーンと一緒に口いっぱいに頬張った。大きな目で啓次郎を見つめながら食事を続けるウィリアムの横で、ネッティが「へえ」と笑った。

「ケイは〝ガッツ〟がありそうね」

知らない語の意を訊《き》き返そうにも、口は食べ物が詰まりに詰まっていた。

食事が終わった者から、使った食器を洗い、拭《ふ》き、積み上げてゆく。洗い桶《おけ》の水がなくなれば誰かが外へ汲《く》みに行った。

片付けを終えた信徒たちはそのまま帰宅し、あるいは牧師をつかまえて何事か相談を持ちかけ、ともども会堂に向かって出ていった。

幾人かは再びテーブルに戻って筆記用具を広げた。ウィリアムが奥から足の付いた黒板を引きずり出す。見よう見まねで自分の食器を洗って片付けた啓次郎は、空いた椅子を使ってぼんやり様子を眺めた。

「あたしはここで、信徒たちに読み書きを教えているの」

ネッティが横から囁《ささや》き声で教えてくれた。言われて辺りを見回しても子供は数人しかいない。生徒らしき表情と姿勢で座っている男女はほとんどが大人で、老人も交じっている。

「あたしたち黒人は九年前、法的には奴隷でなくなった」

ネッティの口調に切実さが加わった。

「けど、奴隷のようなひどい契約で働かされることもある。せっかく商売を始めたのに騙《だま》されてしまう人もいる。読み書きと簡単な計算ができれば、白人に騙されることは少なくなるし、理不尽を法に訴えることもできる。それに――」

ネッティの声に決意めいた力が宿りはじめた。

「あたしたちは今や、選挙で政治家を選ぶことができるし、選ばれて議会に立つこともできる。だから新聞くらい読めなきゃあね」

といってもいろいろ難癖をつけられて、実際に選挙に行けることはないのだけど、とネッティは続けた。どちらかといえば暗い話だったが、息苦しさよりも楽観を感じた。困難はあるが準備も整っている。あとは進むと決めて踏みだすだけだ。彼女はそう言っているように思えた。

「日本はどうなの。みんな選挙に行けるの」

「議会がないね、まず」

肩をすくめて啓次郎は答える。明治の初年に「広ク会議ヲ興シ万機公論ニ決スベシ」と天地神明に誓われた。徴税額と伴う予算、各種の法律など人民の生活に直結する事柄を人民自身で決定する、という政体を目指しているはずの御一新は、まだ実現の途上にある。

「学校は」

「まだできたばかりだね」

答えてから気後れを覚えた。自分たちで学校まで作ってしまうネッティやウィリアムたちに比べて、啓次郎の祖国はなにやら覇気に欠けているような気がした。

はじまった授業ではウィリアムが教師役を務めた。黒板に単語を書いてアルファベットと読みを読み上げ、大人の生徒たちが野太い声で唱和する。ネッティやザ・チャリオット・シンガーズのメンバーはあちこちの席を回り、生徒たちの理解を助けた。

「では皆さん、お手元の聖書を」

ひと通りを教え終わると、ウィリアムは生徒たちに促して章と節を指示した。

「一緒に読み上げましょう。いつも言っていますが、読めない単語は復習すればいいから、無理する必要はありません。わかる言葉だけ、大きな声で」

話の途中らしきところから朗読は始まった。ちょうど、さっきの歌の由来となった逸話だった。バビロン王の信任厚いダニエルは周囲の陰謀で罪を着せられる。王はしぶしぶダニエルを獅子のいる穴へ閉じ込め、石でふさいだ。翌朝、王がダニエルを呼ぶと、返事があった。

「神がみ使いを送られ獅子の口を閉ざされたので、獅子は私を傷つけませんでした」

そのくだりを読み上げた時、いかつい体格の生徒が分厚い両手で顔を覆った。ネッティがそっと近付き、その震える肩に手を置いて小声で話しかけた。部屋の隅で、啓次郎は思わず耳をそばだてた。

「すまない、大丈夫だ。具合はいい」

漣《さざなみ》のように続く朗読に、男の小声が交じった。

「俺は今、聖書を読んでいる。それがうれしくて」

教育は偉大だ、と啓次郎は思った。

## 五

スピリチュアル、というのが一連の歌の総称らしかった。神を讃美する歌であり、黒人奴隷たちが悲嘆や希望を込めて伝え継いだ歌でもあるという。

「俺たちが教会の外、白人たちの前で歌うのは、フィスク・ジュビリー・シンガーズの成功があったからだ」

授業に続いての合唱の練習が終わったあと、ウィリアムが教えてくれた。夏の太陽は、もうずいぶん傾いていた。

奴隷解放の後、黒人のためにフィスク大学という学校が設立された。すぐに運営資金に行き詰まってしまい、職員は学生の合唱団を作ってフィスク・ジュビリー・シンガーズと名付け、興行で寄付を募ることにした。当初こそ差別でうまくいかなかったが、レパートリーにスピリチュアルを加えるとまずは新奇さが、次いでうたい手たちの確かな実力が評価され、大きな人気を博した。アメリカ各地での公演に成功し、さらには海を渡って英国女王の前でうたい、いくばくかの黒人への理解と数万ドルの寄付金を集めた。

ザ・チャリオット・シンガーズのメンバーは全員、奴隷の子に生まれ、十代のころに内戦が終結、自由人となった。地元の教会が開いた日曜学校の最初の卒業生で、生業《なりわい》や家事をこなしながら教会や学校の運営を手伝っている。同時に、学校の資金不足にも悩んでいた。

「つまり、お金のためにうたうのよ」

ネッティのあけすけな表現を、ウィリアムが「寄付だ」と訂正した。

「ただし、ケイには教えられない。正確には、教えてもケイにはうたえない」

考えた結果だ、と言い添えたウィリアムが続けるに、スピリチュアルはただの歌ではない。聖書の逸話をうたった表向きの詞の裏には自由の希求、故郷のアフリカや奴隷制の無い北部州への逃亡の願望、あるいは秘密集会の日時を知らせるなど、切実で具体的な意味が込められている。

「俺たちへの蔑《さげす》みは、自由になったはずの今も止まない。少し前までは『K《クー・》K《クラックス・》K《クラン》』に襲われ、殺されたやつもいた」

KKKなるならず者たちの存在は啓次郎も聞いている。南部出身の退役軍人が作った秘密結社で、緋色《ひいろ》の三角帽子とローブ、おどろおどろしい仮面という扮装《ふんそう》を特徴とする。馬鹿げた恰好に紛れてやっていることは、黒人に対する常軌を逸した迫害だった。公然と街を行進して威を示し、黒人や彼らを支持する白人、また黒人向けの学校や教会を襲撃して回る。合衆国政府の取り締まりを受けて公然とした組織は潰《つい》えたが、その暗い意思を継ぐ者は未《いま》だ絶えていない。

「だからこそ、スピリチュアルがうたわれる意味があるんだ」

歌は、神のみわざは白人だけでなく信じる者を残らず救うはずだという宣言であり、その日まで必ず耐え抜くという誓約に等しい、とウィリアムは力説した。

「スピリチュアルに必要なものは、ソウル、それとガッツだ」

ソウルとは米国の黒人にしか持ちえない、父祖の苦難の歴史と己の艱難の経験によって育まれる精神の謂いらしい。ガッツは気力や勇気を指す言葉で、つらい境遇の中で救いを信じて生きる黒人には大事な徳目なのだという。

「ケイがいいやつだとは分かる。だが、日本人のケイにはスピリチュアルはうたえない。詞と旋律の上っ面だけなぞっても、それはスピリチュアルじゃない」

　啓次郎は、おとなしく学校の寮へ帰った。鷹揚《おうよう》たれ、忠言否むなかれ、という実家の教えが、どうも癖になっていたらしい。ただ寝て、思いついたように起き、ときおり「ミハイロフの店」で酒とともに沈思して六日を過ごし、次の日曜日の朝に再び教会を訪れた。

　礼拝を見学し、牧師の激しい説教に感心し、スピリチュアルがうたわれる時間には踊り、薄っぺらい財布から寄付を投じた。

　集会所へ移動する。やはりあった鯰のフライだけを皿に大量に盛り、ウィリアムとネッティの前に座り、ただひたすらに口に放り込む。泥臭さが鼻腔《びこう》を満たす。不快のあまり涙がにじむ。構わずウィリアムをにらみ続け、もぐもぐと咀嚼《そしやく》する。

「寄付をありがとう」

　ウィリアムは苦笑しながら、きちんと礼を言ってくれた。

　次の週、再び礼拝に参加し、寄付をし、集会所へ行く。

「今日はごちそうよ、あたしたちにとっては」

　すれ違いざまにネッティが指さしたのは、真っ赤に茹《ゆ》で上がった躄蟹《ざりがに》の山だった。ちょっと意地が悪いんじゃないの、彼のためだ、という小声の問答が後ろから聞こえた。啓次郎は気にせず皿に盛り、テーブルで躄蟹の殻を剝いたり割ったりして、やはりウィリアムをにらみながら身を頬張る。鯰よりずっと泥臭い。ちらりと目を遣《や》った先では、ネッティが華奢《きやしや》な体格のわりに太く節くれ立った指で忙しく殻を剝いている。あたしたちにとってのごちそう、というのは本当なのだろう。

「躄蟹は夏のいまが旬だ。あと、寄付をありがとう」

やはり目に涙をためた啓次郎に、ウィリアムもやはり礼を述べた。

翌週、また啓次郎は教会へ行った。「ミハイロフの店」にはしばらく行けないな、と思いながら財布をひっくり返し、あるだけの金を寄付の袋に入れた。

集会所へ入ると、濃厚な臭気が立ち込めていた。

いつも料理が並ぶテーブルには湯気の立つ巨大な寸胴鍋《ずんどうなべ》が据えられている。中には生き物のかけらのような白っぽい何かが、濁った煮汁に見え隠れしていた。

「よお、今日はチタリングスか。俺の寄付で足りてるかな」

声に振り向くと、前に聖書を読んで泣いていた信徒が目を輝かせていた。

「こいつぁ、うまいぜ。それに力がつく」

信徒はいかつい体を揺らし、親しげに話しかけてくる。根は朗らかな為人《ひととなり》らしい。

「チタリングスとは何だろう」

「洗ってよく煮た、豚の腸さ」

答えに啓次郎は身を硬くした。そもそも日本では鶴くらいしか禽獣《きんじゅう》の肉を口にしなかった。長い米国生活で肉食には慣れたが、さすがに内臓は食べたことがない。これも彼らのごちそうなのだろうか。ままよとレードルで鍋をかき混ぜ、具をごっそり皿に盛る。

おい取りすぎじゃねえか、と口を尖《とが》らせる信徒に目で謝意を示し、啓次郎はウィリアムとネッティの前に座った。

「東洋には、三度礼を尽くすという故事がある。三顧《サンコ》の礼《ノレエ》と言う」

言い放ってから啓次郎はスプーンを摑《つか》み、内臓を頰張った。生々しさが口いっぱいに広がり、喉《のど》は嚥下《えんか》を拒否するようにびくびくと震えた。

普通なら捨てられ、あるいは見向きもされない食材で作られた料理は、黒人たちの生き抜く意志や直面している困難そのものだろう。ガッツで調理して口に入れ、たどり着いた滋味がソウルを育む、ということだろうか。

例のごとく、啓次郎の目が潤んだ。食事も学業も身の振り方も、誰かによって注意深く選《よ》り抜かれ、手を掛けられたものを、ただ与えられる。疎ましく感じていた大名の子という境遇に、今さら逃げ帰りたくなる。

だめだ、と首を振った。涙は勝手にあふれて止まらないが、咀嚼は自らの意志で止めない。

「まずいか。ケイ」

ウィリアムの声には、試験官のような冷厳さがあった。

「いや――」

ごくりと飲み下してから、強く首を振った。虚勢ではなく、口の中の感触が変わっていた。

「おいしい」

貝柱か椎茸《しいたけ》を思わせる歯応《はごた》えには淡白なうまみがあった。ふんだんに使われた香辛料は生臭さを忘れさせてくれるだけでなく、重層的な味わいを作っている。自分は自らの足で、知らない世界に辿《たど》り着けたことを知った。スプーンの動きは止まらなかった。

「ケイは、どうしてそんなにスピリチュアルをやりたいんだ」

啓次郎は掌《てのひら》を向け、時間をもらった。口はぐにゃぐにゃのチタリングスで、胸はとめどなく湧く感情に塞《ふさ》がれている。内臓肉を何とか呑み込み、水を飲んで前を向く。

「ぼくにも分からない」

啓次郎は正直に答えた。

「もとから歌が好きだったわけでもない。けど、あなたたちの歌は本当に素晴らしかった。どうしても、うたってみたいと思った。それに」

袖《そで》で顔を拭《ぬぐ》った。立派な海軍学校の制服も、今の啓次郎にはハンカチか懐紙の代わりでしかない。

「これからぼくは、自分が決めたことをするんだ」

生々しい内臓食が、啓次郎の決意を言葉にしてくれた。

ネッティが感心したように短い口笛を吹いた。ウィリアムは思案のためか目を落とし、それから言った。

「ケイにはソウルがない」

突き放すような言葉だったが、声は柔らかかった。

「だが、ガッツがある。いつかソウルも得られるかもしれないな」

そう言ってから、ウィリアムは白い歯を見せて笑った。

## 六

翌日、啓次郎は兵学校の教務課へ行った。慈善事業に参加するという理由で長期外泊を申請し、隔週で学校に顔を出すという条件で許されると、荷物をまとめて寮を飛び出した。

教会のほうではウィリアムと牧師が相談し、集会所の隅っこに毛布二枚と寝床を確保してくれた。会堂の掃除や修繕など雑用をこなし、日曜学校でも助手を務めることとなった。

対価として、空いた時間にウィリアムかネッティから歌を習う。二人の指導方針は正反対で、ウィリアムは音程や拍子、呼吸や言葉の発音をうんざりするほど事細かに指摘してきた。ネッティは「楽しんで」「うまくやろうとしないで」の二言しか口にしない。

前者だけでは歌が嫌いになりそうだったし、後者だけだとうたい方は一生わからなかっただろう。夫婦の意図はともかく均衡のとれた指導を受けながら、啓次郎は朝に夕に、時間を見つけてうたった。

あっというまに最初の二週間が過ぎ、啓次郎は約束通り兵学校に顔を出した。日本の外務省を経由した実父からの手紙が届いていた。

四号生徒八十三名中、英文法七十三位、歴史六十四位、仏語七十七位、罰則点二百四十五。父は古風な巻紙に啓次郎の惨憺《さんたん》たる成績を列挙した後、「それはよい」と続ける。

――大名の子が果し合いとはいかなる仕儀か。かつまた、勝負つかずとは情けなし。

妙な叱責《しっせき》の後には、日本の情勢がつづられていた。

去年、東京で政変があり、維新に大功あった西郷隆盛、板垣退助《いたがきたいすけ》らが下野した。板垣は選挙の当選者が国政を議する議院の設立を政府に上申し、朝野で激しい論争になっているという。

かたや西郷は、郷里の鹿児島で私《わたくし》に学校を作った。そのまま私学校《しがっこう》と通称され、士族に漢籍と軍事を教えているという。

「士族、漢籍、軍事」

目を疑い、思わず読み上げた。大事を言論で決する四民平等の世に、明治の日本はまだ遠いと嘆息しながら、教会へ戻った。

「そろそろケイも人前でうたうか」

ウィリアムに言われたのは、教会の庭でのことだった。顔を上げた拍子に冷涼な秋風が啓次郎の頰を撫でた。九月もそろそろ終わりに近づき、啓次郎が歌を習い始めて二か月ほどが経っていた。

「うたえるかな、ぼくが」

さっきの練習でこっぴどく叱られた啓次郎には、かけらほどの自信もなかった。

「一曲だけなら大丈夫だろう。東洋から来たゲストとして紹介するから、下手でも聴衆は大目に見てくれる」

ウィリアムは悪人でも酷薄な性格でもないが、物言いはいつも遠慮がない。付け加えれば表情にも愛想がない。

「せっかくだ、ケイがうたいたい曲を選べ」

「なら〝福音の列車《ゴスペル・トレイン》〟がいいな」

啓次郎は即答した。ザ・チャリオット・シンガーズとの出会いの曲だ。思い出というには近すぎる過去だが、初めて聞いた時の衝動は何度聞いても、何度うたってもこみあげてくる。

「わかった。それと」

「なんだい？」

「十月には学校に帰るんだろ」

「まあ、そうだね」

兵学校の新年度がもうすぐ始まる。三号生徒になれば休日の外出も許されるが、週一回ていどの練習ではザ・チャリオット・シンガーズの技量には一生かかっても追いつかない。彼らはすでに啓次郎よりずっとうまく、なおかつ毎日うたっている。

「俺たちは、きみを追い出しも追いかけもしない。歌を続けるか止めるか、ケイが決めるんだ」

夕日に照らされたウィリアムの顔には、父親のような威厳があった。

翌日、啓次郎は荷馬車を引き出して街へ買い出しに出かけた。食材や筆記用具、ランプの油など教会に必要な品々を買い込みながら、胸はずっと高鳴っていた。

初舞台は三日後、ミハイロフの店と決まった。急ではあるが、兵学校に戻る前に、というウィリアムの配慮らしい。

帰りの道すがら、御者台で揺られながら啓次郎はうたった。枯れ色が混じる草原の一本道で、聴衆は車を引く老いた馬、あと鳥と虫くらいしかいない。まず莫迦《ばか》にはされまいと思うと気が大きくなり、腹の底から声が出た。

「福音の列車が来る、その音がすぐそばで聞こえる」

今日は調子がいい。喉はよく開き、意のままに締まる。多少だが上達も実感できた。

「さあ乗り込もう、子供たちよ！　客室はまだまだ余裕があるさ」

何度も繰り返しうたっていると、草原のかなたに一筋の煙が見えた。教会があるあたりだ。まだ遠いためか細く見えるが、普段の炊事であんな煙は上がらない。不用品の焼却など大きな火を焚《た》く用も、今日はなかったはずだ。

啓次郎は胸騒ぎを覚え、手綱を鋭くしならせた。馬が一つ嘶《いなな》き、ごとごとと馬車は進む。

やがて火元が判然とする。

白い会堂が、屋根に掲げた十字架ごと巨大な炎に包まれていた。

# 七

老馬をいくら急《せ》かしても速度は上がらない。啓次郎は馬車から飛び降り、自分の足でひたすら走った。

教会に近づくにつれ、そよいでいた秋風が強い熱風に変わってゆく。まっすぐ水桶に取りつき、バケツで水を汲み、振り返る。

炎は会堂をすっかり抱きこんでいる。水桶の水を全部ぶちまけたところで、火勢は小揺るぎもしないだろう。

「だめだ――」

裏手、集会場のほうから獣を思わせる悲鳴が上がった。泣き叫ぶ女性の声が続く。啓次郎はそちらへ急ぎ、次いで立ち竦《すく》んだ。

三角帽子、緋色のローブ、恐ろしげな仮面。莫迦げた扮装をした五人ほどが立っている。背恰好からして、みな男性らしい。

ＫＫＫだ。啓次郎の肌が粟立《あわだ》った。

緋色の集団の前では、後ろ手に縛られたウィリアムとネッティが跪《ひざまず》いていた。ウィリアムは上衣を剝《は》がれ、苦悶《くもん》に顔を歪めている。ネッティは泣き叫びながら何ごとかを哀願している。

「ウィル！」

啓次郎が叫ぶと同時に、山羊《やぎ》の面をかぶった緋色のひとりがゆらりと動いた。会堂の炎に突っ込まれていた真っ赤な鉄棒が、ウィリアムの背に押し当てられる。肉の焼ける音がして、ウィリアムはのたうち、ネッティが金切り声を上げた。ＫＫＫはみな身をよじって笑った。

「ところでミスター・ニューマン、あの黄色い動物はなんだね」

ウィリアムの肌を焼いたばかりの山羊が悠長な口調で訊《たず》ねた。

「知らない、ケイ、来るな」

苦痛のためか、ウィリアムは錯乱している。緋色の者たちはなお笑う。

「どうして」

啓次郎は怒鳴った。

「どうして教会を燃やすんだ。ここは厳粛な信仰の場だ。きみらは神を信じないのか」

「けものは、やはり莫迦らしいな。神が黒んぼなんぞ救うものかよ」

山羊は大袈裟《おおげさ》に肩をすくめた。

「お祈りごっこはやめろ。教会の紛《まが》い物なんぞ、それこそ神のみ心に反する」

山羊はウィリアムの頭上に鉄棒を振り上げた。その素振りは不器用で、棒の重さに負けたものか、よろめいてすらいた。

啓次郎は瞬時に決心し、絶叫しながら駆け出した。山羊はあわてて啓次郎に向き直った。緋色の男たちは棒切れひとつまともに扱えない。たぶん闘争には慣れておらず、とっさに人質を取る機転も利かないだろう。希望がふんだんにまじった啓次郎の予想通りとなった。

「うおおっ」

啓次郎はなお叫んだ。振り下ろされた鉄棒を左の下腕で受ける。衝撃と熱、激痛が走る。耐えろ、と念じながら山羊の懐に飛び込み、その喉元に右肘《みぎひじ》を差し込みながら体ごとぶつかり、足を巻き付け、もろとも倒れる。

ぐえっという無様な呻《うめ》きに、乾いた金属音が続いた。啓次郎は急いで体を起こし、取り落とされた鉄棒を右手で拾う。剣を使う所作で何度か、見せつけるように振り回す。

「戦いたいやつはいるか」

挑発すると、悪魔の面を着けた男がローブを翻して飛び掛かってきた。その肩に思い切り鉄棒を叩きつけ、身体を翻して牛面の腿《もも》を横薙《よこな》ぎに打ち据える。鳥と老人の面を使ったふたりは、恐れをなしたのか微動だにしなかった。

「帰れ」

怒鳴りつける。鳥と老人はまだ倒れていた山羊を抱え上げ、悪魔は肩を押さえ、牛は足を引きずりながら逃げていった。啓次郎は追いかけて打ち据えたい衝動をこらえ、逃げ去る足音が遠のいたところで鉄棒を放り出した。

突っ伏していたウィリアムに駆け寄る。背には棒状の酷《ひど》い火傷《やけど》がいくつも這《は》っていた。ネッティの顔は涙でぐしゃぐしゃになっているが、乱暴された形跡はない。まず男のほうから、という順番だけのことだったのかもしれないが、ともかく啓次郎ははじめて安堵できた。右の腕と肩だけで、ウィリアムの体を起こす。

「けがはないか、ケイ」

「あなたよりは。牧師さまは」

「幸い、留守だった」

何が幸いなものか、と叫びそうになったが、ウィリアムは心底から喜んでいる様子だった。あの動きの激しい牧師は、信徒たちの魂の拠《よ》り所なのだ。

「立てるかい、ウィル」

「無理だ。たぶん腰の骨が砕けてる」

返ってきた声には苦痛がにじんでいる。身を焼かれるより先に、ひどい暴行に遭ったらしい。

「神さまは何をしてたんだ」

啓次郎がつい毒づくと、ウィリアムは「ケイ」とたしなめた。

「神さまを悪く言うな」

ウィリアムの声はやはり苦しげで、だが揺るぎない力があった。

「けど、あれほど祈りを捧げ、歌で讃《たた》え、信じているあなたを、神は助けなかった」

「そんなことはないぞ」

ウィリアムは首を振った。

「福音の列車を、神さまは確かにお遣わしになった。一つ欠点があるが」

「欠点？」

「歌が、下手だ」

泣きながら、啓次郎は笑った。

## 八

教会が掘っ建て小屋のような作りで再建されたのは、海軍兵学校の新年度が始まって一か月ほど経ったころだった。

啓次郎は素直に学校へ戻った。日曜のたびに再建の工事を手伝い、完成すると牧師にいくばくかの寄付をし、それきり教会へは行かなくなった。

その時、すでにニューマン夫妻はいなかった。

夫のウィリアムは火傷こそ治ったが酷い痕《あと》が残り、なにより腰の痛みが去らなかった。労働などとてもおぼつかず、妻ネッティの稼ぎだけでは生活も立ち行かない。夫妻は療養を兼ね、隣の州に住むウィリアムの親類を頼って旅立った。

「初舞台が流れて、すまなかったな。ケイ」

見送りの日、荷馬車の上でウィリアムは体を起こした。その背は傍らの妻が支えていた。神さまは何を寿《ことほ》いだものか、空は美しく晴れ渡っていた。

「お前が来てくれなければ、俺もネッティも殺されていた。本当に感謝している」

啓次郎は首を振った。助けることができたのは、たまたまあの緋色の集団が間抜けだったからだし、会堂は燃え屑《くず》に変わり、ニューマン夫妻は生活を壊された。

「これから、二人はどうするの」

こんな理不尽な世で、この夫妻はどうやって生きるよすがを見つけるのだろう。

「まず、俺は体を治す」

ウィリアムの声は決然としていた。

「治ったら、また働く。夫婦で教会へ戻って、学校をやり、うたう」

「また、誰かに襲われるかもしれない」

「次は自分で何とかするさ。主がおられ、愛する妻がいて、ソウルがある。あとは俺のガッツだけだ」

チタリングスの材料を数え上げるようにウィリアムは言った。

「お前はどうするんだ、ケイ。真面目に学校へ行って、軍人になるのか」

「決めていない」

答えてから、寂しさを感じた。歌の師とうたう場を啓次郎は失った。あらかじめ用意された世界でただ漂うだけの時間が、再び始まろうとしている。

「ケイ」

ウィリアムは啓次郎の顔を覗《のぞ》き込んだ。

「お前にはガッツがある。あとは、ソウルだ。ケイ自身の」

「ぼくの、ソウル」

ウィリアムは頷く。かつて聖書を読んで泣いた男が御者台に座っていて、「いい日和だ」と陽気に言って手綱をしならせた。ごとごとと荷馬車は進みはじめた。

「元気でね、福音の列車《ゴスペル・トレイン》」

ネッティの声が聞こえた。月並みな言葉と不思議な綽名の組み合わせが可笑《おか》しかった。

ガッツ。ソウル。小さくなっていく馬車を見つめながら、啓次郎はもらった言葉を反芻《はんすう》していた。

それから三か月だけ、啓次郎は学業に没頭した。だいたいの科目で十番以内の成績となるくらいの学力と、軍人の道には魅力を感じないという確信を得た後、国許《くにもと》に無断で退学届けを提出した。父への言い訳は必要な時期に考えることとして一年近くの間、彷徨《さまよ》うように米国を旅した。

翌年の大統領選挙に向けた熱狂が始まっていて、参政権を求める女性たちの運動があった。何かの投票の帰りに襲われる黒人がいて、土地や命を奪われる先住民がいた。増える中国からの移民はストライキ破りに扱《こ》き使われ、貧しい白人労働者の一部は敵意を募らせた。上流社会で育まれた教養は融和の論拠にも差別の糊塗《こと》にも使われた。とめどなく生まれる新たな娯楽が社会の底に溜《た》まる日々の憂さを吹き飛ばし、あるいは隠していた。

何かを知ったすぐ後に正反対の光景を見る。頭が割れそうな日々の中で、啓次郎は道を定めた。西海岸から船に乗り、品川《しながわ》で日本の土を踏んだのは明治九年の四月。いつのまにか二十歳になっていた。

「佐土原で、学校をやります」

東京の旧佐土原藩邸、古色蒼然《そうぜん》たる殿さまの書院で、啓次郎は実父に宣言した。

「どうしてか」

紋服姿の父は重々しい声で問うた。自分には一生持ちえない重みだと啓次郎には思えた。父は日本に三百人足らずしかいない大名だった。それに比べれば軽薄な若者に過ぎない啓次郎だが、ものを思ったり何かを欲したりはできる。

「ぼく、いや私のソウルとガッツゆえです」

さすがに父は首をかしげた。啓次郎は言い直した。

「御一新はとどのつまり、将軍の専制を廃して議会政治を導入するもの。さよう心得ております」

であるなら。啓次郎は淀《よど》みなく続けた。

「教育の普及こそ肝要。国政を議するにふさわしい人を選ぶ。そのための知識を郷里にも弘《ひろ》めたいと思いました。洋行させていただいたおかげで、多少は学んで参りましたから」

英語学校、兵学校の教授たちはみな人品も知識も非の打ちどころがなかった。だが彼らより啓次郎の心を動かしたのは、アナポリス郊外の教会で小さな学校を支える、歌の教師たちだった。

父は沈思してから、手にしていた扇子をぱちりと鳴らした。

「おぬしを町田から島津の家に戻すことにした。勝手に退学するようなぼんくらを、いつまでも預けておくわけにはいかんからな。さて、町田改め島津啓次郎よ」

父の声に、啓次郎の背が自然と伸びた。

「ぼんくら息子なりに、お国の役に立て」

妙な表現だったが、願いは許されたらしかった。

啓次郎はまず東北へ往き、戊辰の戦さに斃《たお》れた佐土原藩兵の墓を巡った。ひとり静かな旅だったが、対して日本の国情は騒然としていた。

憲法と議会を求める民権運動が盛り上がり、朝野では活発な政論が交わされていた。いっぽう、かつての身分や収入を奪われた士族たちは困窮し、鬱屈《うっくつ》していた。終わらぬ不況も新政府への怨《えん》嗟《さ》となった。

民権運動を率いる板垣退助。薩摩で実質的な私兵を養う西郷隆盛。政府と袂《たもと》を分かって下野した御一新の功臣ふたりの動きに、世の注目が集まっていた。

そんな中、啓次郎はやっと佐土原に帰った。日向灘《ひゅうがなだ》から打ち寄せる波が洗う浜と、立ち上がる山嶺《さんれい》に挟まれた小さな平野。南北二本の川沿いに広がる田畑。足掛け八年ぶりの郷土は記憶とほとんど変わらず、啓次郎なりに望郷の念にひたった。

それから、山間《やまあい》の廃寺に居を定めた。

「自立の精神を保ち固有の権利を全うせざるべからず」

などという趣意書を書き上げ、「自立社《じりつしゃ》」なる結社を作った。志ある若者を集めて集団生活を送り、和漢西洋の書を読み、議論する勉強会であり、学校設立の準備会を兼ねた。

啓次郎は日が昇ると用地の選定や教員の確保に走り回り、日が暮れると米国で得た肌感覚を交えて社員たちに民権論を説いた。「さま」と旧身分らしい敬称で呼ばれるたび、「さん」と言い直させた。四民平等の世なのだから、とも必ず添えた。

自立社を設立したころ、熊本と福岡、山口で士族の反乱が相次いだ。すぐに鎮圧されたが、政府に不満を持つ者たちの鬱屈はますます高まった。自立社にも政府に批判的なものが多く、学問や民権の議論がいつの間にか、悲憤慷慨《こうがい》となることが多かった。

「西郷はどうするか」

旧藩時代は薩摩島津家の分家であり、いまは鹿児島県庁が所轄する佐土原ゆえ、鹿児島の情勢を話に上げる者も少なくない。たいていは言葉の裏に、西郷の武名で世を変えてほしいという期待が見え隠れしていた。

「戦さによらず言論で事を決するのが議会政治だよ」

啓次郎は何度も諫《いさ》めた。

明治十年の二月五日、自立社は学校を設立した。啓次郎は同志たちと盃《さかずき》を交わすだけの簡素な開校式を行い、さっそく教材と生徒集めに取り掛かった。充実した日々が始まろうとした矢先、鹿児島県庁の役人が寺にやってきた。

——西郷先生、起《た》たれり。諸君らも加わるべし。

ザンギリ頭に洋装をした役人の声が、啓次郎の耳を打った。

## 九

「起つべし、今こそ起つべし」

「政府の暴虐、正すべし」

「正義は大西郷にあり。かの軍に参ずるべし」

廃寺の堂に集まった自立社の社員たちは口々に叫んだ。県庁の役人が言うには、暴戻《ぼうれい》なる東京政府が西郷暗殺の刺客を放った。ここにいたり西郷は政府を問責せんと決意し、兵を率いて上京するのだという。

「勇に逸《はや》ってはだめだ」

啓次郎は必死に止めた。

「政府は立憲政体の実現を約束している。それまでに必要な知識を蓄え、弘めるのが我らの仕事だ。政府の非は道理で、議会で問うべきなんだ」

アナポリスの黒人たちは学んでいた。反乱の企《たくら》みなど一度も聞かなかった。

「起たずともよし」

決起を報《しら》せに来たまま同席していた役人は、居丈高に言い放った。鹿児島県庁は政府の下部組織でありながら、ほとんど西郷とその学校の支援部門になっている。

「佐土原などしょせん、島津分家の小藩。役立たずが数名加わったとて我らの足手まとい」

あからさまな焚き付けに場が収まらなくなった。啓次郎の制止もむなしく、同志で隊を結成して西郷軍に加わると衆議は決した。

「ならば、ぼくが隊を率いよう」

なるべく死人を出さずに佐土原へ帰ってくるつもりで、啓次郎は宣言した。社員たちに比べて冷静な自分が指揮官であれば無謀を止めることもできるし、いざとなれば「逃げろ」と命じればいい。

かくて、島津啓次郎率いる四百余名の佐土原隊は郷土を発つ。数日を経て到着した鹿児島の城下は、出陣を控えた士気旺盛《おうせい》な兵で満ち満ちていた。

啓次郎は桜島《さくらじま》を望む屋敷で島津本家の当主に挨拶《あいさつ》した後、単身、西郷軍の本営へ向かった。

伸びてきた癖のある長髪、フロックコートに首のネッキタイ。見せつけるような洋装は啓次郎の意地だった。和装に古臭さを感じているわけではないが、時代が変わったと言いたかった。ただし、無理やり巻きつけた兵児帯には二刀を突っ込んでいる。戦いに行くのだから仕方ないとあきらめてはいるが、とにかく重くて仕方がない。

市街を見下ろす丘陵、城山の麓《ふもと》に石垣で囲まれた広大な敷地がある。西郷が設立した私学校の本校で、いまは「薩軍本営」と大書された門標が掲げられていた。

旧時代の屋敷そのままの広い板間に、洋装や袴《はかま》姿の男たちが向き合って座っていた。薩軍の最高幹部たちだ。

「島津啓次郎です。日向佐土原より参陣いたしました」

立ったまま声を張る。ご苦労でござった、と幹部の一人が首だけ動かして応じた。挨拶以下の礼儀しか払わない態度はいかにも高慢だった。

奥には、床几《しょうぎ》に腰掛けた大柄な人影があった。

紺地の上等な衣服の胸に二列の金ボタンを並べ、詰襟と両袖に金糸の刺繡《ししゅう》を這わせている。目深にかぶった制帽の頭頂は前から見えるように傾いて作られ、金の五芒星《ごぼうせい》が六つ縫いこんである。顔は制帽の陰になって判然としない。

西郷隆盛。顔は見えずとも星の数で分かる。御一新を成した英雄であり、官を辞した今なお、日本でただひとりの陸軍大将の地位にある。

啓次郎は息を吸い、立つ足に力をこめた。蛮勇とも無謀とも思えたが、言わねばならぬことがある。

「貴軍に加わるにあたり、一つ問いたい。よろしいか」

あえて「貴軍」と隔意ある表現をしたのは、鹿児島の側に佐土原を従属的に扱う素振りが見え隠れしていたからだ。

「軍議の最中である。手短に願いたい」

さっきの幹部が面倒くさげに告げた。腕っぷしが強かったら殴ってやるのだがな、と啓次郎は思ったが、殴って勝てるかは分からない。薩軍幹部はみな、御一新の前から血しぶきや硝煙をくぐってきた猛者ばかりだ。

「此《こ》度《たび》の挙兵は、政府の非を正すための上京であり、国家に弓引くものにあらず、と伺っている。聞けば政府には、御一新で無二の功を立てた西郷どのを刺殺する企みがあったとか」

「さよう。非道極まる。捨て置けぬ」

幹部の返事は無視して、啓次郎は広間の一点をにらみ続ける。その先で、六つの五芒星を戴《いただ》いた人影は微動だにせず、ただ黙している。

「西郷どのにお尋ねしたい」

啓次郎は声を張った。幹部連はざわめき、彼らの偶像へ目を遣り、続いて非難するように啓次郎をにらんだ。

「兵権は独り、国家にあり。陸軍大将であっても私に兵を動かす権能はあらじ。西郷どのはいかなる理によって兵を挙げられるか」

斬り付けてくるような敵意を幹部たちから感じたが、啓次郎はひるまなかった。

西郷が挙兵を思い止《とど》まれば、万事は丸く収まる。御一新を指導し、政府の中枢にいた西郷隆盛であれば、理非が分からぬはずはない、と願っていた。

「非は政府にあり」

さっきの幹部が立ち上がった。

「現今の政府は上に皇威を侵し奉り、下に人民を虐げて憚《はばか》らず、人民には、その権利を擁護せぬ政府を廃するの権あり。英国が暴政に抗せし米国の華盛頓《ワシントン》のごとし」

抵抗権、革命権というやつだ。この幹部なりに学んでいるのだろう。

「ならば今の政府を廃したのち、いかなる国家を建てるお考えか伺いたい。いつ議会を開く。いかなる憲法を作る。陸海どちらの軍備を優先なされる。西洋諸国との不平等条約はどうなされる。朝鮮、清国《しんこく》など隣国とは和戦いずれを取られるか」

「それは」

「ご思案なければ別の問いに移ろう。ワシントンは大陸市民の代表会議から全軍の司令官に任じられた。西郷先生はいつ、誰に、どのような手続きで兵権を授かったのだ。政府の非に、西郷先生も非を以《もっ》て対するおつもりか」

「この餓鬼《コンワロ》ォ――」

「あなたは黙っていろ！」

啓次郎は怒鳴った。

「いかがか、西郷どの。我ら佐土原の衆、義のため命は惜しからず。しかれども義のなき戦さ、理のなき暴挙は国家人民のためならず。お答えあれ」

はち切れそうな不穏な静寂があった。それから、きらびやかな人影がゆらりと立ち上がった。

「皆、座を外せ」

声、というより臼《うす》を碾《ひ》くような音が聞こえた。幹部たちは不本意そうな足音を鳴らして去っていく。

西郷は巨軀《きよく》を揺らしてゆっくりと歩み寄り、啓次郎の前で端座する。制帽を取って傍らに置くと、静かに平伏した。

「西郷隆盛でございます。先ほどの者らのご無礼、どうかお許しくだされ」

「ちょっと」

大名の子らしい尊大さを覚える前に米国へ渡った啓次郎は、あわてて片膝を突いた。

「ちょっと待って下さい、西郷どの。顔を上げて下さい」

「では、お許しを賜りましたゆえ、憚りながら」

上がった西郷の顔を、啓次郎はつい、しげしげと覗き込んだ。太い眉《まゆ》、大きな目、豊かな頬、大きな頭と短く刈り込んだ頭髪。すべてが簡素で、大ぶりな造形だった。隠然たる武で日本中から警戒と羨望《せんぼう》を集めていた人物とはとても思えない。

「お尋ねのこと」

西郷の顔は穏やかで、微笑んでいるようにも見えた。

「仰せの通り。この挙兵は私戦にて、義も理もなし。政府軍の討伐を受けるは必定、となれば敗けもまた必定」

「分かっていて、なぜ起たれるのです」

「明治の世を呼ぶため。それにはまだ人死にが足りませぬ」

啓次郎は自分の目と耳を疑った。微笑みを湛《たた》えたままの西郷の表情は、その物騒な言《げん》とまるで釣り合わない。

「手前は御一新の折、三百諸侯の封土に分かれた日本を一つにせんとし、数多《あまた》の命を損ないました。ですが、まだ日本は二つに割れております。報われし者と」

西郷は、握り飯でもつまむような手つきで右手を上げ、次に左手を上げた。

「報われざる者。今度はこれを」

上げられた両手が、ぽんと音を立てて合わせられた。

「一つにせねばなりませぬ」

「そのための挙兵と」

「さよう」

握り飯をもうひとつ、とでもいうような軽さで、西郷は頷いた。

「手前は、報われぬ者どもの恨みとともに死ぬ。そうして初めて日本は一つになり、明治の世が訪れ申す」

「死なれるのですか、西郷どのは」

「それが手前の天命でござれば」

自分の死を、大きな握り飯を食べ終えたような満足げな顔で西郷は言う。

「ただ、まこと残念なことに」

西郷は悲しげに首を振った。

「啓次郎さま、あなたも同じ。佐土原の報われざる者どもを率いて国家に叛《はん》する軍に身を投じた。もはや、いずかたへも逃げられぬお立場。勇ましく戦って佐土原の名を上げ、大逆の罪に服し、従容と死なれませ。かくあってこそ佐土原の衆は遺恨も異議も捨て、ひとつの日本に馳《は》せ参じることができましょう」

「死ぬ」急に背筋が寒くなった。「ぼくが」

「さよう」

西郷は重々しく答える。

「来るべき明治の世のために。それが、あなたの天命」

啓次郎は言葉が出なかった。死は人並みに怖いが、それ以上に愕然《がくぜん》とした。自ら決めた生を歩むつもりが、天命なるものに捕まってしまった。やはり自分は、あらかじめ用意された世界から逃れられず、その中に漂うしかないのだろうか。

その時、体が揺れた。太陽に灼かれた土埃と汗の臭いが鼻の奥に差し、律動する心臓が肉体を内から敲《たた》き始めた。歌が聞こえ、啓次郎を煽った。

「ぼくはもう、あなたが起こす戦さから逃れられない。それには同意します」

目の前にあった造作の大きな顔が、包むように啓次郎を見つめる。

「ですが、ぼくは死なない。生きて、ほんとうの明治の世を迎えます」

啓次郎が米国で会った黒人たちは、救いに向かって自ら進もうとしていた。ソウルを抱き、ガッツを滾《たぎ》らせ、福音の列車が来る日まで生き抜き、来れば自分の足で飛び乗ろうとしていた。現実を引き受けながら、天命なるものに全てを委《ゆだ》ねようとは決してしなかった。

いま、ぼくはソウルを得た。啓次郎はそう思った。

「善きお覚悟」

西郷は微笑むと、制帽をつまみ、被《かぶ》りながらゆっくり立ち上がった。

「佐土原の衆の部署は、追って本営より達せられましょう」

啓次郎は見上げ、息を呑んだ。肥《ふと》り肉《じし》の温厚な男は、もうそこにはいなかった。

「戦さでござる。奮われよ」

血と硝煙で維新を成した勲功並びなき陸軍大将、南国一万数千の精兵を率いて国家に叛せんとする男は、啓次郎を押し潰《つぶ》すように屹立《きつりつ》していた。

# 十

明治十年九月二十四日、午前三時五十五分。

城山を包んでいた夜明け前の静寂を、三発の砲声が殷々と抜けていった。

それを合図に城山の各所にあった西郷軍の堡塁《ほうるい》は雨のような砲弾に打たれた。続いて、地を震わせるような喊声《かんせい》と無数の銃声が湧き上がる。

西の空に残る満月が黎明《れいめい》の薄闇に浮かぶ下で、政府軍の総攻撃は始まった。

啓次郎は数名の薩兵と共に城山の中腹に築かれた堡塁の守備を任されていた。背後には西郷隆盛はじめ軍の最高幹部たちが本営を構えている。

「助太刀に――」

戦さの喧騒に煽られたらしい兵士が、土を詰めた俵を積んだ胸壁をよじ登る。啓次郎はその後ろ襟を摑んで引き倒した。

「ここを抜かれたら、西郷どのがいる本営まで敵を遮るものがない。動くな」

言ってはみたものの、威圧するような物言いはどうも慣れない。

「どうせ、皆死ぬ」

兵は吐き捨てながら起き上がり、再び胸壁に手を掛けた。もう啓次郎は止めなかった。釣られるように、薩人の全員がいなくなってしまった。

「しょうがないな」

啓次郎も胸壁をよじ登り、上に腰を掛けた。

薩軍は精強だった。ただ、それ以上に驕《おご》りがあり、戦略は杜撰《ずさん》を極めた。七か月にわたって九州各地を転戦したあげく政府軍に圧倒され、数百名の敗軍となって鹿児島城下に帰ってきた。城下で兵糧奪取の戦闘を起こしたが、市街を戦火に焼かせたほか何もできず、城山に籠った。

佐土原隊は開戦からしばらく後方に置かれていたが、無謀な作戦に投入されて戦死者を出した。啓次郎はそれを理由として郷里へ帰って隊を解散させたが、追いかけてきた薩軍の使者が「裏切り」などと口汚くののしり、戻らねば佐土原を攻めるなどと脅した。

仕方なく啓次郎は佐土原隊を再結成した。隊そのものは信頼できる側近に任せ、自身はひとり薩軍本営付きを志願した。裏切りを疑われた佐土原から出す人質には自分こそ恰好であろうと思ったからだ。佐土原隊はいくつかの戦闘に参加した後に再び解散し、啓次郎はいつのまにか城山にいる。

「死ぬ気なんてさらさらなかったのにな」

まるで他人事《ひとごと》のように軽く言った。黎明の薄闇は朝の光を帯びはじめた。

今日で、日本の内戦は絶える。刻々明るくなる空をあおぎ、啓次郎は確信を新たにした。

西郷が起こした戦争は、これまで起こった士族の反乱のうち最大だったが、呼応する反乱は一つも起きなかった。城山の四百人を最後にして、武力で政府に抗《あらが》う者どもはいなくなるだろう。

真の明治の世、福音の列車が、やっと日本にも来る。憲法を構え、議会を擁し、平等な市民が万機を言論で決する世が。このやかましく、血なまぐさい戦闘の騒音とともに。

感慨を、次に飽きを感じた啓次郎は胸壁から飛び降りた。沈む月と昇る日が混然となった光を頼りに、緩い坂道を下る。

十間（約二十メートル）ほど先の茂みから、政府軍の一隊が躍り出た。いいところに来た、と思いながら、啓次郎は刀を抜く。

兵士たちは啓次郎を認め、広がり、着剣した銃を構える。啓次郎は大きく息を吸った。駆け出しながら、叫ぶようにうたう。

福音の列車が来る
その音がすぐそばで聞こえる
車輪の唸《うな》りが聞こえる
大地が鳴り響く
さあ乗り込もう、子供たちよ！
さあ乗り込もう、子供たちよ！
さあ乗り込もう、子供たちよ！
客室はまだまだ余裕があるさ

山の端に日が煌《きら》めいたとき、銃声の束が啓次郎の胸を貫いた。

# 虹の国の侍

# 一

まばゆい陽光の下、砂糖黍畑《さとうきび》が青く生い茂っている。

今年は黍の育ちがよく、その背はすでに人より高い。格子状に引かれた赤土の農道には、年中止まぬ東風が立てる葉擦れの音と、甘く青臭いにおいがあふれていた。

マクミラン・アンド・ボウマン農場はハワイ王国オアフ島の中部、王都ホノルルから歩いて半日ほどの場所に二千エーカーの耕地を擁している。温厚な共同経営者を引退させた農場主のボウマン氏はこの十二月、例年より一か月早く刈り取りの開始を命じた。三百名ほどの労働者はひとり九千ポンドの割当量を与えられ、広大な耕地で鉈《なた》を振るっている。

数ある作業の中で、刈り取りは最もきつい。一日中しゃがみ込み、重い鉈でひたすら黍を刈る。慣れた者でも数日で足腰が痛み、腕は痺《しび》れて鉛のように重くなってしまう。日に一度は激しい俄雨《にわかあめ》が降るから、分厚い合羽《カッパ》も脱げない。事前に火を放っているが、丈夫で鋭い葉がいくぶんか焼け残っているため、身を護《まも》る手袋も欠かせない。常夏の太陽に焙《あぶ》られて噴き出す汗は、乾くことなく労働者の身体にまとわりつく。

「この野郎、この野郎」

伊奈弥二郎《いなやじろう》は鉈の一振りごとに叫んでいた。疲労と不快な暑さのせいで、そうでもしないと気が変になってしまいそうだった。

「この野郎。あいたっ」

左の頰に鋭い痛みが走った。葉の端がかすったらしい。

「馬鹿にしやがって。この野郎、この野郎」

腹が立った弥二郎はさらに鉈を振るう。だが、密生した黍の叢《くさむら》は切っても切っても青々とたくましい姿を変えない。緑色の牢獄《ろうごく》に放り込まれたようで、うんざりしてしまう。

「ええい畜生、やめだやめだ」

鉈を投げ出して立ち上がる。酷使した四十二歳の身体がぎしぎしと軋《きし》む。振り返ると、日の出からひたすら刈り続けた黍の茎が散乱していた。

「あれ、どうしたの。もう飽きちゃったのかい」

妻のたかが、両の膝《ひざ》を突いたまま声をかけてきた。弥二郎と同じ焦げ茶色の合羽を使い、麦藁《むぎわら》帽子の広いつばを折って両の頰を覆っている。

「少し休んだらどうだい」

勧めるたか自身は、手を止めない。弥二郎が刈った黍の葉を鉈で落とし、傘ほどの長さに切り揃え、四十本ずつ葉で縛って束にしてゆく。

「お昼の休憩はもうすぐだし」たかはひょいと背後の農道を見やった。「監督もいないしね」

農場には十人ほどの監督がいる。みな労働者を怠け者と決めてかかっていて、持つ鞭《むち》は巡回に使う馬より人間に振るわれる。

弥二郎は妻の節くれだった指をしばらく見つめてから、「そうだな」と言った。

「決まりのぶんくらいは、もうやっつけちまっただろうしな」

割り増しの賃金を諦め、手を腰に当てて体を伸ばす。心地よさを感じる前に、この後の作業を思い出してしまい、つい顔が歪《ゆが》んだ。

束にした黍は、荷馬車が待つ広場まで運ばねばならない。束ひとつは米俵半分くらいの重さがある。六十近くの束を運んで、やっと割り当ての九千ポンドに達する。

「なんだか雲行きが怪しいねえ」

たかが言い、つられて弥二郎は空を仰いだ。いつのまにか湧いていた灰色の雲が空を覆いはじめていた。

雨が嫌いな弥二郎は、遠慮なく舌打ちした。降られるたびに胸がむかむかするし、降りそうな気配だけでつい機嫌が悪くなってしまう。

「年季明けまで、あと半年だね」

たかは明るい声で話を変えた。

「毎日きつかったけど、時が経つのはあっという間だねえ」

「あっという間」

弥二郎は反芻《はんすう》した。

「そうだな。ハワイへ来てから二年半か」

二十五年前、弥二郎は徳川《とくがわ》将軍家の御旗本、つまり侍だった。明治の新時代に馴染《なじ》めず、食い詰め、三年の年季奉公という話にすがってハワイに渡った。

「日本じゃあ明治二十五年の師走《しわす》か」

弥二郎は再び呟《つぶや》き、腰を屈《かが》めた。たかが葉を落とした黍の茎を拾い上げ、左手で数度振り回す。

「借りるぞ」とたかに断り、茎を刀のように青眼に構えた。

「エイヤァ！」

踏み込み、袈裟《けさ》懸《が》けに宙を斬る。身体を返し、今度は左から薙《な》ぐ。突き、受け、足を運び、斬る。声を上げ、何度も茎を振るう。

剣の腕にはそこそこ覚えがあった。まだ千代田《ちよだ》の御城に将軍がおわしたころは毎日、道場で稽《けい》古《こ》に励んでいた。御一新、徳川の旧臣に言わせれば「瓦解《がかい》」の後は剣どころではなくなっていたが、ハワイへ来てからは気分が滅《めい》入《い》ると剣に見立てて茎や棒切れを振るうようになった。そうしていると、ひと時だけだが鬱屈《うつくつ》を忘れられた。

「ねえ、あんた」

たかの声はどこか寂しげだった。

「刀、やっぱり売らないほうがよかったんだよね」

「いらねえよ、あんなもの。たまに身体がうずいちまうだけさ」

足を運びながら、なるべく軽く聞こえるように答えた。

「売っちまってくれってお前に頼んだのは、俺だ。気にしねえでくれ」

食うに食えぬ暮らしの中、弥二郎は大事に持っていた二刀を金に換えると決心した。ただどうしても自分で売ることができず、たかに頼んだ。

「なら、いいんだけど――あんたっ！」

妻の悲鳴に、さすがに弥二郎の身体が止まった。たかはもう立ち上がっていて、農道を凝視している。弥二郎は慌てて茎を投げ棄てた。

騎乗の人影があった。監督だ。ひらりと下馬し、こっちに歩いてくる。上背があって肩幅も広い。

「ありゃ、青鬼だな」

農場の日本人たちが使う綽名《あだな》を、弥二郎は口にした。欧州から移ってきた黒髪の白人で、髭《ひげ》の剃《そ》り跡で頬はいつも青い。声が大きく、性格は酷薄だった。

「ヘイ、ジャップ」

弥二郎の前に立った青鬼は、手の馬鞭を弄《もてあそ》びながら怒鳴った。

「まだ正午のラッパは鳴ってない。何をしている」

「やることはやってるよ。別にいいだろう」

農場で働く二年半のうちに覚えた英語を使いながら、弥二郎は足元を指差す。

「九千ポンドはもう刈ってある。あとは定時までに全部、きっちり、運んでやる」

答えるうちに腹が立ってきた。マクミラン・アンド・ボウマン農場の始業は午前六時。終業は午後の六時が定時で、休憩は正午からの三十分だけ。たびたび残業もあり、労働者は牛馬よりきつい条件で扱《こ》き使われている。

青鬼は鞭の先を弥二郎の胸に押し付けた。

「決まりは守れ。お前は許された休憩時間を待たず、怠業した」

「ちょっと、監督さん」

たかの声と身体が割り込んできた。

「あたしたちは、あんたらに言われた分だけ働いてるんだ。文句を言われる筋合いはないよ」

青鬼は「ほう」と感嘆するような声を上げ、鞭を立ててゆっくり左右に振った。

「残念だが、ふたつ鞭をくれてやらねばならん。一回は怠業、もう一回は抗弁。お前らふたりのうち、どちらが打たれたい」

農場の監督たちはみな、無茶な理由をつけて鞭を使う。理が通らぬという絶望こそが労働者から反抗心を奪い、従順にさせると知っているからだ。

青鬼は弥二郎を、次いでたかを眺めた。

「怖い顔だ。雌猿は気が強いな」

妻が侮辱された瞬間、弥二郎は「テメエ」と地の言葉で叫んで青鬼に飛び掛かった。

「打たれるのはお前か！」

弥二郎の左側頭に爆《は》ぜるような激痛が走った。次いで胸を打たれる。反射的に丸めた背に、三回目の鞭が叩《たた》きつけられた。息が止まりそうになり、たまらず膝が地につく。ストップ、プリーズ、ストップ。たかが金切り声を上げて弥二郎に覆いかぶさった。

「二回じゃなかったのかよ」

呻《うめ》きながら弥二郎が顔を上げると、青鬼は嗜虐的《しぎゃくてき》な笑みを浮かべた。

「ジャップは一回追加だ」

堂々と理不尽を言い、青鬼は去っていった。

「大丈夫かい、あんた。痛くないかい」

「たいしたこたぁねえ」

強がった弥二郎の顔を、水滴が叩いた。降り出した雨は最初から豪雨だった。

「たまんないね、こんなときに」

たかがあわてて合羽の頭巾《ずきん》をかぶせてくれる。

「そうだな」

弥二郎の小さな呟きは、騒々しい雨音に埋もれた。

雨は嫌いだ。二十四年前、死に損なったあの日が雨だったからだ。

二

弥二郎は、貧しい御家人の次男として江戸の片隅に生を享《う》けた。

黒船が現れ、攘夷《じょうい》の声が沸騰し、大老が斬られ、異人が斬られ、正論を吐いた者が斬られる。そんな不穏な時代がはじまっていて、江戸もなにかと騒々しかった。長じた弥二郎は剣で身を立てようと道場に通いつめ、言い換えれば剣の他にやることのない日々を送っていた。

水より薄い血縁で旗本、伊奈家の婿養子となったのは十七歳のときだ。

伊奈家は零落していたが、天正《てんしょう》のころ神君家康《いえやす》公に見出《みいだ》されて以来の将軍直参、という由緒を持っていた。直参であるのは御家人も同じだが、旗本は将軍に拝謁できる「御目見得《おめみえ》以上」の格を持つ。弥二郎は、それなりの自信があった剣の腕で婿入り先の家を再興し、徳川将軍に尽くそうと決めた。

「俺ぁさ――」

つつましい婚儀の合間、妻となる伊奈家の一人娘、たかにそっと話しかけた。それまでに顔は二度合わせていたが、ほとんど言葉を交わしていなかった。

「貧しい生まれだから、行儀なんぞてんでわからねえ。言葉も悪い」

家を遺《のこ》すという使命感で親どうしが決めた結婚ではあるが、せめて嘘や気取りのいらない夫婦でありたい。そう願っていた弥二郎は正体を告白するようなつもりで告げ、「けど」と続けた。

「立派な侍になるよ」

覗《のぞ》きこんだ先で、大きな角隠しに隠れて新妻の表情は判然としない。不安に思ったところで鈴の鳴るような声が聞こえた。

「そりゃあ頼もしいね。しっかり励んどくれよ」

まるで武家らしくない言葉に弥二郎はつい笑った。

「おう、任せとけ」

気負いはいつのまにか、良き妻に出会えたという高揚に取って代わっていた。

それから一年も経たぬうちに、伊奈弥二郎が仕えるべき主《あるじ》、徳川家は将軍どころか天皇に弓引く賊となった。薩摩、長州《ちょうしゅう》などの諸藩は天皇の権威を仮《か》りて官軍を名乗り、賊を討伐すると呼号して江戸まで軍勢を寄こしてきた。

その年、慶応《けいおう》四年の夏。千代田の御城は官軍に占拠された。天皇に恭順の意を示した主君にならって徳川家臣の大半は謹慎したが、一部は武装して上野寛永寺《うえのかんえいじ》に集結した。

同じころ、徳川の海軍も品川沖に錨を下ろしていた。大砲を並べた大小八隻の洋式軍艦は無言で官軍を威圧し、寛永寺の衆を励ました。道場帰りの道すがらに弥二郎が見かけた艦隊は、たしかに勇ましかった。

官軍は着々と兵を整え、寛永寺の衆は江戸市中で暴れた。もはや戦さは避けられまい、と江戸市中の誰もが思った。

弥二郎は、野袴《のばかま》に鉢巻という出で立ちで伊奈家の居間に入った。義母とたかは縁側に道具を広げて提灯《ちょうちん》を張り、義父は庭で鉢植えの朝顔に水をやっていた。弥二郎なりに眉《まゆ》を引き結んで端座すると、みな集まってくれた。

「官軍の側に道理なし。大義は徳川家にあり。手前一人《いちにん》に天下の趨勢《すうせい》いかんとも成しがたけれど、いまこそ天正以来三百年の御恩に報い、ご主君に奉公つかまつる秋《とき》と心得まする」

つい堅苦しい口調になった。

「寛永寺にて、侍の面目を立てて参ります。どうかお許しを」

義父母は黙って頷《うなず》き、だが見送りには立たなかった。若い夫婦二人だけにさせてやろうという気遣いであるとは、気の回らぬ弥二郎にも分かった。

「頑張ってね」

ほとんど朽ちた門の前で、たかは火打石を鳴らした。弥二郎は唇を嚙《か》み、舐《な》め、顔に飛んできた火の粉に辟易《へきえき》し、それから口を開いた。

「俺だってなんぼも年を食っちゃいねえが、お前はまだ若い。俺が帰らなけりゃあ、諦《あきら》めてくれ」

一気に言い終えると、たかは「この莫迦《ばか》っ」と叫んだ。

「ちゃんと帰ってくるんだよ。死んで立つ面目なんか、犬も食わないよ」

戦さに臨んで生還を期しては、士道に悖《もと》る気がした。だが目に涙をためる妻を裏切るのは、嫌だった。

「済まねえ」

弥二郎の葛藤《かっとう》は中途半端な言葉となった。くるりと妻に背を向ける。もう足が重い。背後に揺れる気配はむしろ弥二郎の首を硬くした。振り返ってしまえばもう足が動かなくなると思った。

駆け出した。いますぐ戦さが始まってほしいと願った。坂と銀色の甍《いらか》が折り重なる広大な町は、戦さにおびえて静まり返っていた。開府以来三百年の殷賑《いんしん》を忘れたような江戸の往来を、ひたすら走った。

日が暮れ切らないころ、弥二郎は上野の丘を見上げていた。

東叡山《とうえいざん》寛永寺。

江戸の鬼門を守護するために建てられ、また徳川家の菩提寺《ぼだいじ》でもある。巨大な塔と堂宇を擁する大伽藍《だいがらん》は千代田の御城と並び、徳川将軍の威光そのものでもあった。

――この地で侍の面目を立てるのだ。

決意を思い起こしながら汗を拭《ぬぐ》い、息を整えて門をくぐった。

そして、目を瞠《みは》った。

「薩長の芋侍ごとき、何ほどかあらん」

「徳川の武、存分に馳走《ちそう》してくれん」

「いまこそ死すべし、忠義に殉ずるべし」

広い境内のそこかしこで、放言とともに酒樽《さかだる》が割られていた。糸が色褪《いろあ》せた古鎧《ふるよろい》を着こんだ侍から、ごろつきよりも怪しい風体の者まで、みな酒気で赤く顔を染めている。

軍とはもっと粛然としているものだろう。弛緩《しかん》した光景に反感を覚えつつ歩いていた弥二郎は酒宴の輪のひとつに引っ張り込まれた。

「伊奈弥二郎。旗本です」

それだけを言ってあとは黙り込み、酒も断って早々に寝た。

翌朝には薄い雨が、続いて重い砲弾が降った。そこらの屋根や壁が次々に砕かれ、正門では激しい銃火の応酬があった。門が突破されたころには境内のあちこちで火が上がっていて、止まぬ雨ごと堂宇の群れを焼いていた。

弥二郎は昨夜騒いでいた者たちと待機していた。砲弾を避けて転々としているうちに、雨に煙る官軍の一隊に出くわした。

弥二郎は静かに抜刀した。無銘だが重さも長さもほどよい愛刀は、毎朝振るううちにすっかり手に馴染んでいた。

「行こう。戦おう」

周囲を励ました直後、脇から銃声の束を叩きつけられた。幾人かがばたばたと倒れる。生き残った者たちが発した狼狽《ろうばい》の悲鳴は、吶喊《とっかん》する官兵の雄叫《おたけ》びに圧《お》し潰《つぶ》された。

「逃げてんじゃねえや、腰抜けども。昨日の威勢はどこへ落っことしちまった」

弥二郎は怒鳴ったが、誰も足を止めない。歯嚙みして前に向き直ると、鉄笠《てつがさ》に金ボタンを並べた黒い詰襟服という出で立ちの官兵が、剣を八双に構えて間近に迫っていた。

「キェエエェッ！」

奇怪な絶叫ごと、猛烈な勢いの初太刀が降ってくる。弥二郎は剣をかざして受けた。火花が散る。勢いに負け、身体が地面に叩きつけられた。そのまま転がり、這《は》い、続く斬撃を躱《かわ》し、なんとか体勢を整えたころ、味方は残らずいなくなっていた。

見捨てられた、と絶望する暇もなく突きが来た。覚悟を決めた弥二郎は敢《あ》えて踏み込んだ。鋭く伸びてきた切っ先がこめかみを掠《かす》める。体でぶつかり、今度は薩兵を撥《は》ね飛ばした。

学んだ技でなく気迫《きはく》で剣を振るい続けた。雨足が強くなる。官兵は反撃の機を冷静に窺《うかが》っているようだったが、できたばかりの泥濘《ぬかるみ》に足をとられた。

勝てる。確信を乗せた一撃を叩きこもうとした瞬間、弥二郎の右腿《みぎもも》を焼けるような感触が貫いた。流れ弾が抜けていったらしい。もう踏ん張りがきかず、ぶざまに転んでしまう。

泥に手を突いて上体を起こすと、官兵が刀を振り上げていた。

——死んじまうのか、俺。

観念しながら見上げていると、どこかから声が飛んできた。

「首取りの時間《ひま》はなか。行っど」

朋輩に制止された官兵は、舌打ちして刀を下ろした。

「捨て犬め《ウツセインガ》」

刃の代わりに吐かれた薩摩の音は、弥二郎の誇りを斬り裂いた。

濡《ぬ》れた足音が去ってゆく。仰向《あおむ》けに寝転ぶ。握っていた刀を目の前に掲げると、大きな刃毀《はこぼ》れがあった。欠片《かけら》は初太刀を受けたとき、火花となって消えたのだろう。

寝転んだまま刀を下ろす。いつ収まるとも知れぬ炎に縁取られた視界が滲《にじ》む。灰色の空から降り落ちる水滴のためか、それとも別の理由か。判然としないまま、弥二郎はしばらく雨に打たれ続けた。流れ弾に当たるか、砲弾の爆発に巻き込まれるか、捕われて今度こそ首を落とされるか。結局はひとつの結末に収斂《しゅうれん》するいくつかの未来を弥二郎は待っていた。

——ちゃんと帰ってくるんだよ。

思い出した妻の言葉が、生気となった。

足を引き摺《ず》り、破られた塀を抜け、上野の山を転がるように下る。江戸の街は森閑としていて、ときおり落ち武者狩りの官兵たちが水溜《みずた》まりを踏みながら通り過ぎていった。身を隠しながら入り組んだ江戸の道を行き、陋屋《ろうおく》そのものといった佇《たたず》まいの伊奈家へ辿《たど》り着いた。

「あんた！」

転がり込んだ玄関で妻の叫び声に出迎えられた。そこから数日、弥二郎の記憶は途切れる。目覚めたのは静かで、清らかな朝だった。敷かれた床から身を起こす。撃たれた腿がずきずきと痛む。厨《くりや》のほうから炊事の音が聞こえ、腹が鳴った。

「身体だけ、生き残っちまったな」

弥二郎はひとり、呟いた。侍としての自分は寛永寺で斬られて死んだ。なんとか持ち帰った身体は、死から呼び戻してくれた妻のために使おう。そう誓った。

寛永寺の徳川軍は壊滅し、江戸は静謐《せいひつ》を取り戻した。品川沖の艦隊は沈黙を続け、徳川家の助命と静岡移封を見届けてから東北へ発《た》った。翌年、艦隊は箱館《はこだて》で降伏、内戦は終わった。

平和なはずの時代で、伊奈家の暮らしは困難を極めた。

もはや膨大な家臣を養える領地を持たない徳川家からは、旗本御家人たちに「自ら身を処すべし」というお達しがあった。弥二郎は妻と義父母の賛同を得て牢人を選んだ。

多少の剣術のほか能のない弥二郎は伊奈家の片隅で剣術の道場を開いたが、弟子などひとりも来なかった。古式ゆかしく戦う武士が銃砲になぎ倒された直後だから当然ではあった。慣れぬ手で提灯を張り、育てた朝顔や盆栽を売り、恥を忍んで口入屋に日雇い仕事を世話してもらい、糊《こ》口《こう》をしのいだ。

元号は明治に、江戸は東京《とうけい》なる名に改められていた。平民の苗字《みょうじ》使用が許され、新聞の発行が始まり、侍は士族と呼ばれ、大名は所領と領民を朝廷に返上した。あらゆる旧制が捨てられ、変えられ、新制に置き換わっていった。

新しくできた地租なる土地税は伊奈家の生活を大きく変えた。旗本ゆえに家の敷地だけはそれなりに広く、地価に税率を掛けると目を剝《む》くような金額となった。しかたなく家ごと敷地を売り、下町の借家に移った。

転居しても暮らしは上向かない。加えて隣近所の濃厚な付き合いがあった。その人情には少なからず助けられたが、口さがない一面もあった。

——石女《うまずめ》。

たかについてのそんな噂を弥二郎は耳にした。一緒になって何年も経つが、たかと弥二郎の間にまだ子はなかった。少なくとも責任の半分は自分にあると思っていた弥二郎はたかを責めなかったが、陰口を聞くたびに怒鳴り込んだ。おかげで近所とうまくいかず、数年ごとに引っ越しを余儀なくされた。

弥二郎はいくつか職を得たが、どれも続かない。侍という身分への未練が鬱屈となり、生来の短気もあり、どうしても同僚や上役とそりが合わなかった。たかも通い女中など様々な仕事をしたが、たいして金にはならない。年老いた義父母は提灯張りと朝顔を育てるほか、できることがない。洋装が流行《はや》り、鉄道や電信で国土が結ばれ、日々様相を変えていく日本のなかで、伊奈家は取り残されていった。

ハワイ王国。

弥二郎がその国の名を初めて聞いたのは、たかに頼んで二刀を手放したころだった。東にある常夏の島国で、暑いが慣れれば住みやすい。雄渾《ゆうこん》な山と美しい海があり、年中なにがしかの果物が生《な》る。

ハワイ政府は、日本政府の仲介で砂糖黍農場の年季奉公人を募集していた。渡航費はハワイ持ちで、三年の年季明けには三百円ほども貯金できるという。弥二郎は迷ったが、老いた義父母を捨てることも連れて行くこともできず、そのときは諦めた。

数年後、義父母はコレラであっけなく亡くなった。弥二郎は三十九歳、たかは三十八歳になっていた。

「別れようか、あたしたち」

残された夫婦ふたりきりの葬儀が終わると、たかが切り出してきた。

「あんたももう、伊奈の家に義理立てする必要はないんだよ。世話する親もいなくなっちゃったし」

たかの声はか細く、出た端から陽の当たらない小さな借家に消えていった。

「甲斐性《かいしょう》のねえ俺に、愛想尽きちまったか」

減らず口を交えて問うと、たかの目から涙が零《こぼ》れた。

「あたしたちには、育てて家を継がせる子供もいないんだよ」

自嘲《じちょう》に興じていた弥二郎は心底から恥じた。たかはずっと自責に苦しんでいた。気取らない物言いをするからつい忘れてしまうが、たかは家の存続こそ一大事とする武家の娘だ。子を生せぬのはなによりつらかったはずだ。

「そこんとこも俺の甲斐性だ。お前だけが気に病むこたあねえんだぜ」

言いながら、つまんねえ世の中だ、と弥二郎は思った。新しい時代は、生まれ変わった国家は、伊奈弥二郎は、未《いま》だ女一人を救えない。

「ハワイへ行かねえか」

夫婦をやり直す。あるいは続ける。どちらでもよい。ともかくもう日本にはいられないし、別れるなどという選択はない。たかはうなずいてくれた。

翌日、弥二郎は役所へ行って願書を出した。数か月ほどすると年季奉公を認めるという通知が届いた。四十歳未満という年齢制限に近かったから心配していたが、願書を受け付けた役人が最近の言葉でいう幕臣、もと徳川の家来らしかったから、それゆえの手心かもしれない。

借家を引き払い、大きめの柳行李《やなぎごうり》ひとつずつを担いで、夫婦で横浜《よこはま》から船に乗る。三等船客たちの饐《す》えた体臭が充満した船室に半月ほど籠《こも》り、到着を知らされると甲板に駆けあがった。

外界は、滝のような雨が灰色に塗りこめていた。寛永寺を思い出して弥二郎は顔をしかめた。日覆いの帆布が張られた甲板で接岸を待っているうちに雨はやんだ。

澄み渡った視界に、ホノルルの港と街が現れた。濃い緑色の山稜《さんりよう》を背にして椰子《やし》の木と白亜の建物が並んでいる。遠いところに来た、と弥二郎は感慨を覚えた。

「あんた、あれ――」

たかが甲板の縁《へり》で声を上げた。晴れ間から差す陽光が、街の上に大きな虹を架けていた。

三

十二月の砂糖黍畑にラッパの短い旋律が三度、流れていった。

三十分きりの昼休憩はあっけなく終わり、労働者たちは疲れの癒《い》えぬ身体を引きずって作業を再開する。幸い、休憩前に降った雨はすぐ上がった。

「さっさとやっつけちまおう」

くさくさしているのにも飽いた弥二郎は忙しく働いた。

散乱した黍の茎をたかとふたりで数え、縛ってゆく。三十ほどの束を作ると、残りをたかに任せて背負子《しよいこ》を引っ張りだす。束ふたつを背負った拍子に、鞭打たれた背と胸が痛んだ。思わず「むぐ」と呻きが洩《も》れる。

「大丈夫かい、無理しなくても」

「平気だよ。やることはやるって青鬼にも言っちまったしな」

東二つでだいたい百六十ポンド、米俵ひとつより少し重い。

「じゃ、行ってくらあ」

よろめきながら、弥二郎は赤土の農道へ出た。

農場は大きく四つの区域に分かれ、それぞれに作業用の広場が設けられている。刈り取った茎の束は労働者によって広場まで運ばれ、計量され、荷馬車に載せられて農場のほぼ中心に建つ製糖工場へ行く。人力で圧搾機を廻《まわ》し、搾った汁を大釜《おおがま》で煮詰め、砂糖を作る工場では、労働者が熱と湯気に蒸し上げられている。

「アロハ、ヤジロウ」

農道を歩いていると陽気な声がした。

「きょうは涼しいね。いかにも冬らしい」

男はきれいな英語を話しながら弥二郎の左に並んだ。黍の束をふたつ背負い、合羽も羽織っているのに、若々しい褐色の顔には一粒の汗も浮かんでいない。

「なんだ、エオノか」

「そう、エオノです」

若者は人を食ったような返事を寄こしてきた。

「涼しいどころか、こっちはもう汗だくだ。ハワイ人ってのはそんなに暑さに強えのか」

「〝ハワイイ〟も暑いときは暑いさ。今日ではないだけ」

エオノはいつも、ハワイをハワイイと呼ぶ。それが正しい発音なのだそうだ。

「今日が暑くねえとして、いつなら暑いんだ」

「夏かな。それとも明日か、明後日《あさって》か」

なまじ学があるからか、エオノは時おり禅問答めいた話をする。以前に聞いた身の上によると、ハワイの貴族を両親に持ち、医者か弁護士を志望して白人が教える寄宿学校に学んでいた。だが就学中に、実家が詐欺めいた投資話にひっかかって没落してしまった。後ろ盾なきハワイ人には賃金労働者しか道がなく、この農場に来たのだという。

「分かんねえこと言いやがる」

弥二郎が苦笑したころには、周囲に人が増えていた。日本人、長く弁髪を結った中国人、濃い褐色の肌に汗を光らせたハワイ人、顔と首が真っ赤に焼けた白人。農場で働く様々な人々は、等しく黍の束を担いでいる。

疲労に塗《まみ》れた顔で歩く人の群れはやがて、広場へ続く列になった。弥二郎はエオノと連れ立って並ぶ。汗を拭い、下ろした背負子を引きずりながら一歩ずつ前に進む。

農道と同じ赤土色に拓《ひら》けた広場には、誰からも正確性を疑われている計量台と、好き勝手に糞《ふん》を垂れる馬を一頭繋《つな》いだ四輪の荷馬車があった。傍らには帳面を持った事務員と、鞭を見せつける青鬼がいる。

「ヤジロウ・イナ」

自分の番が来ると、弥二郎はぶっきらぼうに名乗った。足元の背負子から束を持ち上げ、ほうぼうが錆《さ》びた計量台に載せる。台から伸びる細い首の上で、文字盤の針が壊れた時計みたいに震えた。

「百五十五、四、いや三ポンド」

事務員が値引きを強いるような口調で宣言する。百六十はあるだろ、という抗弁を呑《の》み込み、茎を荷馬車に放り投げて列を離れる。

「ああ、面倒くせえ。重たくて仕方がねえ」

身軽になればなったで気が滅入った。広場まで行き帰りして十分もかからないが、日暮れまでに三十回ほど往復せねば割り当てに達しない。たかが待っているのでもなければ、持ち場に戻らず背負子も投げ捨て、そのまま逃げ出したくなる。

「あれ。どうしたのだろう」

いつのまにか計量を終えて横に並んでいたエオノが指差す。農道と広場の境目あたり、まだ刈られていない黍の茂みの影に、誰かが蹲《うずくま》っている。その脇には小振りな束がふたつ投げ出されていた。

「おう、仁吉《じんきち》じゃねえか。どうした」

弥二郎は日本語を使いながら歩み寄った。仁吉は弥二郎より十ほど若く、むかしは安芸《あき》の寒村で水呑百姓をやっていた。ハワイに来たのは仁吉のほうが少し早く、あと二週ほどで年季が明けると聞いている。狷介《けんかい》なたちで周囲からは好かれておらず、先月くらいに味噌《みそ》を分けてやった弥二郎にも一言の礼すらよこさない。

「朝から具合が悪いんじゃ」

仁吉の声は掠《かす》れていた。その顔は青く、呼吸も荒い。

「確かに調子はよくなさそうだな。休んだらどうだ」

つらそうな姿に味噌の恨みも忘れ、弥二郎は勧めた。

「休んでしもうたらマネーがもらえんじゃろ。儂《わし》のことはええけえ、早う行けや」

ぞんざいな態度に、さすがに弥二郎はむっとした。傍らのエオノに事情を説明しながら、てめえ俺より英語が達者なはずだろ、と仁吉に心中で毒づく。

「せっかく彼がここまで運んだふた束くらいは、ヤジロウとぼくで持って行ってあげよう。広場までもうすぐだし」

「放っときゃあいいじゃねえか」

「オタガイサマ、だろ。助け合おうじゃないか」

エオノは覚えたらしい日本語を交えて笑顔を作った。

「仕方ねえな」

仁吉の態度は憎らしいが、見捨てるのも忍びない。弥二郎はしぶしぶ腰を落とし、転がっていた束をひとつ肩に抱え上げた。もうひとつの束はエオノが両手で持ち上げる。

「すまんの」

仁吉の礼は吐き捨てるような口調で、顔もそっぽを向いたままだ。狷介にしても狭量にしても度を越えている。故郷ではよほど恵まれぬ境遇だったのかもしれぬ、と弥二郎は想像した。

そこへ怒鳴り声と忙《せわ》しい足音が迫ってきた。

「や、ブルー・デーモンだね。なんだろう」

エオノが他人事《ひとごと》のように首をかしげる。日本人による青鬼という異称は、言葉の垣根を越えて広く使われていた。

「何を怠けている。さっさと立って働け、のろまめ」

青鬼はうずくまる仁吉を叱り、馬鞭をこれ見よがしに掲げた。

「いますぐ黍を運べ。さもなくば怠業の罰で今日は無給だ。どちらがいい」

無茶苦茶だ、と弥二郎は腹が立った。休みを選べば仁吉の今日の働きがふいになってしまう。休まねば死んでしまうかもしれない。この農場では、働いた分だけ給金を貰《もら》うという当然のことが行われない。人間が牛や馬に使う鞭で脅され、牛や馬よりひどい扱いを受けている。

士分でなくなった弥二郎にも、もとから士分でなかった仁吉にも、人間としての矜持《きょうじ》がある。だいたい目の前で病人がゆえなく鞭打たれては寝覚めが悪すぎる。弥二郎は抱え上げていた束をそっと足元に降ろす。指先はすぐに、程よい太さの茎を探り当てた。

「立て、働け」

青鬼は馬鞭の先っぽを仁吉の青い頰にぐりぐりと押し付ける。

「やはり無給がいいか。そらジャップ、早く決めろ。決めないとこうだぞ」

仁吉に向かって鞭が振り上げられる。打たせるものか、と弥二郎は鞘《さや》を払うように茎を束から抜き、一歩踏み出す。

「彼らが、私から束を奪ったのです」

予想もしなかった仁吉の訴えに、弥二郎の足が止まった。

「私は朝から熱があったのに、休まず必死で働きました。たくさんの黍を自分で刈り、やっとここまで運んだところで、他人の働きを横取りしたい彼らに襲われ、束を奪われました」

仁吉は監督の足に縋《すが》りついてすらすらと嘘をつき、弥二郎とエオノを指差した。

「私はこの三年、ひと時も怠けませんでした。もうすぐ契約が終わります。どうか罰は与えないでください」

労働者はさまざまな名目で給金の一部を農場に天引きされている。年季明けに一括で支払われるが、それまでに怠業や不服従があれば減額される。どうやらこの制度が仁吉に嘘をつかせている。

　青鬼は嗜虐的な笑みを浮かべ、茎を振りかぶったままの弥二郎に首を巡らした。

「ほう、さっきのお前じゃないか」

　鞭を向けられると、弥二郎の身体が勝手に動いた。素早い摺り足で身を引き、茎をぴたりと青眼に構える。身体は剣士の挙措を忘れていなかった。

「サムライとやらはサーベルじゃなく茎っぽを振り回すのか。頭のピストルはどこでなくした」

　とっくに落とした髷《まげ》にひっかけて青鬼は挑発する。いつのまにか労働者の人垣ができ、周囲は騒がしくなってきた。

　ヤッチマッタ。弥二郎の嘆きは地の言葉で漏れた。何もできていないが、衆人環視の中で公然と監督に反抗している。

「やめるんだヤジロウ」

　エオノの制止に、弥二郎は何の異論もない。守ろうとした仁吉に無実の罪を着せられ、しなくてよい反抗に及んでしまった。なんでこんなことになってしまったのだ。もし解雇されたら妻とふたりでどうやって生きていくのか。後悔と不安が頭を巡る。

「歯向かえばどうなるか、分かってるんだろうな」

　ありきたりな青鬼の言葉に、弥二郎はいさぎよく観念した。

「イヤァアッ！」

　気合いとともに鋭く踏み込み、小手を打ちこむ。野太い悲鳴とともに鞭が地に落ち、人垣がどよめいた。

「歯向かわねえとでも思ってたか！」

弥二郎は面目を選んだ。たしかに剣は捨てた。とっくに士分でもなくなった。だが残っているものがある。侍は戦さに臨んで背を見せられない。さよう大袈裟に言わずとも、ゆえなく鞭を使われるのはもう懲り懲りだった。

青鬼は打たれた右手をかばいながら獣のように唸《うな》る。多少の迫力こそあれ、戦うと決めた弥二郎にとっては隙だらけの粗暴な素人にすぎない。

青眼に構えたまま一歩進む。青鬼は二歩下がる。うろたえる仁吉の前を通り過ぎた瞬間、弥二郎の気迫の巡りと足の送り、呼吸が一致した。そのまま地を蹴《け》る。

ぐん、と茎が伸びる。怯《おび》えに顔を歪めた青鬼の額を打ち据えようとした瞬間、弥二郎の身体は静止し、次いで勢いよく地面に叩きつけられた。視野の隅で虫のごとく人影が這い、茎をひったくっていった。弥二郎の足首にしがみついたばかりの仁吉だった。急いで立ち上がったころには、青鬼がもう鞭を拾い上げていた。

「ジャップ。ジャップ。ジャップ。――ジャップ！」

青鬼の罵声《ばせい》と鞭が弥二郎の全身に降り注ぐ。丸腰のまま耐えていた弥二郎は、やがてたまらず膝をついた。足蹴が加わりこそすれ、青鬼の怒りと責めが収まる気配はない。

「それ以上折檻《せっかん》すると、監督にも責任が及びます」

強い声はエオノのものだった。

「そんなに痛めつけたら彼は働けなくなります。忙しい刈り入れの時期に働き手をひとり損なえば、あなたがボウマン氏に責められます」

青鬼の動きがぴたりと止まる。暴力を止めたのは人倫でも正義でもなく、経営者の名前だった。

弥二郎が全身の激痛に歯を食いしばりながら見上げた先で、エオノは颯爽《さっそう》と身体を割り込ませている。妙な迫力があり、気圧されたのか青鬼は後ずさった。

「全ては、ちょっとした勘違いの連鎖なのです。それをこれからお話しします。まず」

エオノは、青鬼の背後で茎を抱いて震える仁吉を指し示した。

「ジンキチの身体は汚れていますか。私たちに襲われ、無理やり荷を奪われたような形跡はありますか。私たちはジンキチの体調を気遣い、手伝おうとしただけです」

エオノは明晰《めいせき》な口調で説く。青鬼は「おい」と仁吉のほうへ振り返った。

「お前とこのハワイ人、どっちが本当だ」

「簡単なことです」

仁吉の口を塞《ふさ》ぐようにエオノは声を張り上げた。

「ジンキチは病身を押してここまで来たところで朦朧《もうろう》としてしまい、昏倒《こんとう》した。通りかかった私たちは見かねて彼の束を運んでやろうとした。そこで彼は気づき、しかし醒《さ》めやらぬ意識のために勘違いした」

エオノは仁吉の嘘を否定しながら別の、しかもジンキチをかばう嘘を重ねた。

「そうだね、ジンキチ」

仁吉は辻褄《つじつま》を考えるように首をかしげ、合点した顔で「そう、だと思います」と口にし、私もぼんやりしていましたから、と添えた。

「これで事の真相は確定しました。次に監督、あなたのお話です」

「俺がどうした」

青鬼は不快げに顔をしかめた。

「ボウマン氏がその資金で雇った労働者を、あなたは正当な理由なく折檻した」

「そのジャップは監督に逆らったんだぞ」

「あなたが先にヤジロウを侮辱し、鞭を向けたのです。その前には無実のジンキチを打とうとした。もし彼らが日本領事に訴えでれば、どうなるでしょうか」

政府を挙げて年季奉公を斡旋《あっせん》した手前もあり、日本の外務省は自国民をできるかぎり保護しようとしていた。人員が過少らしいホノルルの日本総領事館は全く手が回っていないが、手が回る範囲では何らかの措置を講じる。

「ボウマン氏は監督諸氏に多少の横暴は許しているかもしれません。ですが他国の領事との諍《いさか》いまで許容するでしょうか。つまり、あなたはやりすぎた」

それからエオノは跪《ひざまず》き、四つん這いになっている弥二郎に顔を近づけた。

「どうだい。痛いかね、ヤジロウ」

「当たり前だろ」

舌打ち交じりに弥二郎は答える。無秩序に降って来た青鬼の鞭と足蹴は、腹や背の急所もまんべんなく痛めつけていた。

「今日は仕事になりそうもねえ」

正直に答えるとエオノはうなずき、青鬼に顔を向けた。

「寛大なことに、ヤジロウはあなたを恨んでいません。傷を治すために三日だけ有給休暇をもらえれば、全てを忘れると言っています」

言ってねえ、と出かかった声を弥二郎は呑みこんだ。エオノが何かを企《たくら》んでいるような目配せを寄こしてきたからだ。

「さて、どうします、監督」

青鬼は歯ぎしりし、足を踏み鳴らし、吠《ほ》えながら背後の砂糖黍の繁みを鞭で殴る。

「――三日だぞ」

捨てるように告げて青鬼は去っていった。人垣は「おお」とどよめき、離れていく監督の背に思い思いの悪口を投げつけた。

# 四

農場の東端は労働者の居住区になっている。

長さも太さも合わない木材を骨にした家屋は、どれも歪み、傾いている。黍の葉で屋根を葺《ふ》き、ハワイの竹で補強し、板切れや赤土を壁にし、そうやってできた小さな家々が洗われる芋のようにひしめいていた。

籤運《くじうん》がなかっただけだが、伊奈弥二郎とたかに割り当てられた家はひときわ、ひどかった。雨が降れば屋根から水が滴り、晴れても室内は陰気で薄暗い。壁の小穴は外からの埃《ほこり》を吹き入れ、だが湿気は決して逃がさない。

「いい家じゃないか」

ひどいはずの家をぐるりと見渡したエオノは、寝台の脇に椅子を引き寄せた。弥二郎に与えられた三日間の有給休暇の初日で、終業のラッパが鳴ってから少し経っていた。

「莫迦言うない。馬小屋のほうがましだ」

弥二郎は、寝台に横たわったまま言い返した。

「で、なんの用なんだ」

「何って、お見舞いさ。よかったら食べて」

エオノは持参してきた黄色いマイア（バナナ）の房を掲げた。

「奥さんは？」

「残業食らっちまったかもな。もうすぐ帰ってくるんじゃねえか」

ふうん、とエオノは言い、マイアを一本捥《も》いで皮を剝きはじめた。

「おいおい」

弥二郎は顔をしかめながら上体を起こす。

「そんな大層な怪我をしたわけじゃねえ、自分で剝いて食えるよ」

「ぼくの分だよ、これは」

エオノは柔和な白色の果実をうまそうに頰張る。仕方なく弥二郎は痛む身体を伸ばし、寝台の隅に置かれたマイアの房から一本、捥いだ。

ところで、と片っぽの頰をマイアで膨らませたままエオノは言う。

「昨日のきみの戦いぶりは素晴らしかった。日本人はみんな、ああやって剣を使えるのかい」

「いや、みんなじゃねえな」

弥二郎は見知った日本人労働者の顔をいくつか思い浮かべた。明治生まれの若者か累代の水呑百姓がほとんどだった。

「この農場じゃあ、俺だけだろうな」

答えた弥次郎はつい顔をしかめた。いまさら士分もなにもあったものではないが、零落したものだという感傷がなくもない。

なるほど、とエオノはうなずき、果実を失った皮をぶらぶらと揺らした。弥二郎は塵箱《ごみばこ》を指で示す。

「昨日のややこしい嘘、どういうつもりだったんだ」

エオノはすぐに答えず塵箱まで歩き、黄色い皮を落としてから振り返ってきた。

「きみを守るためさ。ジンキチの嘘を頭から否定すれば、彼も引っ込みがつかなくなるだろう。もし論争になれば、監督にふたりともども罰する口実を与えてしまう。言い争う暇があったら働けってね」

「それで仁吉もかばったのか」

「あと」エオノはにやりと笑った。「味方は多いほうがいいからね」

「味方？」

「ねえ、ヤジロウ」

エオノはつかつかと歩み寄り、両手を広げた。

「ストライク、やってみないか。人間らしい労働環境を、ぼくたち人間は獲得せねばならない」

思ってもみなかった提案に、弥二郎はたじろいだ。

ストライクとは日本で言うストライキのことであろう。弥二郎は経綸《けいりん》や世直しの志こそついぞ得なかったが、日本で食い詰めていた時分に福沢諭吉《ふくざわゆきち》か誰かの流行本で読んだことがある。怠業によって雇い主を圧迫する、労働者ならではの戦い方だ。

「酷使され、蔑《さげす》まれ、鞭を使われる。そんなマクミラン・アンド・ボウマン農場のやりようは是正されねばならない。人間と砂糖黍の区別もつかず、ただ搾り取るだけの経営者に、ものを教えてやらなけりゃいけない」

エオノは滔々《とうとう》と説く。確かに弥二郎が知る限り、ハワイの農場はどこも待遇が劣悪で、ストライクは珍しいことではない。だが、ほとんど成功しない。団結したはずの労働者たちは解雇の脅しや僅《わず》かな賃金増で切り崩され、新しく雇用された労働者により操業は再開される。経営者たちは抑止のためもあり、多少の無理や横暴、世間の悪評も顧みず、ストライクを全力で叩き潰す。

「いやだよ」

自殺行為としか思えなかった弥二郎は、首を振った。

「あんたのおかげだが、俺は監督に歯向かったのに馘《くび》にならずに済んだ。年季が明けるまであと半年、なんとか無事に勤め上げてえ」

日本で聞いた三百円にはほど遠いが、これまで貯めた分に天引きされた預かり金を足せば、まとまった金にはなる。仁吉のごとく他人を陥れてまで、とは思わないが、つつがない半年を送りたい。

「きみの気持ちは理解した。次はぼくの考えを聞いてもらってもいいかな」

エオノは柔らかい口調で言い、やっと腰を椅子に戻した。

「経営者のボウマン氏は最近、投機に失敗して手持ちの現金を大きく減らしてしまった。資金繰りがちょっとでも狂えば、倒産だってありえる」

「よく知ってるな」

弥二郎が素直に感心すると、「よく調べたからね」と胸を張られた。

「今年の刈り取りが例年より早まったのも、青鬼やほかの監督たちがむごくなったのも、そのためだ。賢明にはほど遠い手段だが、ともかく一日でも早く、一ドルでも多く、農場は現金を必要としている。今なら、ストライクで与えられるダメージは他の時期よりずっと大きい」

「言うことは分かるが、どうかな」

弥二郎は首をかしげた。

「仲間が集まるかな。うまくいきそうって理屈だけじゃあ人は動かねえよ」

「それは大丈夫。最初の仲間は十人もいればいい。あと、きみと」

「最初。あと俺」

弥二郎が眉をひそめると、エオノは「いいかい」と身を乗り出してきた。

「製糖工場を占拠するんだ。あそこは夜になれば泥棒除《よ》けの犬と番人がふたりくらいしかいない。剣にすぐれたきみがいれば、占拠は造作もない」

だからヤジロウ、きみを守りたかったのだ、とエオノは続けた。

「製糖工場がなければ、広大な畑は富を生まぬ点で野っ原と変わらなくなる。農場経営の根幹である工場を占拠してから、経営者側に余裕がないことを労働者たちに教えて参加を促す。つまり、先にストライクを半分くらい成功させてから、みんなを説得するのさ。集まった人数で、経営者が折れるまで工場を守り抜く」

「そんなにうまくいくかな」

弥二郎の口からはなお疑いが洩れる。だが、耳はすでにエオノの話に聞き入っている。

「ヤジロウ、きみはもう労働者の中でちょっとした有名人なんだよ。監督に立ち向かった勇気と武術はかなりの尊敬を集めている。きみを慕って参加する人も少なくないはずだ」

弥二郎は面映《おもは》ゆさを感じながら問いを重ねる。

「経営者に何を要求するんだ」

「あえて賃上げは望まない。経営状態の悪化につけこんでのストライクであり、ボウマン氏も妥協できる余裕があまりないからね。預り金のたぐいを全廃すること。残業と休日の就業は労働者各人の合意を必要とし、必ず割増金を払うこと。それと」

エオノの黒く澄んだ目の底に、真っ直ぐな光が宿った。

「鞭と侮蔑《ぶべつ》を禁じること。どうだい」

問われたところで、弥二郎にはエオノが考える要求の妥当性など判断できない。

ただ、ずっと抱えていた危惧《きぐ》がある。

――もし、たかが鞭打たれたら。

要領がよく働き者のたかは、まだ鞭を使われていない。だが今後は分からない。妻を守るなどという手前勝手な誇りなんぞとうに捨てているが、たかは、弥二郎の人生の目的なのだ。

「たかと相談させてくれ」

そう答えたが、腹は決まっていた。

# 五

十日ほど後。奇妙な拍子で三度、小さく戸が叩かれた。示し合わせていた合図だ。

約束の午前零時が来たのだろう。誰も時計など持っていないから、没落貴族の出であるエオノが唯一の財産である腕時計をにらみながら、各人の家の扉を叩いて回ることになっていた。

「行ってくる」

窓と壁の小穴から月明かりが差す家の中で、弥二郎はそっと告げる。食卓を挟んで座っていたたかは、こくりとうなずいた。

立てかけてあった刀ほどの長さの竹竿《たけざお》を摑《つか》む。ころ合いの太さのものを選びに選び、慎重に長さを決め、柄に当たる部分は布をきつく巻いてある。真剣との重さの違いは、人目を忍んで素振りを繰り返して何とか慣れた。どうにかすれば本物の刀も手に入ったかもしれないが、弥二郎が赴くのは戦さでなくストライクだ。

建付けが悪い戸を押し開くと、夜は皓々《こうこう》たる満月の光に溢《あふ》れていた。

家の前でエオノが手を振っている。弥二郎は右手で応じてから振り返り、つい苦笑した。

「どこにあったんだよ、そんなもん」

「探したんだよ。と言っても家財道具は行李ふたつだけだから手間はなかったけど」

たかが、決然とした顔で火打石と打ち金を握っていた。マッチを使うようになって長いから、弥二郎も久しぶりに見た。

「頑張ってね」

石を打つ音と火の粉がオアフ島の夜に爆ぜる。なるべく目立たず静かに出発したかったが、これくらいの光と音は勘弁してもらいたいと弥二郎は思った。

ストライクの話を打ち明けたとき、たかは顔を強張《こわば》らせた。弥二郎も口が立つほうではないから黙り込んでしまった。しばらくして、たかは「刀が要るのかい」と言った。弥二郎が「戦さじゃねぇ、竹竿で充分だ」と答えると、安堵《あんど》したようにうなずいてくれた。

「ちゃんと帰ってくるんだよ」

火の粉に、たかの声が交じる。戦さではないが、見送りは寛永寺へ行ったあの日と同じだった。

「しばらくは帰れねえ段取りなんだが、死ぬことはねえ。安心してくれ」

なるべく力強く聞こえるように答え、弥二郎は妻と別れた。

エオノと連れ立って、居住区と畑を結節する十字路へ行く。そこには九人が待っていた。日本人が二人、ハワイ人が六人、中国人が一人。日本人は弥二郎が、それ以外はエオノが集めた同志だ。

この十一人で製糖工場を占拠する。それから居住区に取って返し、占拠の成功を告げてストライク参加者を募る、という手はずだった。エオノは「助けてあげた恩を感じているはず」と仁吉を誘いたがっていたが、弥二郎が止めた。

「晴れてよかったね」

首謀者の囁《ささや》き声は、マイアでも挽ぎに行くような軽さがあった。光が足元の道を照らし、遠目には闇に溶けて目立たない、という理由で満月の夜に決行を定めたのはエオノだった。曇りか雨なら次の満月まで順延される予定だったが、来月まで同志たちの熱意は保たれないだろう、とエオノは弥二郎だけに打ち明けていた。

「では行こうか」

首謀者の宣言を合図に、同志たちは動き出す。周囲をうかがい腰をかがめ、月光を頼りにして慣れた道をゆっくり進む。

やがて始まった緩い坂を上り切ると、製糖工場の巨大な影が蹲っていた。二階建てほどの高さで、二本の煙突を持つ。日中は腹立たしいほど瀟洒《しょうしゃ》な赤煉瓦《あかれんが》の外観を見せつけ、中では充満する甘ったるい湯気で労働者を蒸し上げている。

「手はず通りに」

エオノが言い、布団を巻き付けて着膨れた三人が、手に縄を持って先頭に立った。

月明かりに番犬が浮かんだ瞬間、全員が猛然と駆けだした。着膨れの三人が犬に飛び掛かって吠え声ごと押し潰し、素早く足と口吻《こうふん》を縛った。

残り七人は止まらず、今度は竹竿を下段に構えた弥二郎を先頭にして駆け続ける。工場の通用口からランタンの明かりがふたつ飛び出してきた。中途半端に途絶えた吠え声を怪しんだらしい。今日の番は犬一頭と男二人。エオノが事前に調べた通りだった。

意を決して弥二郎は加速する。

「──！」

鋭い突きを放つ。鳩尾《みぞおち》を突かれた番人は声も出せずにひっくり返った。続いた同志の三人が飛び掛かって猿轡《さるぐつわ》を嚙ませ、縛り上げる。

もうひとりの番人はランタンを取り落としながら、右手を口元に持っていった。警笛だ。弥二郎は足を止めぬまま竹竿をいちど左に振り、番人の頰を打った。ピュッと絞り出したような短い音と銀色の警笛が宙に舞う。そこへやはり三人の同志が飛びかかってゆく。

「済まねえな」

小声を残して弥二郎はさらに走る。

竹竿は軽い。打たれればそれなりに痛いだろうが、思い切り脳天に振り下ろすとかでなければ致命傷にはならないから、かえって扱いやすい。

「や、さすがだね。ヤジロウをたらしこんだのは正解だった」

追いついてきたエオノが言う。

「なんだか悪事に加担してるみたいだな」

「一面では正しい。資本家から見れば、ぼくたちほど悪逆無道な輩《やから》はいないからね」

予想外の番人がいないか、ふたりで捜索する手はずになっている。弥二郎とエオノは番人たちが開け放った扉から工場内に飛び込んだ。

こりゃあ、と弥二郎はひるんだ。高所に並ぶ窓から差す月明かりが、あちこちの大釜や圧搾機に遮られて無数の影を作っている。捜索は難航しそうだった。

「誰かいるか」

エオノが急に大声を出した。

「黙って出てこい。隠れているとただじゃおかないぞ」

わめくだけにとどまらず、エオノはすぐそばの釜を思い切り蹴った。「おい」と弥二郎はあわてた。

「せめて最後は楽をしよう。農場は広いのだから、ちょっとくらい騒いでも誰にも聞こえないさ」

エオノはそう言い、再び声を張った。

「俺たちは銀行強盗をして逃げてきた凶悪犯だ。凶悪ついでにこれからこの工場に火を付ける」

妙に説明的な嘘が広大な空間に谺《こだま》した。

「俺たちは人殺しも大好きだ。とくに人が焼け死ぬさまはいつ見ても飽きない。三十秒、いや二十秒やろう。それまでに出てこなけりゃあ」

凶悪犯とやらの口上の終わりを待たず、工場の奥から「助けてくれ！」と叫び声が上がった。

「ほらね」

エオノはにやりと笑った。

こうして占拠はあっけなく成功した。縛り上げた犬と番人たちを小さな事務室に放り込み、ひとりが見張りに立つ。エオノと弥二郎は不測の事態に備えて工場の中ほどに陣取り、残りの同志たちは居住区へ急いだ。

居残りのふたりは並ぶ大釜のひとつに背を預け、腰を下ろした。

「これからが勝負だ」

エオノの声はやはり軽く、とても勝負をはじめたとは思えない。いいかげん弥二郎も慣れてきたが、ストライクの首謀者は深刻さとは真逆の為人《ひととなり》らしい。

もし参加者がまとまった人数にならなければ、ストライクは失敗する。居残り組は祈りながら待つしかない。雲でも出てきたものか、工場の月明かりがみるみる薄くなった。やがて光は失せ、心細さはいやます。番人が使っていたランタンを持って来ればよかった、などと弥二郎は後悔する。

「いまさらだけどよ」

不安をごまかしたくて口を開いた。

「どうしてストライクなんぞやろうと思ったんだ」

「どうしてって」

真っ暗闇にエオノの声だけが聞こえる。

「鞭がいやでしょうがなかったからね。ちょうど農場の経営が危うくなり、きみという勇者が現れた」

「それだけなのか」

「それだけだ。けど、鞭が打つのは身体だけじゃない」

マッチを擦る音がした。腕時計に目を細めるエオノの顔が小さな火に照らされ、そして掻《か》き消えた。

「あれは矜《ほこ》りを打つんだよ」

エオノがマッチとは別の火を起こしたように、弥二郎は感じた。

「ここはハワイイ王国だ。ハワイイ人の王さまが統治する国だ。けど実際はアメリカ人の金持ちが牛耳っている」

「そうみてえだな」

弥二郎もそれくらいは知っている。資本家、判事、役人、警官、大臣、将校。社会の主だった地位を占める人々の過半数はハワイ人ではない。

「むかし――」

エオノは話しはじめた。

八十年ちょっと前、白人から武器を得たカメハメハ王がハワイ諸島を統一して王国を建てた。以降の王室は欧米諸国とうまく付き合いながら、ハワイを発展させようとした。

特にアメリカから大量の移住者があった。実業家は貿易や捕鯨の拠点としてハワイを開発し、知識人は法体系と国家機構を整え、宣教師はキリスト教を広めた。

ハワイ王国はヨーロッパ式の近代国家に変わっていったが、同時にハワイ人の困難も始まった。生業《なりわい》だったタロイモ栽培と養魚の地は実業家に奪われ、信仰や伝統はキリスト教によって失われた。疫病も持ち込まれ、ハワイ人は急激に数を減らしていった。

製糖業はハワイの基幹産業となった。必要とする労働力も激増し、かつては中国人、いまは日本人を王国は積極的に受け入れている。

「推定交じりの統計だけど、前世紀末に三十万人いたハワイイ人は、いま六万人に満たないそうだ。王国に住む人の過半数は移民かその子孫、出稼ぎ労働者になった」

俺も我が物顔をした余所者《よそもの》のひとりか、と弥二郎が恐縮する前に、エオノは「まあ」と続ける。

「いろんな人がひとところに住んでいる。虹のようなものさ、いまのハワイイは」

短い雨が多いハワイでは虹がよく出る。その美しさはハワイ人の自慢でもある。

「人間には足がある。船を作る知恵もある。生きていく場所がどこかに必要だし、ひとところに留《とど》まってはいられない」

「俺も」弥二郎は言った。「日本で食い詰めてハワイに来た」

「この農場の人間はみんなそうさ。青鬼はたしかポルトガルから来たんだっけな。ぼくも他の労働者も、故郷で暮らしが立たないから農場で賃労働をしているわけだし。元を辿ればハワイイ人だって、この島々の地面から生えてきたわけじゃない。海の向こうになにかあるんじゃないかって思った昔の誰かが、どこかから渡ってきたのだろうね。そう考えれば島に来た理由や後先は問題ではない。少なくともぼくにとっては」

エオノは冗舌になっていた。

「ただ、先に住んでたほうには相応の暮らし、それを支える財産、そして誇りがあるんだ。中には因習もあるだろうけれど、やすやすと壊され、奪われていいものじゃない。誰が本当の敵だろう、誰と戦うべきなのだろう」

「誰なんだ」

「砂糖貴族」

答えは端的だった。

「製糖業の利益は砂糖貴族が独占している。ぼくたちハワイイ人はぼくたちの国で、貧しい賃労働のほか生業がない」

砂糖貴族とは製糖業を営む富裕層の異称で、ほとんどがアメリカ系だ。広大な農園を持ち、故国に砂糖を売って財を成し、王国の議員や官僚を兼ねてハワイの経済と政治を牛耳っている。五年前には王国憲法を改正させ、選挙権を外国籍の男性に拡大しつつ、土地所有者に限った。ために選挙人は白人の資産家ばかりになり、ハワイ人のほとんどは投票所から締め出された。

「王さまも、新憲法で権限のほとんどを奪われてしまった」

外から戦《そよ》ぐような物音がして、すぐに激しい雨音に変わった。弥二郎は舌打ちした。構わずエオノは続ける。

「それだけでは飽き足らず、砂糖貴族たちはハワイイをアメリカへ併合させようとしている。彼らの富を守るには、小さな島国であるより大国の一部になったほうがいいらしいね」

金持ちとはそこまでの横暴を働けるものなのだろうか、と弥二郎は耳を疑った。

同時に、分からなくなった。

自分も含めた徳川の臣たちは、寛永寺で何を守ろうとしていたのだろうか。

徳川将軍は外国に特権を与えてしまい、取って代わった新政府は日本をなんとか独立国として存続させている。後知恵で誰かに責任を負わせても埒《らち》はあかないが、どこかに原因はある。当時のご老中たちにはそれぞれの事情が、官軍になった諸藩にはそれなりの理想が、維新の志士とやらには妄想めいた大志が、婿入りしたばかりの若く貧乏な旗本にはちっぽけな意地があった。それらがぶつかり、爆ぜ、合流し、別れ、明治の世が始まり、弥二郎とたかはハワイに弾《はじ》き出された。

「つまり、あんたは」

弥二郎は、どうにもならない自分の過去よりエオノとの話を優先した。

「自分の暮らしのためだけじゃなく、砂糖貴族と戦うためにストライクをやったのか」

鋭いね、とエオノは笑う。

「思い通りにはさせないぞって砂糖貴族たちに教えてやりたいんだ。ほかの農場でも労働者の不満ははちきれそうになっている。ぼくたちの成功をきっかけにストライクが全土に広がれば、彼らも横暴を控えるだろう」

計画というには大雑把で楽観的すぎるけど。エオノはそう添えた。

雨音が掻き消えた。月光とは別の薄い光が染み出してくる。雨雲は早々に去り、夜が明けようとしていた。

「うまくいけばいいな」

半ば自分に言い聞かせて弥二郎は立ち上がった。

「見回りかい、気を付けて」

飄々《ひょうひょう》とした声に見送られて、工場を出る。

短いながらも豪雨に洗われた屋外は、清涼な気配に満ちていた。赤煉瓦の工場はまだ暗い影でしかなかったが、屹立《きつりつ》する煙突の向こうでは空が白んでいる。工場のある低い丘から見下ろす下界は、鬱蒼《うっそう》と茂る砂糖黍畑の陰影を帯びつつあった。

やがて、東の山の端がきらめいた。

「エオノ！」

思わず弥二郎は叫んだ。

小さな無数の火が、朝靄《あさもや》の漂う畑を割って進んでいた。監督や事務員が総出になっても、あれほどの数にはとてもならない。火の群れは居住区から流れている。

飛び出してきたエオノは下界を見下ろし、さすがに安堵らしきため息をついていた。弥二郎が覗きこんだ先で、つややかな褐色の顔は硬くなっていた。

「これから、怪我人を出さないようにしなければ」

マイアを挽ぐようないつもの軽さが、そこにはなかった。これから、か。弥二郎も口元を引き結ぶ。反対にエオノは頬をふっと緩めた。

「ヤジロウ」

エオノは中空を指差した。

「虹だよ」

農場の上空に、様々な色を束ねた光の円弧があった。松明《たいまつ》を掲げた労働者たちの歓声が、工場に届きはじめた。

# 六

始業となる六時の少し前。

工場に監督がやってきた。担当は持ち回りで、今日はよりによって青鬼の日だった。

「なんのつもりだ、きさまら。持ち場へ帰れ、仕事を始めろ」

青鬼が鞭を振り上げたとたん、労働者たちは罵声で応じる。騒々しい中、エオノが悠然と進み出た。

「吾々《われわれ》はストライクを決行します。要求が通るまで製糖工場の占拠を続けます」

「なんだと」

愕然《がくぜん》と呆然《ぼうぜん》を溶き混ぜた顔をした青鬼に、エオノは書面をつまんで示した。

「要求を紙にしました。ボウマン氏に渡してください。ああ、あなたの解雇は要求に入っていまっていた。

「せんから、ご安心を」

青鬼は荒々しく書面を引っ手繰ると労働者たちを睨《にら》みまわし、しかしすごすごと引き揚げてい
日が昇ってからも、工場の配属者を中心に続々と人が集まって来た。気が付けば百五十人ほど、農場で働く全労働者のおよそ半分が工場に入った。

もう半分の労働者はいつもどおり畑で労働に従事したが、心情的にはストライクに同調していた。黙々と黍を刈り、束ね、操業していない工場まで運ぶ。監督たちが止めようとすると、「働かないと無給になる」と食ってかかった。さらには、黍と一緒に籠城《ろうじょう》のための食料を工場へ運び入れた。

昼下がり、経営者のボウマン氏が工場にやってきた。自慢のカイゼル髭を風と怒りに揺らし、左右には銃を担いだ護衛を従えていた。

「やっとのお出ましで。金持ちどうしの悪だくみに行ってらしたのですか」

エオノが揶揄《からか》うと、ボウマン氏は短気なのか顔を真っ赤にした。こいつは赤鬼だな、と弥二郎は思った。

「宮廷へ上がっていたのだ」

仕立ての良いフロックコートに身を包んだボウマン氏は苦々しげに言った。

「王国と女王陛下にお仕えする儂を悩ませるとは、きさまら、どこの国の人間だ」

「ここに集まっているのはハワイイ王国の臣民と、王国で適法に暮らす外国人です。あなたこそ、今日は陛下にどんな難題を押し付けてきたのです」

「市民の自由と財産を守るための提言だ。決まっとるだろ」

「この国ではいつから、金持ちのみを市民と呼ぶようになったのですか」

ボウマン氏はあしらうような鼻息だけでエオノに応じ、次いで怒鳴った。

「おい、ジャップども。明日からきさまらの給料をハワイ人の一割増しにしてやる」

労働者は出自で給料に差をつけられている。白人を十としてハワイ人が九、中国人が七、日本人が六ほど。労働者を分断させるための、ハワイの農場では一般的なやり方だ。

「騙《だま》されるんじゃねえ。どうせ一時しのぎだ」

弥二郎は声を張ったが、日本人たちはざわめいた。金目当てでハワイへやってきたのだから、賃金の多寡には敏感にならざるを得ない。

ただ、ストライクの列から出てゆく者もいない。正当な賃金だって様々な理由で出し渋ってきた現経営者の新たな口約束は、信頼を得ていなかった。

「ボウマンさん、あなたの提案には一聴の価値ありと言わざるを得ません」

エオノは不思議な物言いをした。

「農場で働く日本人は百人くらいでしたか。彼らに対してハワイイ人の一割増しとやらの給金、その半年分を前金で払う、というのはどうでしょう。そうすれば誰もあなたを疑わない。そんな現金をいまお持ちであれば、ですが」

「できるものか」

ボウマン氏が吐き捨てると、日本人たちの動揺は潮のように引いていった。

「では当初の要求通りにしてください。鞭を使わない、出自で蔑まない、勝手な天引きをやめる、残業と休日の労働は合意および割増金を必要とする。簡単なことです」

「――前二者は同意する。後二者は応じられる経営状態にない」

「ならばお引き取りを。私たちには譲歩の余地も、無駄話の時間もありません」

「労働者と経営者は会社という同じ船に乗っているのだ。諍っている場合ではない。農場が倒産したら、きさまらだって路頭に迷うのだぞ」

「船だとして、水夫を虐げたのは誰ですか。船に穴を空けたのは誰ですか。沈むような舵取《かじと》りをしたのは誰ですか」

「減らず口を。ストライクなぞ、いつでも潰せるのだぞ」

「やってごらんなさい。この人数をどうされるのです。宮廷に出入りするほどのお立場のあなたが、無法者を集めてまっとうな労働者の集会を排除するなど、できますまい」

ボウマン氏は口だけを激しく開閉させ、だがそれ以上は何も言えず、帰っていった。

日暮れが迫ると、工場の人数はなお増えた。ストライクへの参加を希望する者、参加せずとも同情的な者、籠城者の家族などなど。

自然、酒と食べ物も集まる。工場の周囲あちこちで焚《た》かれた火が夜闇を払い、籠城初日の夕食はほとんど野外での宴会と化した。はじめは普段の仲間や出身地ごとに分かれていた人々も、酒気や陽気さが回るにつれて混じりあい、あちらこちらで笑い声が弾けた。

「工場を占拠できたのは彼、ヤジロウのおかげです」

エオノはひときわ大きな輪の中心に弥二郎を引っ張り出して紹介した。拍手喝采《かっさい》が起こる。照れくさくて仕方ない。やや離れた輪の隅には、たかが横座りしていて、もらった大きな握り飯を食うでもなく膝の上に置いていた。

「あれ」

気が付くと、弥二郎の首には花を繋いだ大きな花輪がかけられていた。

「何だ、この花」

「レイと言う。尊敬の対象や愛する人、高貴な人、神々に贈るんだ」

エオノが得意げな顔で教えてくれた。

「俺は男だから、花ってのはなんだか恥ずかしいな」

「あげた人の前でレイを外すのは無礼だよ。ハワイでは王や勇者も、相応の材料で作ったレイを使う」

それからエオノは両手を広げた。

「アロハ、ヤジロウ」

「いまさら挨拶《あいさつ》かよ」

弥二郎がハワイに来て二年半になる。エオノとも昨日今日の知り合いではない。

「アロハはそんな軽い言葉じゃないよ」

肩をすくめるエオノの口調はいつも通り軽い。

「言葉にしにくいけど、ポジティブな気持ちを伝えたいときにアロハと言うんだ。挨拶にも使うけど、会釈程度の意味じゃない。ぼくはきみの勇気に敬意を、功績に祝意を、来訪に歓迎の意を示したいんだ」

来訪という言葉で、弥二郎はふと気づいた。

「ハワイに来て長いが、俺はこの土地のことを何も知らなかった。評判の海だって船から一度見たっきりだしな。知ってるのは砂糖黍と雨、暑さと鞭と残業ばっかりだ」

「ぼくたちハワイイ人も」

エオノは声を落とした。人の輪はいつのまにか思い思いに飲んだり話したりに移行していて、ヤジロウとエオノはふたりきりに等しくなっている。

「かつての習わしを急速に忘れようとしている。きみには偉そうに説明したぼく自身、大人になってから年寄りに聞いた話が多い。フラを踊れる人間もずいぶん減ってしまった」

「あの艶《つや》っぽい踊りか」

ハワイにいながらハワイを知らぬヤジロウだが、踊り手の写真は見たことがある。半裸の女性がなまめかしく腰をくねらせていた。

「フラはね」

弥二郎は初めてエオノの怒った顔を見た。

「聖なる歌を伴う、厳粛な祈りの踊りだ。男も踊る。白人の宣教師に淫《みだ》らだとか決めつけられて、ハワイイ人にも非文明的な因習だと感じる人がいて、ずっと禁止されていたんだけど」

髷を落とした弥二郎には、他人事に聞こえぬ話だった。

妻のもとに戻ると、また「あれ」と声が出た。

「おまえももらったのか、レイ」

「ああ、これかい」

たかは首に掛かった花輪の中ほどを持ち上げた。ハワイ人たちが昼のうちにせっせと作り、配って回っているのだという。

「この世にゃ花があるって、すっかり忘れてたよ。この農場にだって茂みやそこらに咲いてたのに、目に入らなかったんだね。なにせハワイに来てからこっち、きつかったからねえ」

それにしても、とたかは続ける。

「きれいなもんは見てるだけで何だか和むね」

「同感だ。ほんとうに同感だ」

弥二郎は笑顔の妻を見ながら深く深くうなずき、たかの横に腰を下ろした。

輪の中では思い思いに出し物が始まった。ポルトガル人が赤子より小さく弦も並より少ないギターを爪弾《つまび》き、郷里で村一番の秀才だったとうそぶく中国人は即興で詩を吟じた。日本人が飛び出して披露した田植え歌のような節はみごとな美声だったが、「ハワイハワイと夢見てきたが、流す涙は黍の中」などと陰気な詞《ことば》だった。

続いて、男女数人が現れた。男は褌《ふんどし》一枚、女は腰布と胸に巻いた帯だけ。いずれも頭、首元、手首と足首は葉を繋げた輪で飾っている。ハワイ人の労働者であろう。いつの間にか着換えていたらしい。

「フラだ」

聞いたばかりの知識を弥二郎は口にした。

一団は奇妙な出で立ちと言えなくもなかったが、誰もからかうような声を上げなかった。彼女らの佇まいはそれほど凜然《りんぜん》としていた。

男と女に分かれて並んだところで、規則正しい太鼓の音と、太く深い男声の独唱が始まった。男たちだけがふいに動き出す。揃った動きで腕を広げ、足を曲げ、踵《かかと》で地を踏み、回り、きりりと夜空を仰ぐ。時おり合いの手のように掌《てのひら》や剝き出しの肩を叩き、あるいは声を発する。

太鼓の拍子が続き、歌はゆるやかな調子に変わる。男たちの身体がぴたりと静止し、代わるように女たちが歩みを揃えて進み出る。腕を緩やかに折り、腰というより体全体を波のようにゆっくり揺らす。鋭い剣筋を思わせる男たちの踊りと違って、柔らかな円を思わせる優雅な挙措だった。その佇まいは、神事で舞う巫女《みこ》にも似ている。

祈りだ、というエオノの言葉を弥二郎は思い出した。禁じられた舞を堂々と披露できるこの場は、どうやらハワイを愛しているらしいストライクの首魁《しゅかい》にとって祈り、あるいは願いそのものかもしれない。

「みなさん、指の動きがきれいねえ」

たかはすっかり身惚《みと》れているようで、感嘆のため息を漏らしている。花のためもあるのだろうか、表情も声色も、穏やかだった。

これからも、今のままであってほしい。いつか弥二郎も祈っていた。

## 七

翌朝、エオノは労働者たちを叩き起こした。工場の釜を焚かせ、砂糖を大量に作り、すぐ出荷できるよう麻袋に詰めて積み上げた。資金繰りに悩む経営者には金そのものに見えただろう。

数日経つと、ボウマン氏が砂糖を買い取ると申し出てきた。怠業を旨とするストライク参加者が精を出して働き、搾取を常とする経営者がまず適正と思われる価格で買い取るという、奇妙な状態が生まれた。ストに参加しない者たちにはこれまで通りの給金が支払われ、黍を刈って工場へ運んだ。監督たちも鞭と侮蔑を控えているらしい。

労働者たちは自由だった。工場の占拠を続けながら交替で家に帰り、好きな時に街へ買い出しに行く。ボウマン氏の態度は予想以上に軟化していて、要求の受諾はもうすぐであろうと噂された。

「おかしい」

楽観交じりの喧騒《けんそう》が溢れる工場の、ストライク本部となった事務室で、エオノは首をかしげていた。

「要求を容《い》れたほうがボウマン氏にとっては安上がりなはずだ。どうしてこんなことをする」

「心を入れ替えたんだろうぜ。まっとうな働き方をさせたほうが、みんなやる気になってうまくいくと気付いたかもしれねえ」

弥二郎の適当な仮説をエオノは否まなかったが、眉間《みけん》になお疑いの皺《しわ》を寄せた。

「ハワイ王国はこの農場だけじゃない。外で何か起こっているかもしれない」

エオノは立ち上がった。

「ホノルルへ行く。こう見えてもぼくはストライクの首魁だから道中で襲われるかもしれない。護衛してくれないか」

「まわりくどい言い方だな」

弥二郎は苦笑し、竹竿を摑んだ。

同志に頼んで空いていた荷馬車を出してもらう。荷台に揺られながら、エオノはずっと沈思していた。町はずれの酒が飲める店で荷馬車を待たせ、そこからエオノと弥二郎は足を使った。

入ったハワイ王国の王都ホノルルは、騒然としていた。

白亜の家屋と街路樹の椰子が並ぶ涼しげな街並みには、興奮した群衆が溢れていた。みな口々に何かを喚《わめ》き、一つの方向へ向かって流れている。そのほとんどはハワイ人のようだった。

「なにがあったんだ、こりゃ」

弥二郎は首をひねった。当のエオノは小さな新聞屋の店先にいる。買ったばかりの新聞を食い入るように読み、弁髪を結った店主ともなにやら話し込んでいた。

やがて、小走りにエオノが戻ってきた。

「王宮へ行こう」

そのままエオノは群衆の流れに飛び込んだ。弥二郎は慌てて追いかける。

「どうしたんだよ」

人の波に揉《も》まれながら問う。振り向いたエオノは、複雑な表情をしていた。

「今日、新しい憲法が発布される。これから、女王陛下自らその旨を宣言される」

ハワイ人の権利を取り戻すよう憲法を改正する請願がずっと続いていた。その願いに今日、ついに女王が応《こた》えるのだという。

「ずっと農場にいたから知らなかった」

エオノの顔には苦渋の色が浮かんでいる。

「いいことなんじゃねえか」

弥二郎の言葉に、エオノは首を振る。

「いまの憲法では女王陛下に政治的な権限はほとんどない。それにこれまで、憲法を変えるなんて話はなかった。陛下は必要な根回しや手続きを飛び越えて、権威と決心だけで事を成そうとしておられる。政変、いや砂糖貴族に対する陛下のクーデターみたいなものだ」

おいたわしい、とエオノは悲しげに嘆いた。

やがて、列柱を並べた二階建ての、大きな王宮が見えてきた。周囲には人が押し寄せている。ぴたりと喧騒が止まった。弥二郎とエオノは爪先を立てて背を伸ばす。

王宮のバルコニーに、大きく胸の空いた白いドレスを纏《まと》った人が立っていた。女王だ。目鼻立ちまでは良く見えないが、ふくよかな体格と毅然《きぜん》たる立ち姿は異国人の弥二郎にも威厳を感じさせた。

おもむろに、女王は群衆に語りかけた。その声は並の男よりずっと太く、よく通った。ただハワイ語らしく弥二郎には意味が聞き取れない。

「親愛なるハワイイの民よ」

エオノは女王を凝視しながら英語で呟いた。訳してくれているらしい。

「私は憲法を変えようとした。我がハワイイが、住まう全ての者に公平であるために」

思い思いに集まっているはずの群衆は、よく訓練された軍隊より統制が取れていた。沈黙を守り、女王の玉音に耳を澄ませている。

「だが大臣たちは、議会が同意するまいと言った。それゆえいったん、改正を取りやめることにした。なお、私は暴力を好まない」

聴衆の失望や怒りに先んじ、女王は押しとどめるように両手を上げた。

「私は諦めない。いつか必ず憲法を変える。その日まで皆、みだりに騒ぐことなく生業に励みなさい」

女王の姿がバルコニーから消えると、群衆は口々に叫んだ。やはりほとんどがハワイ語で弥二郎には理解できなかったが、激情に駆られていることは分かった。女王への讃辞《さんじ》、悲痛な忠誠の誓い、砂糖貴族への呪詛《じゅそ》。そんなところだろうか。

「戻ろう」

言うや否や、エオノは泳ぐように人込みを掻き分けてゆく。道に出ると左右をうかがい、荷馬車が待つ町はずれへ急ぐ。

「おい、待てよ。どうした急に」

「ボウマン氏が動かない理由が分かった」

エオノは足を止めぬまま答えた。

「ボウマン氏は、仲間の砂糖貴族たちと結託すれば警察くらい動かせるし判事すら丸め込める。だが砂糖貴族たちは、女王陛下による憲法改正を潰すことに専念していて、仲間ひとりに便宜を図ってやる余裕がなかった。ボウマン氏はぼくたちから砂糖を買い取って当座の資金を稼ぎつつ、事態が変わるのを待っていたんだ。そして今日、改正は阻止された。砂糖貴族の勝ちだ」

エオノの推測が当たっているかどうかはともかく、よくまあそこまで知恵が回るものだ、と弥二郎は素直に感嘆した。

「で、俺たちはどうする。このままボウマンが根負けするのを待つか」

「逆だ。急がねばならない」エオノはほとんど叫んでいた。「諦めない、という陛下のお言葉はハワイイ人のためだろうが、妥協を拒否したに等しい。砂糖貴族たちは一足飛びに最終的な解決を図ろうとするかもしれない」

「最終的な解決ってのは」

「陛下を退位させる。その際、陛下の生死は問題にならないだろう。あとは、すでに三権と経済を牛耳っている砂糖貴族たちのやりたい放題だ。彼らの悲願だったアメリカへの併合も一気に進むだろう。そんな状況になれば、ボウマン氏が不法を働いても正当な裁きは行われない」

「お前さ」

弥二郎はそっと訊《き》いた。

「農場へ戻っていいのか。国や女王さまのために働きたいんじゃないのか」

エオノの顔が苦悶《くもん》に歪んだ。

「いまのぼくはストライクの首魁だ。仲間のために、やるべきことをやる」

エオノは思い詰めた光を目に湛《たた》えながら、口元だけで笑った。

「だいたいぼくは一介の市民だ。宮廷に出入りできるような伝手《つて》なんかないし、陛下のために働きたいなんて言っても追い払われるだけさ」

その声は、とても寂しげだった。

# 八

海は金色に輝いていた。魚の骨にも似た帆柱を掲げた帆船や太い煙突を立てた汽船がのんびりと身体を休め、小蒸気やカッターがゆるゆると行き交っている。遠くの浜あたりでは数人がハワイ人の伝統だという波乗りに興じていて、その向こうでは腕木の付いたカヌーが帆を張って静かに進んでいた。

整った岸壁と桟橋、椰子の並木。ホノルルの港は、静かな夕暮れを迎えている。

「日本も偉くなったもんだ」

弥二郎は、やや沖合に目を向けていた。

白い船体、図太い一本煙突、遠目にも並の商船よりずっとごつい錨鎖《びょうさ》、ほうぼうから突き出た砲身、掲げる赤い太陽の旗。物々しい鋼鉄の軍艦は「浪速《なにわ》」という。イギリスで建造され、日本海軍に所属している。

先年、ハワイの白人富裕層がクーデターを起こして女王を幽閉した。ハワイ王国と友好関係にある日本はクーデター側を牽制《けんせい》するため、自国民保護の名目で浪速をホノルル港に入れた。

ずっと昔、寛永寺での戦さの直前に弥二郎が目撃した徳川の艦隊はたいそう勇ましかったが、浪速一艦には寄ってたかっても敵《かな》わないだろう。いまの日本は浪速ほどの軍艦を何隻も持っていると聞く。

隔世の感。陳腐な言葉が胸をよぎる。隔世とやらの間、ずっと弥二郎はもがいていた。

「帰りたい？」

傍らから、たかが尋ねてきた。その顔には疲労の陰影が濃くなっている。

「どうだろうな」

逃げ出すように離れた母国は、いまや強力な鋼鉄艦で外国を威圧するほどになった。故郷どころか見知らぬ異国だ。そうでなくとも、帰ったところで身寄りも仕事もない。

「すまねえ。本当に」弥二郎は妻に詫《わ》びた。「俺ぁどうしてこう、仕事が続かねえのかな」

「くさくさしてても仕方がないよ」

たかは笑みを絶やさない。その振る舞いがかえって弥二郎には応えた。

マクミラン・アンド・ボウマン農場のストライクが制圧されてから、一年ちょっとが立つ。農場から解雇された伊奈夫妻はホノルルに家を借り、僅かな貯金を取り崩しながら職を探している。

あの日、ホノルルで女王の演説を聴いたエオノは、帰るなりボウマン氏に最終通告を突きつけた。

「今後、砂糖は売らない。要求が容れられなければ工場を破壊する」

ボウマン氏は「善処する」とだけ答え、以後はのらくらした態度に終始した。あとから考えれば時間稼ぎだった。

無為な数日が過ぎる間、王都ホノルルではハワイ人と砂糖貴族派それぞれが、参加者千人を超える大集会を開いていたらしい。情勢が緊迫する中、砂糖貴族に肩入れするアメリカのハワイ公使は独断で海兵隊を上陸させた。

海兵隊の威を背景に砂糖貴族派がついに決起、政庁舎を占拠して臨時政府の樹立を宣言したのは一八九三年の一月十七日。女王は内戦を避けるため「権限の放棄」に同意した。

その晩、ボウマン氏はかねて集めていたならず者と懐柔した労働者に命じ、工場を襲わせた。寝込みを衝《つ》かれたストライク側はほとんど抵抗できず、散り散りになって逃げ出すのが精いっぱいだった。

弥二郎は竹竿で戦いながら、踏みとどまった。ボウマン氏側の労働者の中に仁吉がいて、弥二郎を見るなり悲鳴を上げて逃げ去った。

エオノは薪やら石やらを投げつけていたが、仲間があらかた工場を脱出したのを見届けてから、弥二郎と工場を飛び出した。

「ぼくの力が足りなかった」

砂糖黍畑の中を走りながら、エオノは泣いていた。このときストライク側に、外の世界で起こったことを知る者はいなかった。もし王国の滅亡を知れば、エオノは泣くどころか卒倒していただろう。

「ぼくは家には帰らない。お互い運が良ければ、また会おう」

エオノはそう言い残して消えた。弥二郎がたどり着いた居住区は経営者側のならず者がうろうろしていたが、ボウマン氏の命令らしく手出しはされなかった。

「あんた！」

家に帰ると、たかの声に迎えられた。寛永寺のときとそっくりだ、とふと思った。

何が起こるか分からず、寝ずに夜を明かした。昼前くらいに扉を叩かれた。弥二郎は竹竿を引き寄せ、たかと扉の間に立って誰何《すいか》した。

「オリベイラだ。よく聞け」

扉の向こうからがなり声がした。青鬼の名だと気づくまで少し時間がかかった。

ストライクの参加者は従前の条件で働くか、年季を前に農場を去るかを選べる。ただし首謀者格の数人は家族ともども即座に解雇する。

「おまえら夫婦は馘だ。今日中にここを出ていけ」

冷厳な宣告に、去ってゆく足音が続いた。

「だとよ」

力なく振り向く。たかは「仕方ないね」とうなだれ、それ以上は何も言わなかった。柳行李ふたつに衣服や箸《はし》や椀《わん》を詰め込む。もともと物を持っていなかったから荷造りは造作もなかったが、降り出した雨が屋根から滴って難儀した。

荷造りが終わったころには雨が止んだ。柳行李を両肩に担ぎ、たかに扉を開けてもらうと蒸した熱気が吹き込んできた。外に出て周囲を見回し、空を見上げた。ならず者も監督もいない。虹も出ていなかった。

たかが「あっ」と叫んで家に戻り、ここしばらく弥二郎の愛刀だった竹竿を持ってきた。

「うっちゃいといてくれや、そのへんに」

弥二郎は力なく笑った。

「もう、いらねえんだ。しょせん、俺にはいらなかったんだ」

たかは無言のまま、目だけに躊躇《ためら》いの色を浮かべた。弥二郎は行李を下ろし、たかに歩み寄って竹竿を受け取り、近くの茂みに放り投げた。落ちた場所を見届けず、行李を担ぎ直す。

「いいんだ、これで」

たかは「分かったよ」と言ってくれたが、声に力はなかった。

それから喧騒と混乱のただ中にあったホノルルで数日野宿し、安い集合住宅を借りた。寝台とレンジが付いた八畳ほどの一間だけで、便所は共同。また家賃の半年分を前払いせねばならなかった。

人が多い都会なら仕事も見つけやすいと思っていたが、なかなか見つからなかった。政情の混乱で物価も急騰しており、農場で貯めたささやかな金はみるみる減った。

弥二郎が職を求めてさまよい歩くホノルルの街は、やたらと警官がうろついていた。王宮は土嚢《どのう》に囲まれ、銃を担いだ兵士が殺気立った顔で立哨《りっしょう》していた。向かい合う政庁舎には、気の早いことにアメリカ国旗が翻っていた。

王宮の前には毎日ハワイ人たちが集まり、王立ハワイ楽団のメンバーが作った「名高い花々《カウラナ・ナー・プア》」という歌をうたった。曲調はゆったり伸びやかで明るく、だがハワイ語の歌詞はなんの隠喩《いんゆ》もなく臨時政府を批判し、女王の復位を求めていた。

臨時政府はクーデターを「革命」などと誇らしげに自称し、アメリカへの併合に動いた。だがアメリカ側は大統領みずから不法な政権奪取を否み、臨時政府に退陣と女王復位を要求した。苦慮した臨時政府は風向きの変化を待つこととし、「臨時」の肩書きを外した。

かくてハワイ共和国が生まれた。革命とやらから一年半後の一八九四年七月四日、わざわざアメリカ合衆国の独立記念日に合わせての建国宣言だった。

同じ月、弥二郎とたかはやっと職を得た。ホノルルの山の手にある日本領事館で弥二郎は雑用夫、たかは賄い婦となった。給金は少ないが、ともかく一年半にわたった爪に火を点《とも》すような生活を脱することができた。

そしてこれも同じ月。

日本が清国と開戦した。

ハワイでも他人事ではなかった。激増する日本人移民への反感が以前から市中にあり、開戦は日本脅威論に転化した。領事館は新聞で脅威論に反論し、街で繰り返される交戦両国民の諍いを仲裁し、付随するあれやこれやがあり、とたんに忙しくなった。戦争は日本の優勢で進み、総領事はじめ職員たちは興奮を交えながら職務に精励していた。

「おかしいのは、俺のほうか」

庭に脚立を立てて木を剪定《せんてい》しながら、弥二郎は呟いた。日本が外国と戦争をするなど、とても信じられない。生まれ育ったはずの祖国は日に日に遠く感じられる。

エオノが弥二郎の許《もと》へ現れたのは、そんなころだった。

# 九

暦だけは冬の、暑い日曜日の昼下がり。

弥二郎がぼんやり見つめる先には、相変わらず土嚢に守られたイオラニ宮殿があった。

「待ったかい」

声に振り向くと、ひとりの男が立っている。

「久しぶりだね、ヤジロウ」

「エオノか」

「そう、エオノです」

二年ぶりに再会した相手は、いつかの農道と同じ物言いをした。

だが、エオノの容姿は別人ほどに変わっていた。削《そ》げた頬、脂っぽい肌、ぼさぼさの髪。落ち窪《くぼ》んだ眼下の奥で、目だけが病的に光っている。かつて才智でストライクを首謀した張本人とはとても思えなかった。

歩こう、とエオノは踵を返す。通行人より警官のほうが多いくらいの静かな街を、ふたりはしばらく無言で歩いた。

「手紙、読むのに苦労したぜ」

切り出したのは弥二郎のほうだった。

数日前、家に帰ると郵便受けに手紙が入っていた。店の看板くらいしか英語が分からないから、たかとふたりで苦労して待ち合わせの日時と署名をなんとか読み取った。

「あれ、英語読めなかったっけ」

間抜けな問いに、弥二郎は訝《いぶか》しんだ。もっと聡明《そうめい》だったはずのエオノは「それより」と顔を寄せてきた。

「決起する。手伝ってほしい」

「話が見えねえな」

弥二郎が問うと、かつては決して見せなかった卑屈な自嘲の色を交じえて、エオノは苦笑した。

「ぼくたちは実力行使で女王陛下を復位させる」

イタリアへ留学して陸軍将校となったハワイ人貴族を頭目に仰ぎ、武器と仲間を集めているのだという。

弥二郎は思わず立ち止まり、周囲を見回した。街路に人はおらず、警官が立つ辻もまだ遠い。それでも街中で大っぴらに話すのはいかにも不用心だった。

「お前、ストライクの後はずっとその、決起ってのをたくらんでたのか」

「そうだね。少し路頭に迷っていたけど、拾ってくれた人がいてね」

「その頭目ってやつか」

エオノは頷く。

「きみがいてくれると心強い。僕たちを鞭打つ砂糖貴族たちを今度こそ倒そう」

熱っぽい話がはじまった。ぼくたちが倒したいのは突き詰めれば、金持ちでも白人でもなく、横暴だ。この国にはもう、たくさんの人が住んでいる。ハワイ人だっていまさら多数派にはなれない。必要なのは住まう人の全てが平等に共存し、公正を享受する国。つまり、

「虹」

のような国だ、と。

「俺に手紙なんぞ出して、危ないと思わなかったのか」

試しにまぜっかえすと、エオノは艶のない頭髪を照れくさそうに掻き回した。

「言われてみればそうだ。気付かなかったよ」

弥二郎は哀れさすら覚えた。整然たる論理で青鬼やボウマン氏と渡り合い、労働者たちを説いてストライクを主導した男は、血気に逸《はや》る短慮な男に変わっていた。

寛永寺は、こんな目をしたやつばっかりだった。そんなことを弥二郎は思った。

「ともかく手伝っておくれよヤジロウ。こんどは農場や労働環境なんてちっぽけな話じゃなくて、

国を変えるんだ。新しい仲間は労働者みたいな無学な素人じゃなく、軍人と高潔な教養人だ。理想を立て、正義を行おう」

エオノはどうしてしまったのだろう。「ぼくはストライクの首魁だ」などと剽《ひょう》げながら無学な素人とやらの先頭に立ち、彼らが無事に逃げ切るまで工場に踏みとどまっていた男は、どこにいったのだろう。ひと時とはいえ弥二郎に虹を、たかに平穏への希望を見せてくれた友人は、なぜおかしくなってしまったのだろう。

「俺に、三度目はねえんだ」

エオノは首をかしげ、弥二郎は言い直した。

「手伝えねえ。日本人の俺がハワイに関わる理屈はねえし、義より自分の暮らしを立てなきゃならねえ」

エオノの顔色が変わった。あからさまな落胆だった。

「きみには帰る母国がある。そういうことか」

嚙みつくように問われて困った。鋼鉄の軍艦を浮かべて他国と戦争ができるような国は、弥二郎の記憶にない。母国と言えるほどの郷愁は生じようがない。

しばらく睨みあった。表情を緩めたのはエオノのほうだった。

「ぼくの母国はハワイイなんだ」

かつてエオノだった男はそう言い、去っていった。足取りは危なげなかったが、背には飢えた捨て犬のような危うさがあった。

弥二郎も帰路についた。なぜか俯《うつむ》いてしまう。途中で気まぐれの警官に呼び止められ、日本総領事館の職員であることを告げると、ぞんざいに手を振られた。家の扉に鍵を突っ込んで開けると、温かな香りとたかが出迎えてくれた。夕餉《ゆうげ》の米を炊いているらしい。

ちょっといいか、とたかに食卓に座ってもらい、エオノのことを隠さず話した。

「もちろん、誘いは断った」

話を締めくくると、たかは探るような視線を向けてきた。

「それで、よかったのかい。あんたは」

「――ああ」

振り切るように強く答えた。三度目はない。この生活を手放してはいけない。

「ならいいけど」

妻は、ためらいがちに言った。

ホノルルの街に銃声が轟《とどろ》いたのは、その夜だった。号令と隊伍《たいご》らしき軍靴の音もほうぼうから聞こえた。

弥二郎は寝台で毛羽立った毛布にくるまったまま、無念を嚙み締めていた。エオノは夕食くらいの気軽さで弥二郎を反乱に誘っていた。もはや思慮以前の話だ。あの男は本当に壊れてしまったのかもしれない。

「エオノさん、ついにやったんだね」

暗がりの中、隣で横たわるたかのささやきが聞こえた。

「じっとしてろ。俺たちには関係ねえ。逃げようってなつもりで慌てて飛び出して、流れ弾にでもやられちまったら、つまらねえ」

弥二郎は我が身を縛るつもりで身体を硬くした。

動く気配があった。マッチを擦る音がして、ランプが灯《とも》った。

「明かりは危ねえ」

あわてて体を起こした弥二郎にズボンとシャツ、それしかない穴の空いた靴下がぽいぽいと投げつけられる。

「おい、たか。なんのつもりだよ」

妻は答えず、今度は行李を引き摺り出した。十字に縛っていた紐《ひも》をほどき、かぶせ蓋《ぶた》を開ける。がさがさと行李を探るたかの影が、壁に長く伸びた。

「お前」

たかが捧《ささ》げるように両手で持ち出したのは、長短の二刀だった。

「売ったんじゃなかったのか、それ」

「大した値にならなかったからね。売るのが莫迦らしくなっちまったんだ」

弥二郎の妻は笑った。

「行きなよ。エオノさんが気になるんだろ」

一斉射撃の銃声、悲鳴、算を乱したような足音が、遠くから耳に届いた。

「昔にも言ったけど」

たかは促すように二刀を少し持ち上げた。

「あんたはもう、あたしや伊奈の家に義理立てしなくていいんだ。あんたの本懐を遂げておいで」

「お前、なにを」

弥二郎の言葉は、たかの決然とした表情と零れる涙に遮られた。

「あたしだって侍の妻だ。戦さへ出る夫を見送るくらい、させておくれよ」

たかは堰《せき》を切ったように話しはじめた。

「あたしは本当に莫迦だ。寛永寺のとき、生きて帰ってこいなんてあんたに言っちまった。死なずにいてくれたのは、そりゃあ嬉《うれ》しかったよ。けどあれからずっと、あんたはつらそうだった。あたしはもう、間違えたくないんだ。御家大事なのに子も産めず、戦さに出る夫もちゃあんと見送れずじゃあ、侍の妻でもなんでもないだろ」

「今度は、俺を死なせてくれるってのか」

「あんたをもう、あたしの勝手で縛りつけたくないんだ」

たかは叫び、弥二郎はやっと気づいた。侍としての己が死んだとき、たかの矜りも寛永寺で砕けていた。お互いずっと、似たような欠落を抱えていた。どこへ行っても何をしても埋まらなかった。

「ちょいと」弥二郎は身を翻して寝台から降りた。「待ってくれるか」

投げ寄こされたシャツとズボンに手早く着替えて革帯を通し、靴を履き、たかの前に立つ。

まず長刀を受け取った。すらりと抜き、確かめる。売ったと思ったとき以来、十年以上ぶりとは思えないほど手に馴染んだ。刃毀れを見つけると様々な思いがよぎった。最後に残ったのは「しょうがねえ奴だな、俺は」という苦笑だった。刀を鞘に収めて革帯に突っ込む。

「俺ぁ、侍としていっぺん死んだ」

続いて脇差を受け取り、腰に差す。

「御恩と奉公なんて言うが、受けた恩に奉公を尽くす。そのために役目を果たすのが侍だ」

静かにゆっくり、弥二郎は話した。

「いままで生きてこられたのは、お前がいてくれたおかげだ。おかげで今日、侍ってやつをやり直して、また役目を果たせる。ありがとうよ」

礼を言った拍子に、たかは顔を歪ませ、次いで俯いた。

「いってらっしゃい」

嗚咽《おえつ》交じりの見送りに、弥二郎は「違えよ」と笑った。

「帰ってこいって言ってくんねえか。あれがねえと、どうも調子が出ねえ」

たかが顔を上げた。そうそう、と弥二郎は心から満足した。日本ではない。この顔があるところへ伊奈弥二郎は帰るのだ。

「寛永寺で薩摩っぽか誰かに、捨て犬なんて言われちまった。けど、そうじゃなかったんだよ」

弥二郎は妻の目を見据えた。

「俺ぁこれから、俺を頼ってくれたエオノを助ける。莫迦やってやがるから説教もくれてやるかもしれねえが。そんでだ、俺を捨てねえでいてくれたお前んとこに、生きて帰ってくる」

いまさら照れたりごまかしたりしても仕方がない。自分は捨て犬ではないのだ。長く添われて、やっと分かった。

「それが、あんたのお役目」

「そうだ」

弥二郎は帯びた剣の鍔元《つばもと》を摑んだ。

「俺は侍だ。きっと役目は果たす」

たかは泣いたまま柳行李にしがみつき、中を探った。再び立ち上がると、火打石と打ち金が握られていた。その顔は涙と鼻水でびしょびしょだったが、もう泣いてはいなかった。

「ちゃんと帰ってくるんだよ」

声とともに火花が降ってくる。

雨が降ればいい、と弥二郎は思った。

どこかで拾ったエオノと逃げだすのに、多少は目くらましになる。

それに、上がれば虹が架かる。

あれほど嫌っていた雨を望む自分に驚きながら、弥二郎は銃火がまたたくハワイの夜に飛び込んでいった。

# 南洋の桜

# 一

魚臭い村落に入ると、腰蓑《こしみの》ひとつ、という恰好《かっこう》の女二人が格闘していた。

パラオの女性は恋人を巡って決闘を行う。拳《こぶし》を振るい、足を繰り出し、露《あら》わな上体を引っ掻《か》き、悪態をつき、髪を引っ張る。女性の性的な羞恥《しゅうち》は胸でなく腿《もも》の裏にあり、これを隠す腰蓑を剝《は》いだところで勝負がつくらしい。いずれ丸焼きにされる豚が決闘を煽《あお》るように鳴き喚《わめ》く。軍神の使いだという鶏が、どちらにも神威を垂れ給わぬような澄まし顔を左右に振りながら歩き回っている。

彼女たちはいつも争っている、とため息をつく案内の村人も、褌《ふんどし》のほか一糸も纏《まと》っていない。褐色の肌には幾何学模様の入れ墨が躍っていた。

村落は蒸し暑かった。北緯七度ちょっとだったたか、赤道に間近いコロール島はどこに行っても暑く、朝も夜もやはり暑い。

村人の幾人かはシャツにズボン、襞《ひだ》付きのワンピースという全き洋装に身を固め、幾人かは褌に丸首のシャツを合わせたり、腰蓑の代わりにスカートを使っている。みな例外なく裸足《はだし》だった。

火にかけられたダッチオーブンの中では、人の顔ほどの大きさのヤドカリがもがいている。茫然《ぼうぜん》と座りこむ誰かの左手には「敷島《しきしま》」と書かれた黄色い包装があり、そこから抜き取った紙巻き煙草が右手の指に挟まっている。様々な時間と場所が、熱帯の熱に溶け合っていた。

そして、村はおおむね怠惰だった。暑い昼の消耗を避ける土地の知恵とは分かっているが、やはり怠惰だった。

「酒でも飲んで寝ていたいな」

宮里要《みやさとかなめ》は、つい弱音を吐いた。身分は帝国海軍の大尉であるが、任務の都合でそのへんの旅行者と変わらぬ恰好をしている。脱いだ麻の背広を左の小脇に抱え、シャツのボタンは二つほど外していた。身体は止まらぬ汗でべとつき、右手に持つ革のトランクは重い。酒の後は荷物も任務も投げ出し、村落の眼前に広がっているはずの清涼な海でひと泳ぎしたかった。

「止めませんが、島民の前ではやめてください」

同行する南洋庁パラオ支庁警務課のアルホンソ巡警が、流麗な日本語で止めてきた。日本に南洋の統治を委任した国際連盟からのお達しで、現地人への酒の提供は禁じられている。

巡警とは、島民から採用された補助警官を謂《い》う。アルホンソは白い官帽を水平に被《かぶ》り、同じく白い詰襟はぴったり首を覆っている。背筋は伸び、足取りにまで謹厳さがある。若々しい張りをたたえた肌の、その色のほかに島民であると示す何物もない。

「あそこだそうです」

案内の村人に頷《うなず》き返したアルホンソが、前方を指差した。大きな三角屋根を掲げた住居《ブライ》がある。戸代わりに垂らされた筵《むしろ》の前で、宮里は靴を脱いだ。裸足で屋内も外もゆく南洋の風ではあるが、やはり土足で上がり込むのは憚《はばか》られた。

蓋《ふた》を開けるように筵を手でのけると、強烈な異臭が鼻を衝いた。

「死んでいるのか」

さすがに宮里は驚いた。広い屋内の中心では、丸竹の簀《す》の子に男が身体を横たえ、微動だにしていない。脇からアルホンソが入室し、宮里も続いた。

傍らには若い女性が座っている。腰蓑一枚で、胸には首から下げた十字架が白く光っている。異臭が気にならないのか、元から感情が乏しいのか。神々しく思えるほど無表情だった。

宮里は死体を上から覗《のぞ》きこんだ。顔の造りは白人に見える。肌は死色にくすみ、頬は生前からの患いを示すように削《そ》げていた。

「男の死亡は一昨日《おととい》だそうです。水代わりの酒を一瓶空け、もらった薬を飲み、しばらくすると絶叫して昏倒《こんとう》、確かめるともう息が止まっていた、と」

女を尋問していたアルホンソが教えてくれた。

「変死者の取り扱いは海軍じゃなく、きみら巡警の仕事だな。ところで彼女は」

「いわゆる現地妻です」

アルホンソの声には嫌悪が混じっていた。対象は女ではなく、島民を囲い者にした男のほうだろう。

「なぜ彼女も村人も、死体を放置していたんだ」

「役所の許可なく勝手はできないと思ったそうです。そんな決まりは無論ありませんが、南洋庁は管内に住む外国人の所在を都度つど確認していますから、それで誤解があったようです」

生きる男二人の間に、現地妻の腰蓑の尻《しり》が突き出された。宮里は驚いてから、彼女がアルホンソの指示で大きな革のトランクを引きずってきたことを理解した。

「男の荷物だそうです」

「俺が見てよいものではないな」

「巡警にはその権限があります。得た情報をうっかり口走ることも可能です」

「まわりくどいが、では『うっかり』を願おうか」

ではさっそく、とアルホンソはしゃがみ込んだ。トランクは施錠されておらず、すんなり開いた。古びた聖書、着替え、個人的な記念品らしいペーパーナイフ、拳銃《けんじゅう》、財布。様々な物品を掻き分けながら確かめた巡警は、四角く折り畳まれた厚紙を摘まみ上げた。広げ、表と裏を確かめ、「読めません。なんでしょうか」と差し出してくる。

宮里は職権への配慮をわざと忘れ、賞状くらいの大きさの厚紙を受け取った。

「旅券だな。男の名はアール・ハンコック・エリス。国籍はアメリカ合衆国。貿易会社社長」

立ったまま宮里は読み上げた。官帽の下でアルホンソの眉《まゆ》が祝うように吊《つ》り上がり、次いで沈痛な角度を作った。

「さっそく当たりを引きましたね」

宮里は上官から、エリスなるアメリカ人の探索を命じられている。南洋庁が付けてくれたアルホンソの案内で最初に訪れた先がここだった。

「そうかもしれないのだが」

旅券を裏返す。シドニー日本総領事館の査証、それと神奈川県の入国特許が押印されている。オーストラリアの査証、南洋庁の上陸許可はないが、それぞれ必要なものかどうかの知識を宮里は持ち合わせていない。再び表面を眺める。旅券の左隅で目が止まった。

「写真がないな」

「アメリカの旅券も写真が必要なのでしたっけ」

アルホンソは漢字も英語も読めないらしいが、リョケンの語が何を意味するか理解できるくらいには、巡警の職務と国際社会の仕組みを熟知している。

「どうだったかな。旅券は写真付きの手帳型に統一すべし、と国際連盟の会議が勧告したことまでは新聞で読んだが、アメリカは連盟に加盟していないし」

宮里は数か月前まで海軍大学校で学んでいた。海戦術や兵学、航海術には自信があるものの、人捜しの技能も付随する基礎知識も持ち合わせていない。

「ただ、糊《のり》の跡と割り印の右半分だけが残っている。この旅券には写真があった」

「剝がれ落ちたのでしょうか」

「可能性は否定できないが、南洋庁の巡警さんはそんな言い訳を信じるかね」

「旅券を確認した者の職務倫理と繁忙の加減によりますね。ただ、不法行為の容疑がない限り何もできないでしょう。上に報告し、外務省に照会し」

「アメリカに通告し、両国間でやり取りがあり、か。何かをするつもりなら時間はできるな」

「監視くらいは付くと思いますが」

「目を盗める自信があったか、監視されても構わないか」

「大尉は巡警の僕より疑いますね」

「そりゃそうさ」

宮里は旅券を畳んでアルホンソに返し、胸ポケットから手帳を抜いた。挟んでいた一葉の写真を確かめる。

「この死体は、ちっとも顔が似ていないんだ」

写真には軍服姿の軍人が収まっている。名はアール・ハンコック・エリス海兵中佐。貿易商を詐称して南洋に潜入している。光る両眼は遠くに注がれ、ぴったりめの軍服と高い詰襟は、細身らしい肢体によく似合っている。精悍《せいかん》とも瀟洒《しょうしゃ》とも、気障《きざ》とも言える。

寝っ転がる死体は人相が全く違う。閉じた瞼《まぶた》をこじ開けて瞳《ひとみ》の色を確認するまでもない。

「エリスの旅券を持った別人が死んでいる。これはシャロック・ホルムズとやらの出番ですな」

アルホンソは最近翻訳が出始めたイギリスの探偵小説の名を挙げた。架空の名探偵に入れ込んだ上司か誰かからいろいろ教えられたのだろう。

「小説は読まないんだ。だいたい、この話は探偵小説ではない」

噂に聞くホルムズ氏がいてくれれば楽ではある。ただし宮里の任務は謎解きではない。

「これは国防の話なんだ」

## 二

フィリピンとハワイの間、赤道以北の広大な海域にミクロネシアはある。日本ではざっくり「南洋」と呼んでいる。

珊瑚礁《さんごしよう》か火山でできた小《ミ》さな島《ク》々《ロ》が散在し、住まう人々はおおむね旧習を守りながら暮らしている。かつては大半をスペインが主権を持ち、のちドイツに移って世界大戦を迎えた。

大戦が勃発《ぼつぱつ》した一九一四年。大正三年を迎えていた日本は、イギリスとの同盟の誼《よしみ》で連合国側に立って参戦した。ドイツが租借する中国青島《チンタオ》へ派兵し、またドイツ領ミクロネシアにも「南遣支隊」と名付けた小艦隊を派遣した。当時はドイツ東洋艦隊がミクロネシアに潜伏していると想定されており、南遣支隊はその捜索と根拠地奪取を任務とし、艦ごとに占領すべき島嶼《とうしょ》が割り振られた。

日章旗を翻す巡洋艦「矢矧《やはぎ》」がパラオ諸島に接近したのは、季節感の欠如した熱帯が十月を迎えたころだった。矢矧はコロール島の沖合で停止、甲板で待機していた数十名の陸戦隊は汽艇一隻、カッターボート四艘《そう》に移乗した。

宮里要は矢矧乗り組みの中尉であり、陸戦隊に加わっていた。腰の左にサーベルを吊り、右に拳銃嚢《けんじゅうのう》を着用、臑《すね》には黒の革脚絆《かわきゃはん》という出《い》で立ちで、汽艇が曳《ひ》くカッターの船尾にあった。

初陣に、宮里は緊張していた。初陣が海戦でなく陸戦であるという驚きもあった。怖くもあった。

だがなにより、光景に見惚《みと》れていた。

海は蒼《あお》や翠《みどり》が入り混じり、透き通っている。目指す砂浜はほとんど頭上にある陽に漂白されて輝き、空は澄み渡り、水平線から雄大な入道雲が湧いている。銃火、あるいは飛沫《しぶ》く血の禍々《まがまが》しい赤色はとても似合わないと思った。

水深が浅くなる。汽艇は回頭しながら機砲を連射する。曳航《えいこう》を解かれたカッターは兵たちが漕《こ》ぐ櫂《かい》によって自走する。宮里の鼓動は高鳴ったが、カッターの舳先《へさき》が浜に乗り上げたころには恐怖も何も考えられなくなった。腰の拳銃を取り落とさずに抜けたのは奇跡だった。

「突撃」

宮里は夢中で叫び、浅い波に飛び降りる。兵たちも櫂を剣付き銃に持ち替え、続く。ほかのカッターからも兵が次々に上陸する。汽艇から放たれた機砲の弾が、発光しながら頭上を掠《かす》める。

だが、戦闘は起きなかった。庁舎らしき木造の平屋から制服姿の男性二名が白旗を掲げて飛び出してきた。踏み込んだ庁舎の中では、画家を名乗る初老の男性が文明に飽いた顔で椅子を使っていて、ドイツ人はそれきりだった。島民兵が二十名ほどいたが、鉄格子があれば牢獄《ろうごく》にしか見えない兵舎の窓からじっと様子を眺めるだけだった。

陸戦隊は守備要員を残して撤収し、艦は次の島へ向かった。コロール島の守備に任じた宮里は、帝国海軍による占領を島民に通達するため、各村落を巡回した。陸戦装備の兵二名と看護兵一名、また戦前から南洋で商売していた日本の商社社員が通訳として同行した。

コロール島は、五キロメートル四方の海面に火山性の土で平仮名の「つ」を書いたような形をしている。つまり小さい。行く道も平坦で、さほどの苦労はなかった。

反面、仰天するほどの驚きが連続した。

村はどこも数人の長老が取り仕切っていて、うち一人は檳榔《びんろう》を噛《か》んで酩酊《めいてい》しての神おろしを行う。男は文身《ぶんしん》に褌一本、女は腰蓑一枚だけ。農耕は棒で穴を掘れば足り、芋やパンノキの株を植えれば、それだけで豊かに実る。横木で浮きを付けたカヌーを駆って海に出れば、どんどん魚が取れる。漁具は豊富で、さまざまな形の針や籠《かご》、銛《もり》を使う。ウドウドと称される綺麗《きれい》な石を穿孔《せんこう》し、装飾品や貨幣に用いる。日没に寝《い》ね、朝夕の食は空腹を覚えた時点で始まる。

太古の人類を眺めるようなつもりで、宮里は村落を回った。巨大なヤドカリを振舞われ、繊維か体毛か分からぬ何かが浮いた椰子汁《やしじる》を飲み干した。病人がいれば看護兵に診させた。

そのうちにドイツ領ミクロネシアはことごとく帝国海軍の占領下となった。憂慮されていたドイツ東洋艦隊はすでに逃走していて、南米アルゼンチン沖でイギリス艦隊が捕捉《ほそく》、壊滅させた。南洋の守備隊は「臨時南洋群島防備隊」に改編され、宮里もそのまま防備隊に所属した。

――現地の慣習と信仰を尊重し、仁政を旨とすべし。

東京の海軍大臣が発した訓令は、防備隊の営舎で何度となく繰り返された。日露戦争の勝利で主敵を失った帝国海軍にとって南洋への進出は念願であり、合法的な占領を可能にした世界大戦はまさに天祐《てんゆう》だった。海軍中央は南洋が円滑に日本施政下に収まるよう、細心の注意を払っていた。

現地の守備隊では、少し様相が違っていた。列強の勝手で支配者が二転三転しながら、それまでまともな統治者もなく放置されていた南洋の民に、同情を持つ者が多かった。軍医は本土に大量の医薬品を発注しながら島々を巡り、水兵は酒保で買った菓子を惜しみなく子供に配り、看護兵は長老たちに衛生を説いた。将校は何か事件があるたび、旧慣どおり長老の合議に委《ゆだ》ねるべきか為政者の権をもって介入すべきか、心を砕いて思案した。

島民の子弟を学ばせる学校も設立された。工作兵たちは息子の家を建ててやるような顔で木材を削り、組み上げ、屋根を葺《ふ》き、質素ながらそこいらの息子の家よりはるかに堅固な校舎があちこちに生まれた。校長は本土から招いたが教員が足りず、兵からも抜擢《ばってき》された。

コロール島学校の開校式には、将校の宮里も参列した。引っ張り出してきた洋服やいつもの褌を纏った島の少年少女は校庭に集まり、内地で教員をしていた校長が熱弁を振るう様子をぼんやり眺めていた。

我々は文明の恩恵を、文明から置き去りにされた島々に伝えるのだ。宮里は自分が軍人であったことも学校が職分外であることも忘れ、胸を熱くしていた。

世界大戦は四年で終わった。近代文明の粋を凝らした大戦争による膨大な死者に倦《う》んだ国際社会は、国際連盟を設立した。敗北したドイツ以下の列強に代わって大国の一角に躍り出た日本は、世界秩序の維持を期待されて連盟の常任理事国となった。

南洋は、国際連盟の決定で日本の委任統治領となった。現地人がいずれ独立国家を営めるよう、大国が教育を普及し産業を振興させるという建前だ。講和会議の大義となった民族自立の原則と、権益を手離したくない戦勝国の野心による妥協の産物だったが、あからさまな侵略や植民地化は違法であるとした点で国際法上の画期ともなった。

委任統治の規則により、現地の軍事化は厳禁された。南洋では、海軍の軍政から文官組織の統治へ移行が進められた。

宮里は同期横並びで大尉に昇進し、また横須賀《よこすか》にある砲術学校への入学を拝命した。三年半も在勤した南洋で現地の言葉も多少は覚え、土地勘もついていたから、正直に言えば心残りはあった。だが大砲を撃ち合う海戦で勝ち続けた帝国海軍にあって、砲術学校は総本山に等しい。艦隊勤務でこそなかったが、本務に帰ったような気分で宮里は南洋を離れた。

学校では数学、化学、工学を学んだ。緯度や気圧も加味する弾道計算の知識をさらに深め、火薬の原料配合を研究し、砲の用途ごとに適切な性能を検討した。講義があり、課題があり、討論があった。

「欧州大戦の結果、日本は東太平洋《ひがしたいへいよう》のアメリカ、インド洋のイギリスに挟撃される形勢となった」

ある日の授業で、教官がヒステリックな認識を披露した。世の中には顕在化した敵と潜在する敵しかいない、というものの見方は新鮮で、宮里は思わず感心した。ただ外交や軍事において、性善説や信義に頼っていられぬのも確かだ。帝国海軍が活動する海域で、脅威となるほどの海軍力を投射できるのは、教官の言う通りアメリカ、イギリスの二か国だけだ。

国際世論も日本の国民も凄惨《せいさん》な大戦の終結を喜んでいる。だが軍人は一日のために百年かけて兵を養うものであり、平和に安眠できない。教官ほど獰猛《どうもう》になれずとも、宮里とて海軍の士官であるから軍備や戦略を考えぬわけにはいかない。

ことアメリカは長年の友好国ながら、かねて日本と摩擦がある。日本が追求する中国での権益はアメリカも欲するところであり、日本人移民はアメリカで激しい排斥運動に直面している。

そこに、南洋という新たな要素が加わった。ハワイ、グアム、フィリピンを掌握しているアメリカからすれば、日本領南洋はハワイ・フィリピン間航路を分断し、グアムを孤立させている。日露戦争後にアメリカを仮想敵国とした帝国海軍にとって、南洋はアメリカ艦隊の本土来襲を防ぐ拠点群であり、決戦海域である。国家としても有力な漁場、過剰労働力の移出先である南洋に期待を寄せている。

「ゆえ、アメリカ、イギリスに伍する大海軍の建設は急務である」

獰猛な教官の結論は、しかし帝国海軍の大勢でもある。穏健な人間でも、敵国つまりアメリカに積極的な侵攻を断念させうる程度の戦力を必要としている。さまざまな研究結果から、用兵の妙で勝利を得られる兵力の下限は「対米七割」。ゆえに現今、海軍は艦船の建造数を増やし、あるいはそのための莫大《ばくだい》な予算を国会で否決されたりしている。

ただし、それほどの大艦隊を整備する金はそもそも日本にない。よしあっても工業力が追いつかず、アメリカの国力と張り合えば勝負にならない。結果が自明で、かつ国を破産させてしまうかもしれぬ意地の張り合いに、帝国海軍は狂奔している。

日本に必要なものは、おそらく艦艇ではない。海軍将校にしては奇妙な所感を宮里は持っていた。では何か、と問われれば、まだ答えはない。

雄々しくも空疎な教官の演説が終わり、大尉や少佐の階級を持つ生徒たちはぞろぞろと校舎を出る。料亭へ行くという兵学校同期の誘いを断り、宮里はひとり宿舎に向かって歩いた。

実習用の大小の砲、研究室、試験棟を過ぎる。巨大な船渠《せんきょ》や倉庫が幾つも並び、遠くには鎮守府司令部が赤煉瓦《れんが》を積んだ瀟洒な姿を見せていた。幕末以来、横須賀は海軍の一大根拠地として栄え、広大な用地に各種の施設を備えている。海上には世界三位の海軍を構成する大小の艦艇が出航し、あるいは接舷している。単位面積当たりの鉄量、などという統計を宮里は聞いたことがないが、横須賀は世界有数であろう。ついでに言えば、街にある海軍向けの旅館、料亭の数はそれこそ日本一のはずだ。

低く唸《うな》るような音がして、宮里は遠くを見上げた。晴れた空に黒い点が三つ、三角形を作って動いている。

飛行機だった。欧州大戦では偵察や弾着確認に導入され、それを打ち落とす戦闘機が飛び回り、大出力の機関を積んで都市に爆弾を落とす爆撃機まで生まれた。帝国海軍でもこの横須賀に航空隊を開設し、訓練や研究を続けている。

飛行機一機は札束に翼をつけたくらいの値段がする。それでも、建造に数年を要し、数万トンの排水量を持ち、千名を超える人員でやっと動き、数隻の建造で国家予算の形まで変えてしまう戦艦に比べればずっと安く、戦力化も早い。

「航空だ」

宮里は帝国海軍と自身の将来を、空に託すことにした。

砲術学校高等科を修了した宮里は、横須賀航空隊への配属を志願した。

だが、容《い》れられなかった。航空はまだ研究段階に過ぎず、海戦に有効な戦力となるかも分からない。帝国海軍の精髄たる砲術を修めた有望な若手士官が進む先ではない、と思われたらしい。面倒ながらもありがたい配慮に従って宮里は再び艦隊勤務に戻り、荒波や年上の下士官に揉《も》まれながら、腐らず勉学に励んだ。

東京築地《つきじ》にある海軍大学校、略して海大の甲種に合格したのは一九二〇年。大正の世は九年を数え、宮里は数え三十一歳になっていた。

海大甲種は二年を年限とし、将来のエリートを養成する。卒業歴は陸軍の陸大ほど出世に影響しないが、連合艦隊の司令長官や海軍大臣、それに連なる枢要の職に就きやすくはなる。また海戦術の研究機関である。

定められた学科の傍らで海戦に適した航空戦術を研究し、いずれ海軍の航空を背負って立つ人材になろう、と宮里なりに考えての進学だった。

海大に学んで二年目。ワシントンで海軍軍縮条約が締結された。

日本は主力艦を対米六割に制限された。世界三位の地位は動かなかったが、建艦の計画も船台上にあった艦体も、ほとんど破棄を余儀なくされた。

そんな中で、日本初の航空母艦が就役した。最初から空母として設計された軍艦としては世界でも初だった。空母から飛び立って敵艦に魚雷をぶつける雷撃機も制式化された。

研究機関を兼ねる海大でも、航空兵力の研究が本格的に始まった。軍令部の参謀や海軍省の課員が頻繁に現れ、討議を繰り返した。

宮里ら学生が行う兵棋演習にも、空母が登場した。

兵棋演習は名の通り、将棋にも似た演習だ。部隊や艦船を表す駒を地図上で進退させて戦闘を試行する。攻撃力や防御力はあらかじめ数値化され、砲の命中や損害など偶発性が必要な処理は骰子《さいころ》を振って判定する。簡便かつ戦況を想像しやすい利点があり、世界の陸海軍で盛んに行われている。

ある日の兵棋演習を、海軍次官が観覧することとなった。当人は公務の合間に学生の士気をあおるくらいのつもりだっただろうが、海軍省は戦力整備と人事を司《つかさど》る。そのナンバーツーが来るとあって宮里は興奮した。

空母四隻と航空隊を戦力化した帝国海軍の主力艦隊が、アメリカ主力艦隊を迎え撃つ。そんな仮定での演習実施となった。宮里は航空隊の指揮官役に手を挙げ、艦隊司令長官や参謀役の学生と数日ほぼ徹夜し、作戦計画を練った。

演習当日、海大の演習室は紺色の軍服で埋まった。四畳ほどもある巨大な海図が敷かれた据え付けの卓を、学生と演習統裁官、助手たちが囲んだ。海軍次官は秘書官など側近を連れ、壁際高くに設けられた観覧席に着座した。

「某年八月Xマイナス一日、フィリピン方面へ西進する赤軍艦隊を発見せりとの報に接し、パラオ諸島に停泊しありたる青軍艦隊は全力で出撃。X日午前十時《ヒトマルマルマル》、カロリン諸島沖にて両軍互いを視認せり」

統裁官の横で助手が読み上げる。青軍は日本海軍、赤軍はアメリカ海軍を示す。日時は雰囲気の演出ではなく、気象条件を決定する。

──南洋が戦場になるのだな。

海軍にとって所与の想定に、いまさら宮里は戦慄《せんりつ》めいた感慨を覚えた。提出された作戦計画を読み上げる声に応じて、助手たちが手や棒を使って両軍の艦艇に見立てた駒を並べてゆく。

「動《どう》」

統裁官が厳かに宣言し、演習が始まる。両軍とも参謀役の学生が次々に意見を述べ、司令長官や戦隊司令官役が決心を発表する。講義の一環ゆえ略式だが、参謀たちが行う正式な兵棋演習では両軍それぞれ別室で討議や決心を行う。戦闘の進行は二分を一区切りとし、統裁官が都度「動」と宣言し、二分前の決心通りに駒が動く。発砲があれば骰子が振られ、結果が判定される。海図上で両軍艦隊は砲戦に有利な位置を取ろうと転舵《てんだ》を繰り返す。演習における午前十一時ちょうど。青軍空母艦隊の脇に鳥形の青い駒が置かれた。発艦を終えた航空隊だ。本当の戦闘なら宮里は、魚雷一本ずつを抱いた八〇機の編隊の先頭にいる。

「航空隊、赤軍戦艦部隊へ突撃します。速度一〇〇ノット」

おい、と司令長官役の学生が小声で抗議した。事前の作戦では、航空隊は敵戦艦の前衛に襲い掛かることになっていた。

「飛行機の快速なら奇襲が成功する。指揮官たるもの、機に臨んでは独断あってしかるべきだろ」

最初から決めていた独断を、宮里はいま思いついたように言った。

「時刻、午前十一時十四分《ヒトヒトヒトヨン》」

「動」

助手と統裁官の声に続き、棒で押された航空隊の駒が赤軍戦艦部隊にコツンと当たる。

「航空隊、雷撃開始」

宮里は上ずった声で宣言する。司令長官が舌打ちし、骰子が一斉に振られる。実戦であれば、海面すれすれに降下した雷撃機が次々に魚雷を海に投げ落としている。結果がメモ書きにまとめられ、読み上げられる。

「対空砲火による投下前の撃墜、二。命中は赤軍戦艦ニューヨーク、アイダホに各一。前者は不発、後者にてアイダホ右舷《うげん》中央に浸水、速力低下するも艦隊行動に支障なし。投下後の撃墜、五」

航空攻撃の結果は、惨憺《さんたん》たるものだった。

――やはりか。

宮里の絶望は、実のところ予想の内でもあった。

結果判定に使われる数値は、現実の横須賀航空隊が行った訓練の結果から作られている。機器の精度も搭乗員の練度も低い。そもそも空母からの発艦すらまだ一度も成功していないのだから、その点で演習は現実より有利な想定をしている。

それみろ、と司令長官が毒づく。

宮里が目を動かした先で、海軍次官は制帽を被りながら立ち上がっていた。

「次官、公務により帰庁されます」

秘書官が声を張り、無帽だった全員が一斉に腰を折って敬礼する。失望したから早めに帰る、と言いたげな次官の靴音が、静粛な演習室に響いた。

大正十一年、宮里要は海軍大学校の甲種を卒業した。大元帥陛下から恩賜の軍刀を授かる優秀者を見上げる中くらい成績ではあったが、ともかく海軍では将来を嘱望される身となったはずだった。

軍令部あるいは海軍省の課員、艦隊参謀、各艦の砲術長や航海長など栄えある職を拝命して旅立つ卒業生を尻目に、宮里は海大助手として学生の延長をしばらく過ごし、次いで横須賀鎮守府参謀部付という不明瞭《ふめいりよう》な辞令をもらった。

しばらく冷や飯食らいだろう、と宮里にも分かった。理由は次官臨席での兵棋演習としか思えない。独断専行が許されるのは良好な結果を招くからであって、統率を軽んじる粗忽者《そこつもの》には重職などまわってこない。

砲術学校時代の懐かしさなど覚えようがないまま、横須賀の鎮守府庁舎に出頭した。受付で言われたまま廊下を行き、階段を上り、制帽を小脇に挟み、一室の扉をノックする。許可を待ち、「宮里大尉、入ります」と呼ばわって入室する。

そこは用具入れを流用したような小さな部屋だった。窓もなく、天井からぶら下がる電灯は光量が乏しい。尋常小学校の職員室にあるような小さな机を、襟元に大佐の階級章を付けた男が使っている。背後の棚には書類と書籍が隙間なく、また整然と仕舞われている。

敬礼で腰を折ろうとすると、「いい」と声が飛んできた。半端な姿勢で頭だけ下げ、上げる。机を使う大佐は品定めするように宮里を見つめていた。

「さっそくだが南洋に行ってもらう」

大佐は言いながら、机の前にある椅子を指差した。

「失礼ですが、どなたでしょうか」

「横須賀鎮守府参謀の和田だ」

座ってから宮里が問うと、大佐はぶっきらぼうに答えた。撫《な》でつけた髪と細眼鏡が冷たく光っている。能吏の雰囲気こそあるが、海軍士官の貫禄《かんろく》をいう「潮気」はあまり感じられなかった。

「先日、横浜で行方をくらましたアメリカ人がいる。サイパンから南洋に入ったところまで、足取りは掴んでいる。彼を捜してもらいたい」

「それは警察の仕事では」

「あっちはあっちで忙しい。目先の殺人や強盗、職権の奪い合い、面倒のなすり合い。行方知れずの外国人より優先したい事項は山のようにある」

縄張根性はどこにでもあるらしい。

「あと、捜す相手次第では今後の海軍の仕事にしたい。少なくとも私はそう思っている」

和田大佐は抽斗《ひきだし》を開け、一枚の写真を机に置いた。

「アール・ハンコック・エリス。アメリカの海兵中佐だ。重いアルコール中毒だが、健康なころは秀才とうたわれていたらしい。欧州大戦では海兵隊旅団の幕僚として出征、戦場となったフランスと母国アメリカから勲章をもらっている」

まぎれもない英雄だ。くすぶっている宮里には耳が痛い話だった。

「エリスは横浜の料亭で泥酔し、日本の軍備を探るために南洋に行く、などと放言したそうだ」

やはりアメリカの軍人も南洋を放っておくつもりはないらしい。

「そのエリスなる人物は放っておいてよいのではないですか。見られて困るような日本の軍備など、南洋にはありゃしません」

南洋は軍事化が厳重に禁じられている。宮里は国家や軍の機密の全てを知りえる立場にないが、周囲の海軍将校はみな憤慨しており、その程度には日本は義務を履行しているはずだ。

「ある、と思わせておくことが敵の行動を制約する。隠しておくにこしたことはない」

和田は淀《よど》みない。

「エリス中佐は貿易商と偽った旅券を取得し、米国を発《た》った。シドニーの日本総領事館で査証を経て横浜に入り、南洋行きの船を待つ間に料亭で先ほどの放言をした。別の機密まで漏洩《ろうえい》せぬかと危ぶんだ米国の駐日海軍武官が彼を海軍病院に強制入院させたが、脱走した。去年の秋のことだ」

「お詳しいですね。まるで情報部のような」

先の大戦では、イギリス海軍の情報部が八面六臂《ろっぴ》の活躍を見せた。解読した海軍暗号はドイツ主力艦隊の位置を明らかにした。さらには外交暗号まで破り、公開されたドイツの外交文書は回りまわってアメリカの参戦を促した。パリでは高級娼婦《しょうふ》マタハリがフランスの高官たちから情報を盗んでいた。いまでは国がなくなっているが、ロシア帝国の諜報《ちょうほう》組織は戦前から名高かった。

「戦争はもはや戦場だけのものではなくなっている。吾《わ》が海軍も大艦巨砲や艦隊決戦ばかり考えていてはだめだ」

帝国海軍情報部、と和田は自信ありげに言った。

「私の仕事がうまくいけば、そんな部署ができるだろう。アメリカ海軍も現今は諜報を軽視している。正面戦力で劣後するしかない帝国海軍にとって、情報部の設立は優位に立つ唯一の好機だ」

宮里が航空にかけていた思いと和田の話は、おおむね相似していた。

「それは結構ですが、私も情報部員になるのですか」

「きみの話は聞いている。優秀だが、どうやら海軍の主流にはなれなそうだな。新部署の出だしにはぴったりの人材だ」

「私はスパイができるほど器用ではありません。数学も弾道計算がやっとで、暗号解読などできかねます」

和田は口の端を吊り上げた。笑ったらしい。

「情報部員に必要なのは自分で考える意欲だ。命令をじっと待つたぐいの忍耐も、責任を命令に転嫁するような機転も必要ない。その点で宮里大尉は至極よろしい。これから一緒に頑張ろう」

和田は冷たい顔のまま、朴訥《ぼくとつ》な熱意を表明した。

「南洋に潜入したエリスを捕らえれば、情報部設立の追い風になる。励みたまえ」

宮里は情報部の設立とやらに興味がない。とはいえ、今はやることがない。無為に過ごすほど老いぼれたつもりもない。日進月歩の技術発展は遠からず航空機に実用的な攻撃能力を与えるだろうが、それまで宮里が海軍に残っていられる可能性の方が低いかもしれない。

宮里は立ち上がった。

「宮里大尉、アメリカ人エリス中佐捜索の任に就きます」

よろしい、と和田は応じた。

「エリスについて私が話した内容のいくばくか、それと彼の写真は、アメリカ側から提供されている。非公式だが向こうの海軍からエリス捜索の依頼ももらっている」

宮里は眉をひそめた。エリスの行動はアメリカ側こそ秘匿したいものではないのか。

「そういえば、エリスは旅券で貿易商と偽っている、と伺いました。アメリカの旅券はそんな簡単に偽装できるものでしょうか」

「正規の機関が発行することはできる。正規の手続きでなくてもね」

「ますます分かりません」

「向こうには向こうの思惑がある、ということだ。諜報は化かしあいさ」

楽しくなってきただろう、と和田は不思議な笑みを浮かべた。

## 三

南洋では海軍の軍政が終了している。施政は文官組織の南洋庁に移管されたばかりだから、まだ行政の実務は安定していないだろう。エリスの南洋入りは、一見して書類がそろっていればさしたる苦労がなかったかもしれない。

そんなことを考えながら、宮里は横浜発の南洋行き定期船に乗った。見向きされない任務に発つ大尉一人に船を仕立ててくれるほど、帝国海軍は鷹揚《おうよう》ではない。

定期船の大きさは三〇〇〇トンを超えるくらい。貨客船としては小さいが、まばらな乗客に比べればずっと大きい。南洋航路は軍政時代の早々に開かれていて、海軍と国家はそれくらい南洋に期待をかけている。いずれ船室は移住者や商用の客で犇《ひし》めくのだろう。

宮里が出会った乗客も、サイパンに砂糖工場を建設中の拓殖会社社員、移民事業の準備員などなど、一人一人は陽気な意欲の塊だった。麻の背広を使っていた宮里は、隠す必要を感じずに身分を明かした。船旅を陰気にしたくないだけだったが、次々に名刺を差し出されて困った。南洋庁が設立された今も、海軍は南洋に隠然たる影響力を持っている。

真っ直ぐ南へ行き、八丈島《はちじょうじま》を経て五日後。船は複雑な色合いを見せながら澄みわたる海域に入った。空に雲があるように、海には緑色の島がぽくぽくと浮かぶ。砂浜に囲まれたひときわ大きな島は、一角に武骨な港が建設中だった。南洋の玄関口、サイパン島だ。

宮里はランチに乗り換え、古びた石積みの桟橋から上陸した。街は矩形に路《みち》が引かれ、できたばかりかできあがりつつある日本式の家屋が並んでいる。宮里は南洋駐在中にサイパンを見なかったが、ドイツは開発をほとんど放棄していたらしいから、日本施政下になってから姿を大きく変えているのだろう。

街の中心に、南洋庁のサイパン支庁がある。警務課の事務室は人と声で騒々しい。来意を告げると若者が飛び出してきた。

「お待ちしていました、宮里大尉」

若者は白い詰襟服をきちんと着こなしていた。淡褐色の肌は若々しく、髪は短く刈り込んである。

「パラオ支庁巡警、アルホンソです。大尉のご案内を命じられ、お迎えに上がりました」

現地人を補助警官として雇用し、これを巡警と呼ぶ。海軍軍政期に始まった制度で南洋庁も引き継いでいるらしい。そんなことよりも男の話しぶりに、つい宮里は驚いた。

「宮里です。日本語がお達者で」

「コロールの小学校で学びました。自慢ではないですが、一期生です」

どこか自慢げにアルホンソは言った。年齢がそうさせただけで自慢ではないですが、六歳から十二歳までの児童が褌一本で集まっていた。その中にアルホンソもいたらしい。

「お捜しのエリスとやら、そうと思《おぼ》しき人物がパラオのコロール島におります。ちょうどコロールの本庁へ直行する南洋庁の用船がありますから、便乗しましょう。途中の島々に立ち寄る定期船よりずっと早く着きます」

日本語と同じくらい鮮やかな段取りを見せ、アルホンソ巡警は出発を促した。

「私の話はどこまで」

出来上がってゆくサイパンの街中を歩きながら、宮里は尋ねた。路の左右では首に手拭《てぬぐ》いを掛けた地下足袋《じかたび》の職人たちが、街路樹らしい椰子を植えていた。

「行方知れずの自国民を保護したい、というアメリカの要請で貿易商エリスを捜している、と」

「まあ、そんなところです」

暑さにも拘《かかわ》らず、アルホンソは汗ひとつ掻いていない。小柄だが背筋は伸び、足取りは颯爽《さっそう》としている。制服の肩に海軍の階級章をくっつければ、宮里よりずっと立派な将校に見えるだろう。

「ですが、なぜ海軍さんが出張ってくるのです。オヤクショ同士の分担は複雑で僕には分かりにくいのですが、軍人さんの仕事なのですか」

アルホンソは敬語のまま、一人称を崩した。親しくしたいという意志かも知れない。

「俺も同じことを思ったんだが」

宮里も物言いを変えた。ぞんざいな口調になったのは、年長者が下手に出る風は日本にはないからだ。

「エリスはおそらくアメリカのスパイだ。放ってはおけない」

長い付き合いになりそうな同行者に熱意だけでも持ってほしかったから、隠さずに答えた。だいたいスパイの容疑など軍機でも何でもないし、外国人を見ればまず密偵かと疑う手合いはどこにでもいる。そんな莫迦《ばか》と同列に並べられたところで、宮里の誇りが傷つくほかに何の害もない。

「分かります」

アルホンソは落ち着いた声で言った。

「南洋は日本の海を守る盾であり、経済発展の新天地です。しかしアメリカから見れば、フィリピンとハワイを分断し、グアムを孤立させる壁になっている。アメリカのスパイがいても不思議ではない」

「詳しいね」

「日本人の上司に教えてもらいました」

本当は地図を眺めているうちに自分で気づいたのかもしれない。宮里の目に映るアルホンソは、それくらいの知性を感じさせた。

「ところで、エリスと思しき人物の居所はなぜわかったのだ」

「南洋庁管内は海に繋《つな》がれた一四〇〇の島々ですから、密入国が容易です。把握している外国人は、巡回時など折々で所在を確認しています」

巡警や吏員の皆が皆、それほど職務に熱心ではないだろう。アルホンソは真面目なほうであるらしい。

宮里が下船に使ったのと別の、木の桟橋へ行く。その先には南洋庁の用船らしい小振りな汽艇が停泊していた。左右の砂浜には腕木を生やしたカヌーが乗り上げている。獲《と》った魚を売りに来たのだろう。いかにも機関員という出で立ちの、油じみた作業服姿の中年が汽艇から出てきた。

「あかんわ」

機関員は鼻の辺りに皺《しわ》を寄せ、言葉通りの表情を作った。

新米の罐焚《かまた》きが操作を誤り、機関が故障してしまった。サイパンに修理の部品があるか不明だが、少なくとも今日や明日では出港できない。機関員は荒っぽい関西弁でまくしたてた。

「待ちますか」

アルホンソが尋ねてくる。

「一分一秒を争う任務ではないが、定期船を使うよりは修理を待ったほうが早いだろう」

宮里が答えると、アルホンソはちょっと考え、機関員に会釈し、砂浜に降りた。何のつもりか分からぬまま、宮里もついてゆく。アルホンソは少し離れた場所にあった大きめの腕木カヌーに近付き、その上でぼんやり紙煙草を吸っていた半裸の老人に声を掛けた。お互い、声に身振り手振りも交えている。島をへだてれば言語は相通じないほどに、南洋は広い。

「カヌーでコロール島まで送ってくれるそうです。ちょうどパラオに行く用事があったそうで。ただ相応の礼は欲しいと」

「できるのか」

南洋駐留や海大での経験で、宮里は主要な島々の距離をだいたい把握している。サイパンとコロールの間には直線距離で一五〇〇キロ近くの波高い外海が広がっている。老いた船乗りが操るカヌーなど木の葉よりも儚《はかな》いであろう。

「できるから、南洋には昔から人が住んでいるのですよ。絶えつつはありますが、伝統の航海術を侮ってはいけません」

精密な海図とコンパスを駆使し、天文学の蓄積という丘に立って六分儀越しに現在位置を知る航海術を学んだ宮里には、容易に信じられない。

だがアルホンソも嘘はつかないだろう。

「礼はどうしよう。石は持っていない」

南洋では古くから石の貨幣を用いている。大きなものは衝立《ついたて》ほどもある。

「石のカネはサイパンではあまり使いません。内地の円で大丈夫です。僕の財布には蕎麦《そば》代くらいしか入ってないのですが、大尉はお持ちですか」

「ないことはないが」

エリス探索を命じた和田参謀からいくばくかの資金を渡されている。惜しむつもりはないが、つい口ごもってしまう。

船乗りの端くれである宮里にとって、手がかりのない一五〇〇キロの海を押し航《わた》る術《すべ》は讃仰《さんぎょう》に値する。その技術を育《はぐく》んだ伝統は、宮里すら会ったことがない藤原鎌足《ふじわらのかまたり》の肖像が描かれた百円札によって壊されてしまう気がした。

「お金があれば薬や便利な道具が買えます。私たちだっていつまでも、物を知らない籠の鳥ではいられないのです」

宮里の危惧《きぐ》に気付いたようにアルホンソは言った。

「どれくらいかかるのだ」

「五日ほどだそうです」

「それなら定期船と変わらないな。あの汽艇の修理を待っても同じくらいか」

ああ、とアルホンソが照れたような顔をした。

「申し訳ありません。早く行ける手段を探すあまり、早さそのものを考えていませんでした」

いや、と宮里は首を振った。

「変わらないのなら、このご老人にお願いしよう。俺だって船乗りなんだ」

目を移すと、老人は紙煙草をくわえて頰をすぼめていた。


老人と両手が魚臭い二十歳くらいの孫、アルホンソ巡警、宮里要海軍大尉を乗せた腕木付きカヌーがパラオの島影を見たのは、予定通り出航から五日後のことだった。

老人は孫に対して威厳をもって接し、アルホンソが着ている巡警の制服にへりくだり、宮里に対してはほとんど無視を決め込んだ。航海は慣れた様子だったが、金をもらわなかったらこんな面倒なことはしない、という態度がありありと浮かんでいた。他人の好奇心を満たすために生きている人間などいないから、当然ではあった。

ただ、老人の航海術にはやはり驚嘆した。まっすぐ、あるいは弧を描く木の枝を複雑に組んだ海図、見える島影と星の相対関係、付近の島から跳ね返って変わる波の形で、現在位置を把握する。突風を直前に察知して帆を下ろし、舵《かじ》を駆使して高い波を乗り越え、あるいは避ける。好天のためもあったが、排水量数万トンの巨艦でも時には往生する外洋を、小さなカヌーは滑るように航った。ちょうど潮が満ちる時分、カヌーは吸い込まれるようにコロール島に近付き、砂浜に乗り上げた。

「コロールの街より、エリスかも知れない男がいる集落のほうが近い。ここで身体を洗って直行しましょう」

提案してきたアルホンソは、もう服を脱ぎ始めている。宮里はいぶかり、見上げた空に湧く黒雲を見て合点し、衣服を脱いでトランクに突っ込んだ。

引き潮を待つつもりらしい老人は、孫に手伝わせてカヌーを横倒しにして、その陰で煙草をくわえながらぶつくさと話している。船乗りの心得を説いているかもしれないが、孫は聞いていない顔で自分の手の臭いを嗅《か》いでいるから、詮無《せんな》き繰り言かもしれない。

全裸のまま砂浜に立っていると、黒雲が急速に空を覆い、ぶちまけたような豪雨が降った。宮里は髪を掻きむしり、掌《てのひら》で顔や体を擦《こす》り、五日の船旅でまとわりついた垢《あか》を落とした。心地よさに思わず声が出る。かつての南洋滞在時に何度も遭遇したスコールが、これほど爽快な現象であるとは知らなかった。

十分ほどで、雨など原初から世界に存在しなかったかのように青く晴れあがった。両手で髪の水を絞って突っ立っていると、赤道近くの日光があっというまに身体を乾かしてくれた。

「行きましょう」

いつの間にか詰襟服姿に戻っていたアルホンソに言われ、宮里も急いで服を着た。引き潮を待つ老人と孫に別れを告げ、浜を一時間ほど歩く。

そして、たどり着いた集落で白人男性の死体に遭遇した。

# 四

アルホンソは村人に死体の埋葬を指示した。あまりに腐敗が進むと病原菌がはびこると危惧したからだ。巡警は治安だけでなく、衛生の指導も職分の内だという。

半裸の村人たちは死体を水で清め、棺《ひつぎ》に納め、墓地へ運んでいった。土葬するのだろうと宮里は推測した。これまでの支配者はほとんどパラオの人々を顧みなかったが、キリスト教だけは熱心に布教していた。村々の古俗と混淆《こんこう》した独自の信仰形態も多い。

「もう少し教えてもらいたい」

アルホンソはメモ帳と鉛筆を取り出し、居残っていた現地妻に聞いた。住居はまだ腐臭が濃密だったが、宮里も観念して立ち会った。

「どうやって酒を入手した」

アルホンソの質問は当然だった。厳しい禁酒は南洋庁の決まりどころではなく、日本の国際公約だ。

男はアメリカの紙幣をたくさん持っていて、日本人の行商が売りに来ていた、と女は答えた。

久しぶりに聞いたパラオ語は宮里の肩身を狭くした。

「あの白人を介して村人も酒を飲んでいたのか」

証拠がない。法治国家の警察活動を先回りするように女は言った。

「身よりは」

遠くの村に友人がいるそうで、その使いが時おり訪ねて来た。白人はずっと錯乱していたから話は通じていなかったと思う。

「そこまで体調が悪化しているのに、医者には診せなかったのか」

男が拒否した。酒を止められたくはなく、長生きするつもりもないようだった。友人の使いからギラオムクール・エスキリストの薬をもらって飲んでいたが、効果は気にしていなかった。

「ギラ――」

アルホンソは絶句していた。突如現れた他殺の可能性に宮里は息を呑《の》み、同じ疑念をいだいているはずのアルホンソへ目を向ける。

「この村でもカミサマ教を信じているのか」

冷静だった巡警が、顔を真っ赤にして怒鳴った。質問の形を装った叱責《しっせき》だった。

「ギラオムクール・エスキリストの教祖が逮捕されたのを知らないか。お前たちも刑務所へ行きたいのか」

牧師の巡回があるから、この村で信じる者はいない。けれど他人が崇《あが》める神を咎《とが》めもしない。

女はアルホンソの剣幕にも動じず、淡々と答えた。

「ならいい。騙《だま》されてはいけないぞ。最後に、その友人や使いは、どこの村の者だ」

知らない。女は答え、住居を出ていった。

「ギラ何とかとは何だ。イエス・キリストのことか」

宮里が問うと、アルホンソは「邪教ですよ」と吐き捨て、興奮を拭うように自分の顔をひとつ撫でた。

「長老の一人が神がかりで予言をするというパラオの古俗と、おっしゃるとおりキリスト教が混淆した教えです。発生の時期は分かりませんが、おそらく帝国海軍が南洋を占領したころ。教祖は海軍防備隊に逮捕され、刑務所に入れられました」

「海軍は宗教弾圧などしていたかな」

旧慣尊重、という軍政期の訓令を宮里は思い出していた。

「罪状は詐欺と姦通《かんつう》です。教祖は病を治すマジナイゴトで金品を詐取し、あれこれ理由をつけて若い娘から人妻まで手籠《てご》めにしていました。呪術《じゆじゆつ》医療は伝統的な行為ですが、対価が極端で、かつ施術を受ける者が納得していなければ、摘発の対象になります。姦通は伝統的な観念に照らしても長老裁判にかけられる悪事です」

それぞれの罪についてパラオ人からの訴えがあり、防備隊が動いたのだという。

「ギラ何とかでは長いので、南洋庁ではカミサマ教と呼んでいます。とはいえ、教祖の逮捕で教えは絶えたと思っていたのですが」

アルホンソの口調は苦々しい。

「けど、悪いのは教祖だろう。詐欺と姦通を幇助《ほうじよ》した者もいたかもしれないが、信者がみな悪いわけではない」

「教祖の犯行を可能にしたのは宗教的な権威です。信者が多いほどやりやすくなる。なにより、パラオに必要なのは文明の知識。怪しげなマジナイなど信じていては、裸のままでは、二十世紀の世界で生き残れません」

「ちょっと待て。落ち着け」

再び激しようとするアルホンソを宮里は制止した。

「ともかくだ。俺は本当のエリスを見つけねばならない。手がかりは今のところ、偽者のエリスに薬を渡したカミサマ教とやらしかない。本当は無関係で空振りになるかも知れないが」

「捜しましょう」

アルホンソは強い声で言った。

「パラオを誤まらせる邪教を野放しにはしておけません」

対象が違っているが、ともかく「頼む」と言った。


アルホンソは白人男性の死を報告するため、宮里はともかく風呂《ふろ》を求めて、南洋庁の本庁があるコロールの街へ行った。小さな島だから歩いて一時間もかからなかった。

「警務課の上司にはどう報告しましょう」

アルホンソは宮里の任務を邪魔せぬよう、気遣ってくれた。

「エリスなる名の旅券を持った白人が死んだ。その事実だけで。あと、きみには引き続き俺に同行してほしい」

宮里はそう答えた。人間の死それ自体は法治国家では大ごとだから隠しきれるものではなく、隠す利点も思い当たらない。アルホンソが巡警の通常職務を放擲《ほうてき》して宮里の案内を継続する理由は、本人に考えてもらうことにした。

「上司にカミサマ教の調査を指示してもらいました」

翌朝、宮里が宿泊している日本旅館に来たアルホンソはけろりと言った。

「死んだ白人の話はどうなった」

まだ浴衣《ゆかた》姿で申し訳ないと思いながら、宮里は訊いた。

「長官まで上がり、そのあと外務省に回されるそうです。南洋には検視ができる人も設備もありませんから、さしあたり遺体は埋葬したままでよい、と」

「まあ、そうなるか。我々はどうする」

「目下、カミサマ教を追う手がかりがありません。村々を近いほうから虱潰《しらみつぶ》しにしていきましょう」

「それしかないな」

宮里は麻の背広に着替え、革のトランクを持った。アルホンソは白い官帽に詰襟服というものの衣服にリュック・サックを背負っていた。

こうして二人は村落を回り始めた。村人に話を聞き、時には客人として歓待を受け、時には巡警さまが生活を指導し、徒歩か、出してもらったカヌーで次の村へ行く。

コロール島は小さく、点在する村落は数日で回り切った。最後の村落で地図を開く。周囲には大小の島が連なっている。

「南のペリリュー島もそこそこの人口がありますが、まずは北のバベルダオブ島に行きましょう。ここいらで最大の島ですから回り切るのは大変ですが、コロールからは橋を架けられるくらいの距離です。それに、たしかカミサマ教が興った場所ですから、その点でも近道だと思います」

宮里は言われるがまま、パラオ本島とも呼ばれるバベルダオブ島の南端に渡った。火山性の島で、中央は熱帯の森林に覆われている。島民のほとんどは海岸沿いに住んでいて、道行きはそれほど辛《つら》くなかった。

とはいえ南北四三キロ、東西一三キロの大きさがある。コロールの旅館出発から二十日ほどが経ったころから、宮里は訪ねた集落の数が覚えられなくなった。手帳を開けば分かるが、数えるのも億劫《おっくう》だった。ずっと蒸し暑く、途中でスコールに打たれる。叩《たた》きつけるような潮風が吹く日もある。食うものは慣れない。睡眠は十分とっているが、疲労で目が回りそうになった。背広は汚れ、ほつれ、破れも出てきた。

エリス中佐の足取りはいっこうに摑めなかったが、アルホンソが執心するカミサマ教の調査は多少の進展があった。

このバベルダオブ島の北にある村にいた神おろし役の長老が、カミサマ教を開いた。神おろしそのものは珍しくも怪しくもないが、その長老は十字架を立て、ギラオムクール・エスキリストなる神の救いを説いた。神おろしも、もっぱら救いの成就を予言するものになった。死んだ女性を蘇《よみが》えらせたという奇跡が神秘的な権威を持たせた。

やがて教祖の知人だった長老ふたりもギラオムクール・エスキリストを説き、いつのまにか教祖は三人になった。彼らはパラオ各地を巡回して土俗の神々を追い払う神事を行い、信者を増やした。呪術医療も島にありふれているが、教祖たちはパラオ人の感覚で法外な報酬を求めた。また教祖のうちひとりが、気に入った女性を見境なく周囲に侍《はべ》らせるようになった。怪しんだ島民が海軍に訴え、教祖たちは詐欺罪と姦通罪で二度逮捕され、ためにその教勢は弱った。

ところが最近、四人目の教祖が現れた。十字に組んだ枝木に向かってギラオムクール・エスキリストの救いを祈る者が増えた。信者たちは十字の枝木を携えて村々を回り、怪しまれると、いずかたとなく消えてゆくという。

「教勢を回復させた四人目が住む村は、近いかも知れません」

　アルホンソは興奮していた。


　東回りで島を行く。途中に立ち寄ったある村で、これまでないほどの歓迎を受けた。

「長老があなたたちの来訪を予言してくれていた」

　そのようなことを言われ、集会所《バイ》で村人に囲まれた。用意していたという石蒸しの豚、巨大なヤドカリ、椰子汁で煮込んだコウモリ、ざく切りにして焼いたパンノキの実が並んだ。宮里は出されるだけ口に入れた。多少は慣れてきたものか、あるいは疲労で感覚が鈍っているのか、何を食べても旨《うま》かった。もはやエリスなる人物のことなどどうでもよくなってきた。あれこれと夢中で口に入れるさまが可笑《おか》しいらしく、集会所に集った村人がげらげらと笑う。笑う声と顔は万国共通なのだな、と宮里は妙に感心した。隣ではアルホンソが、やはり薄汚れた詰襟服で黙々と食事を摂《と》っていた。

「モ、モタロサ、モモタロサ」

　半裸の子供が歌っていた。集会所の楽しげな雰囲気に興を感じたらしい。その節回しは土俗というより、明治後期の日本に生まれた宮里の郷愁を誘った。

「オ、コシニツケタァ、キミダンゴ」

　あっ、と宮里は思った。

「ヒトツ、ワタシニ、クダサイナア」

　桃太郎《ももたろう》の歌だ。帝国海軍が開き、南洋庁が引き継いだ学校で教えられているのだろうか。歌っている子供の頑是なさは日本の小学生と変わらぬだろうが、その他の何もかもが違う。

「この村の人間はみな素直なようです。子供たちもまじめに勉強しています」

アルホンソは慈しむような目を少年に向けている。

「パラオに、やっとまともな統治が実現しました。その幸運を生かして、パラオの人々には世界の中で生きていけるようになってほしいのです」

小学校を出た年、僕は日本を旅行しました。アルホンソは続けた。

「海軍さんが、南洋の人々に文明を見せようとしてくれたのです。村々の長老と有望な若者が選ばれ、僕もその中に入れてもらいました」

「どうだった、日本は」

「何もかもが素晴らしかったです。清潔な街、巨大な建物、鉄道、鋼鉄の船、軍隊、病院、学校、衣服」

そして飛行機、と続けられた宮里は、つい顔をしかめた。

「パラオを含む南洋に、人間が住んでいるなんて誰も思っていませんでした。今言った人間とは、人間としての尊厳を認められた存在、と言う意味です。スペインは勝手に領有を宣言したくせに遠方ゆえ統治する気がなく、やがて統治する国力すら失いました。火事場泥棒みたいに南洋を奪ったドイツは、僕らにコプラや燐《りん》を採らせるだけでした」

子供の歌は「サクラ、サクラ」と続く。

日本が開拓しようとしている南洋で、宮里はまだ桜を見ていない。もし植えたところで、気候があうのかは知らない。

「そんな統治でも、人どうしが出会っているのです。南洋とて変化せずにはいられません。旧習のいくつかは廃れ、航海術は失われつつある。キリスト教も広がった」

今さら宮里は気づいた。パラオ語の語感からすれば奇妙にも聞こえるアルホンソという名は、おそらくスペイン風だ。

「善意で国の方針が決まるとは、僕も思いません。けど僕を学校に学ばせてくれたのは、裸は淫《いん》乱《らん》だからという理由でなく衣服をくれたのは、文明を見せてくれたのは、病院を建て、衛生を教え、貨幣を得るための仕事を作ろうとしてくれたのは、日本の人たちです」

宮里は胸が熱くなった。だから、続いたアルホンソの言葉をどう理解すべきか戸惑った。

「このチャンスを生かして、僕たちは文明を我が物にしなければならないのです」

「腹がくちくなった。腹ごなしに歩いてくる」

断り、外に出る。石で舗装された道を見つけ、あてどなく歩いた。大小の家、芋畑、バナナの木、名前の知らぬ灌木《かんぼく》や大樹とすれ違う。

浜に出た。空は抜け、海は蒼く、水平線には入道雲が湧いている。美しい景色は、陸戦装備に身を固めてカッターから眺めた時と変わらない。巨大な鋼鉄艦、禍々しい巨砲の唸り、宮里が思い描いた航空隊。それら全てが、南洋には似つかわしくないと思った。

「ハロー」

背後からの声に宮里は振り返る。背の高い白人の男が歩み寄ってきた。

「日本の方ですか」

男は英語を使った。腕まくりしたシャツは黄ばみ、濃灰色のズボンは色褪《いろあ》せている。やせ形で背は高く、顔は病的なまでに青白い。

「ええ、そうです。景色に見惚れていました」

宮里は海軍兵学校で英語を学び、候補生時代は練習艦隊に乗り組んで世界を旅した。英語に不自由はないつもりだったが、久しぶりに口にすると思ったよりぎこちなくなった。

「この村は、とくによい所です。私も数か月ほど居ついています」

「同感です」

「と言っても」白人は肩をすくめた。「故郷とは言葉も食べ物も景色も違うから、たまに倦むこともある。私は散歩に出ていて、さっき村に帰ったばかりなのですが、日本の海軍将校がいらしたと聞いて飛んできました。話し相手が欲しかったのですよ。あなたたちが英語に達者であることは、よく存じていますから」

「お褒めに預かり、光栄です」

「社交辞令ではありませんよ。数年前、サンフランシスコで日本の士官候補生を招いたパーティに出席しました。楽しい話をたくさん伺った」

兵学校生徒が乗り組む練習艦隊の航路は複数あるが、アメリカは数多い寄港先の一つだ。互いを仮想敵国として軍備を競っているが、同時に日本とアメリカは長年の友好国でもある。

「日本はミクロネシアでよい統治をしているようですね。私はサイパンから始めていくつかの島を回りましたが、恨み言は聞いたことがない」

「私がしたことではありませんが」

宮里は肩をすくめた。

「南洋の人々にとって望ましいことであれば、私にとっても幸いです」

男は胸のポケットから小さな金属水筒を抜き出し、ひとくち飲んでから差し出してきた。宮里は男の表情を確かめながら、手で断った。

「人は、強くありません」白人は言った。「疑問を持てば答えを、苦難に直面すれば救いを求めます。誰しも安らかに生き、死にたいと思っています」

「分かる気がします」

「私も弱い人間です。できれば救われたいし、いまは大きな疑問を持っている。答えを探しに、この島に来ました」

男の過去を詮索するのが、宮里には無粋に思えた。旅に理由は持たなくてもよいし、人間だれしも生きていればそれなりの訳を持たされる。

宮里はしばらく青い海を眺めた。

浜は東を向いている。暮れようとする陽は見えない。いずれ、ハワイを発ったアメリカの大艦隊が舳先を連ねてやってくるかもしれない。宮里の腹案では航空機が迎撃する。空母は建造に金が掛かるから、海に散らばる島嶼に飛行場を建設したほうがよいだろう。

いやな想像だ、と思った。それほどに海は美しく、南洋の島々は住まう人々の重みを持っていた。

「酒、もらえませんか」

白人のほうを振り向き、宮里は苦笑した。白人の背後は、木の槍《やり》を携えて表情に敵意をたたえたパラオの男たちでいっぱいだった。いくつか、十字架のように横木を渡した棒もある。

「アール・ハンコック・エリス中佐。そうですね」

写真で何度も見た顔が、ゆっくり頷く。差し出された金属水筒からひとくち含み、熱い感触が腹まで駆け下りたころには、宮里は槍衾《やりぶすま》に囲まれていた。

# 五

上体を縛られた宮里が連れてこられた村は、様相をすっかり変えていた。

男たちは手に槍を持ち、女たちは顔に恍惚《こうこつ》を湛《たた》えている。みな外に出て、無数の声を揃えて歌をうたっている。パラオの古語らしく意味は取れなかったが、エスキリスト、ビラトン、カルバリアなど、他と語感の違う言葉が耳に残る。聖書の句が訛《なま》ったものだろうか。さっきの宴《うたげ》めいた歓迎の場で洋服を着ていた者も、今は褌か腰蓑に改めていた。

全身に入れ墨を施した初老の男が叫んでいる。彼が煽るように十字の木を振り上げると、そのたびに歌声が強く大きくなる。どうやら教祖らしい。

「私が島々を実際に見て回った所感だが、ミクロネシアには尚武の気風がある。歴史を紐解《ひもと》けば、スペインやドイツに対する反乱も多かった」

歩きながら、エリス中佐は言う。粗暴に傾いてはいなかったが、慇懃《いんぎん》な態度は捨て去っている。

「こと、パラオでは武勇と闘争が尊ばれる。アメリカを発つ前に学んだが、パラオが西洋文明と濃密な接触をしたのは一八八五年、このあたりが正式に、言い換えればヨーロッパ文明内での勝手な取り決めでスペイン領になってからだ。それまではイギリスの商船がパラオに大量の銃器をもたらし、村落間の闘争に協力し、見返りに真珠や鼈甲《べっこう》を得ていた」

兵学校や海大の教官たちを宮里は思い返していた。頑迷な大艦巨砲主義者から理知的な学究肌まで様々な人物がいたが、エリスの口調は後者のものだった。

「その一八八五年から、五十年も経っていない。かくも短い期間にパラオは支配者がくるくる変わった。キリスト教が広まり、衣服が登場し、濛々《もうもう》と黒煙を吐く鋼鉄艦が海に現れた。予言も占いも、武を競う戦闘も禁止された。パラオ人に民族意識や自主独立の観念があったか、それは私の専門外だ。だが彼らの精神世界は瞭然たる形で否定され、破壊と忘却が進行している。平気でいられる方がどうかしているかもしれない」

発作だよ。エリスは言った。

「この村の人々はキリスト教を改変し、新たな土俗神を生み出し、その予言者に心服し、それによって古の精神を取り戻そうとしている。一貫性はない。根拠もない。かつてのパラオ人がいつも槍を携えていたか、私は知る立場にないが、違うだろう。復古の運動は往々にして新しい風習を生み出すものだ。未知の刺激に対する無意識の反応。まさに発作だよ」

発作という言葉が、宮里に不穏な予想をさせた。

「この村は日本への反乱を企てているのですか」

まさか、とエリスは肩をすくめた。

「目下の敵は隣村だ。境を接するからこそいがみ合うのは、国際社会と同じだ」

元の集会所に戻ると、やはり上体を縛られたアルホンソが黙然と座っていた。エリスは人を払い、隅にある緻密《ちみつ》な彫刻が施された木箱へ歩み寄った。囚《とら》われの宮里はとくに何も指示されず、とりあえずアルホンソの隣に腰を下ろした。

「大丈夫ですか、大尉」

訊《き》いてくるアルホンソの頰には青い痣《あざ》があった。

「きみほどひどい仕打ちは受けていない。そして、あの白人はエリスだ」

アルホンソが目を見開く。宮里は縛られたままの身体をひねり、エリスの背に向かって叫んだ。

「あなたの旅券を持っていた男は死にました。ギラオムクール・エスキリストの薬を飲んだそうです」

エリスはすぐに答えず、箱から緑色のガラス瓶を持ち出した。ゆっくりした足取りで歩き、宮里たちの前に腰を下ろすと、ガラス瓶から液体をがぶ飲みして目を閉じた。吐いた吐息には濃密な酒精の臭いがあった。

「チャールズは可哀そうな男だった」

エリスは瞼を上げた。現れた鉄灰色の瞳には悲しげな光を宿していた。

「私は正規の手続きを経てミクロネシアに入り、まずサイパン島を探索していた。そこでチャールズに会った。彼は福音の光を闇の世界に届ける大義に胸膨らませてミクロネシアに来た牧師で、しかし行く先々で宣教に失敗し、大量飲酒で緩慢な自殺を試みていた。私もアルコール中毒者だから、すぐに仲良くなった」

アルホンソはエリスを睨《にら》みつけ、しかし黙っている。英語が話せないからしかたない。

「なぜ、彼に旅券を渡したのです」

「あと当座の酒代もたっぷりとね。財布が空になっていたチャールズは両方とも喜んで受け取ってくれたよ。死ぬまで酒が飲めるのなら、自己同一性などどうでもよかったんだろうね。何者でもなくなった私は島々を回り、地形を調査し、軍事施設を探した」

なっていない、とエリスは声を荒らげた。

「日本の海軍は、コロールに武官のオフィスと市内にしか通じない電話機を置いたきり、何もしていないではないか。軍港の適地は水たまりのまま、飛行場にうってつけの平地は野っ原のまま。観測所も兵営も、砲台もない」

「軍事化は国際連盟により禁じられています。我が国は委任統治の理念を信じ、規約を誠実に履行しています」

誇りを傷つけられたよう気がして、宮里は怒りを覚えた。

「馬鹿正直なことだ。だから貴国は私のごとき諜報の素人に潜入を許してしまう」

「なら馬鹿正直でよろしい。インディアンの居住地を奪ったり、タスマニア島で現地人に対するスポーツハンティングを楽しんだり、そんなことを日本はしない。あなたのように行きずりの他人を別人に偽装して殺したりはしない」

ふむ、と今度はエリスが不快気に唸った。

「もし私の潜入が露見しても、チャールズが私の旅券を持って死ねば、追手は諦《あきら》める。検視で別人と判明しても多少の時間は稼げる。それくらいはたしかに考えていた。だが、自分の利益のために他人を殺すほど私は酷薄な人間じゃない。きみも軍人なら、戦闘と殺人の違いくらいは分かるだろう」

「軍人なら、というお話は全く異論ありません。戦闘は国民を守るための行為であり、結果的に戦死者は出ますが、殺人そのものは目的ではない」

「敵兵一人を半死半生にすれば救護に兵を割かれてなお敵戦力を減らせる、という非人道性も戦闘の一部ではあるがね」

枝葉の話を根幹であるかのように言い、ともかく、とエリスは話を整えた。

「医者でない私の目から見ても、チャールズの死期は近かった。私は旅券と金しか与えなかったし、一日でも長生きしてほしいとすら願っていた。自決用の毒薬を持っていたことも明かさなかった。その後もチャールズが気がかりで、この村に居ついてからは、村の者に様子を見てもらっていた」

「チャールズ氏が飲んだ薬は何です」

「たぶん、この村で飲まれている聖水だ。予言者があたりに自生しているいくつかの種類の草を煮込んで作る。恐ろしくまずいが害はない。作った日と容器の状態にもよるが、煮沸しているぶん生水よりずっと衛生的だ。様子を見に行ってくれた者が、酒に煮溶けたチャールズの姿を憐《あわ》れんだのだろうね」

「旅券を失って、あなたはどうやって出国するつもりだったのですか」

「世界中の海軍将校が瞠目《どうもく》すべき偉大な航海術が、この海域には生きている。あと日本領ミクロネシアのただ中に合衆国領グアムがあることを、君は忘れたかね」

船も手配していたのだが無駄になった、とエリスは言った。何が無駄になったかより気になったことを宮里は先に聞いた。

「お話は分かりましたが、チャールズ氏を殺さなかった理由は信じられません」

「私は日本の入国法規を侵し、かつスパイであることを明らかにした。いまさら別の罪を逃れる理由はない。だいたい私は、もうすぐ死ぬ」

「確かに、だいぶ酒を過ごされているようで」

「そいつも数年後に私の命を奪うだろう。素面《しらふ》でいられるほど欧州戦争の光景は牧歌的でなかったからね。だが私の死は三日後だ」

「なぜ、わかるのです」

「予言されたた。あの怪しげな宗教の教祖にね」

宮里は目を眇《すが》めた。

「不思議なことに、予言者は一目見るなり、私の過去をすらすらと言い当てた。過去と未来は別のことだし、高名な占い師の中にはその手のテクニックに長《た》けた詐欺師がいることも知っている。けれど、信じてみたくなった」

「ご自分の死を、ですか」

「それはさすがに信じたくない。信じざるを得ないといったところだね」

エリスは笑った。

「きみたちの来訪も予言されていた。私は武装した若者たちを連れて村外に潜んだ。村では祭具を隠し、精一杯の歓待できみたちを油断させた。念のため直《じか》に話して補助警官であると確かめ、そして捕らえた。宮里大尉と言ったか、きみはまあ、ついでだな」

「いちいち私たちを捕らえる必要はない。なぜ殺さないのです」

「言ったろ、私はそんな酷薄な人間じゃない。殺害は教祖を説得して止めさせた。私は村人に軍事訓練を施している。銃や火砲は使えないが、個人の武勇の集積でなく、集団で戦うやりかたを教えている。だから多少の発言力を得ているわけだが、引き換えに私からも長老にお願いをしている」

「何です」

「私の作戦計画は通用するか。それを予言してもらう」

「何です」

宮里は同じ言葉を使った。

「合衆国軍の対日作戦プランさ。主戦場はミクロネシアだ。私は作戦の有効性を確かめ、必要な修正をするためにこの地へ来たが、死んでしまうなら仕方がない。予言に頼ることにした」

宮里は莫迦げた話に呆《あき》れ、次いで他国の軍事機密を耳にした事実に驚き、最後は当然の帰結に思い至って震えた。

「日本と合衆国は開戦するのか。それをあなたは問うているのですか」

「私が知りたいのは作戦の有効性だが、予言の形である以上、開戦ありや否やという問いは必然的に生じるね」

宮里は、もはや虚実が分からなくなった。

「教祖は気まぐれらしく、なかなか予言をくれない。私が軍事訓練を続ければ村人はより精強になると思っているかもしれないが、だとすれば死ぬなんて予言をすべきではない。その無計画性こそ、私に言わせれば予言が本当である証《あかし》だ」

「予言を得た後は、どうするのです」

「欧州大戦が終わり、世界はやっと平和を得た。その平和がとこしえであることを祈りながら死を待つつもりだ」

「つまり、あなたが死ぬ三日後まで、私たちの命は保証されている」

エリスは頷き、「そうだ」と手を叩いた。

「予言を、きみも聞いておくといい」

自分の計画に自信があるのか、エリスは傲然《ごうぜん》と言い、出ていった。

## 六

「ばかばかしい」

ふたりきりの集会所で、アルホンソは遠慮なく吐き捨てた。

「予言は確かにパラオの伝統ですが、根拠のない因習です。加えて邪教の神の世迷言《よまいごと》。聞くに値しません」

「俺たちがこの村に来ることも予言していたというぞ」

「何かの偶然ではないですか。そもそも、なぜ的中したなんて考える必要はありません。壁に三つの染みがあり、人の顔に見える。染みが怪異の仕業か、どうして染みが人の顔に見えてしまうか。迷信深いかその手の学者でなければ、どちらの問いも無意味です。偶然や出鱈目《でたらめ》に触れた周りの人間が、勝手に意味を見出《みいだ》しているだけなのですから」

それはそうだ、と宮里は納得し、早口でまくし立てるアルホンソの剣幕につい怯《ひる》んだ。

「エリスが三日後に死なないとすれば、いずれ生きて島を脱出するだろうな」

「予言など信じられません。エリスは死なず、脱出は確実です、その前に逮捕せねばなりません。彼は、自分の作戦をより確かにするために南洋の偵察に来たのでしょう。のうのうと逃がしては日本の国防が揺らぎます」

だいたい、といつもより口数の多いアルホンソはさらに声を荒らげた。

「戦場が南洋であるなどという話、とうてい許せません。勝手に領有したり戦争をしたり、白人どもは南洋を何だと思っているんです」

しかし、とアルホンソは続ける。

「悔しいことです。エリスもカミサマ教の教祖も発見したのに、何もできない」

それは宮里も同感だった。

そこへ、のそりと人影が二つ入って来た。煙草をくわえた老人と、魚臭い若者だった。

あっけにとられる宮里を一瞥《いちべつ》し、老人はアルホンソの前にしゃがみ込んで話しはじめた。やはり身振り手振りが主体だが、言葉も多少は通じているらしく、表情と首しか動かせないアルホンソと会話が成立しているようだった。やがてアルホンソの顔が明るくなった。

「稼ぎ、それが何かまでは分かりませんが、この村での稼ぎがふいになった。埋め合わせに罪人の見張りを申し出た、ということです」

エリスが手配し無駄になったというグアムまでの脱出方法を、宮里は得心した。

「同情するが、わざわざ不幸を俺たちに聞かせたということは」

「見張り代を超える対価をもらえれば、よくしてやる、と言っています」

宮里は尻を床にこすりつけた。ポケットに入れた鍵の感触がある。身に着けていた物のうち財布と手帳は奪われたが、鍵は見落とされていた。何の使い道もないはずだったが、思わぬところで役に立った。

「没収された俺のトランクに百円札がたっぷりある。鍵は俺の尻のポケットだ。あるだけ持って行っていい。いや、待て」

きみだけ逃げろ、アルホンソ。宮里はそう言った。

「なぜです」

「きみの言う通り、エリスは逮捕せにゃならん。コロールへ行って警官隊を呼んでくるんだ。俺はそれまで、エリスがどこかへ逃げないよう見張っておく」

「囚われの身で、捕らえた相手をどう見張るんです」

「考えがある。というほど名案ではないが、足止めできるかもしれない」

アルホンソは眉根を顰《ひそ》めた。

「お考えの妥当性を問う気はありません。ですが、ここに留《とど》まっているのは危険です」

「こう見えても軍人だ。それくらいの覚悟はできている。エリスを逮捕するとしても武装した村人に守られているだろう。国防が関わる話で警官にだけ身体を張らせて、軍人が逃げるなんて法はない」

アルホンソは逡巡《しゆんじゆん》するように目を伏せ、それから上げた。

「スパイも教祖も一網打尽にしてやります」

決意というより、憎悪に近い声だった。


翌朝、縛られたまま竹の床で寝ていた宮里は揺り起こされた。目を開けると槍を持った村人がいて、立つように促がされた。

ちらりと振り返る。航海慣れして徹夜が平気な老人は煙草をくゆらせ、傍らでは孫が、巡警服を着てうつ伏せで寝っ転がっている。

アルホンソは昨夜のうちに、孫から貰《もら》った褌一本という現地人の出で立ちで村を脱出している。隣の村まで走り、カヌーを出してもらってコロールへ帰って半日、報告とそこいらの警官をかき集めて半日、警官隊を編成して小蒸気でバベルダオブ島のこの村まで走って半日弱。合計で一日半をやりすごせば何とかなる。アルホンソが魚臭かったかどうかなど、誰も覚えていないだろう。

宮里は決意を胸に秘め、外へ出た。

朝から蒸気が立ち込めている。豚と鶏が鳴いている。少し離れた所では男たちがエリスに仕込まれたらしい二列縦隊の行進を行っている。近くでは女二人が殴り合い、互いの腰蓑を剝ごうとしている。手空きの女子供が歓声を上げている。誰も洋服を身に着けていない。むせ返るような青い草の臭いがする。ばかでかい虫が眼前を掠める。ことさらの懐古、懐古のための新例、変わらぬ自然。そんな中を宮里は歩き、高々と三角屋根を掲げた集会所に入った。

「やあ、よく眠れたかね」

胡坐《あぐら》をかいていたエリスが、首をひねってにこやかに言った。身体が向き合う先では、くだんの教祖兼予言者がやはり胡坐を作り、俯《うつむ》いて上体を前後に揺らしている。

「ついに予言が下される。きみも聞いていたまえ」

大人しくエリスの隣に座る。

教祖はゆらゆらと揺れている。口からは不明瞭な言葉と咀嚼音《そしやくおん》、大量の赤い唾《つば》がこぼれている。檳榔を噛んで酩酊しているらしい。背後の壁には祭具らしい十字の木や凝った装飾の施された槍が立て並べられている。どこまでが尊重すべき土地の旧慣か、どこからが自由であるべき個人の信仰か、どのあたりに権力が介入すべき不心得があるのか、判ずるに足る識見を宮里は持たない。科学的思考、物理学、数学、化学、工学。近代国家の海軍将校に必要な知恵がほとんど存在しない奇妙な世界の中にいる。

ただ、レントゲンで撮影すれば、宮里もエリスも、教祖も、科学者も提督もどこかの戦死者も未亡人も遺児も、みな同じ姿をしているのだろう。地球の片隅が勝手に二十世紀を迎えた。少し前まで外圧に震えていた宮里の国は、必死で二十世紀に追いすがっている。地政学《ゲオポリティーク》など引き合いに出さずとも、人間はそれぞれの地域でそれぞれの状況に応じて生きている。果てのない丸い地球を移動し、出会い、衝突し、まじりあい、追い出され、同化し、共同している。

結果、合衆国海兵中佐アール・ハンコック・エリスと帝国海軍大尉宮里要は出会った。異世界との接触に震え、新たな神を生み出した南洋パラオの片隅で。

「――！」

予言者は天を仰いで叫び、そのまま仰《の》け反り、卒倒した。

「莫迦な」

エリスの声はか細かった。

「合衆国が敗けるだと。そんなはずがない。ありえない」

もう宮里は、驚きも呆れもしなかった。奇怪な現実を奇怪なままに、夢が現実なら夢を、受け入れなければならない。他人の夢でも、悪夢でも、そこで宮里は生きてゆくしかない。

注意深く見守る。エリスは蒼褪《あおざ》め、みるみる生気を失っている。死の予言より早く、絶望が心臓を止めてしまうかもしれない。ともかく気付けが必要だ。この男を生きたまま逮捕せねばならない。

「エリス中佐」

宮里は言った。

「兵棋演習をやってみませんか。私はあなたが執心する日本の、それも海軍の軍人です。海軍大学校で兵学も戦略もひととおり学んでいます」

「してどうする、そんなもの。もう必要がない」

「本当に合衆国が敗けるか、予言を検証せねばなりません。我々軍人は、所与の前提から出発して、結果のために過程を尽くすもの。一足飛びに結果だけ聞いて一喜一憂すべき立場ではありません」

「宮里大尉」

エリスはゆらりと顔を上げた。

「きみは良いことを言った。同じ軍人として尊敬に値する」

海兵中佐の顔には生気が戻っていた。

# 七

エリスは母国から大小さまざまな地図、海図を持参していた。定規やコンパス、筆記用具なども ひと通り揃っている。

宮里はエリスと協議しながら、兵棋演習に必要な両国の国力、兵数、兵器の能力を決定した。南洋を中心にして日本からアメリカまで含む地図を選び、艦隊や方面軍など大きな部隊単位で駒を作る。骰子も六面体をいくつか自作した。

「我が作戦計画の骨子を話しておく。前置きは長くなるがね」

瀟洒な装飾が施された自前のナイフで木材を削りながら、エリスは言った。よほど自信があるらしい。

「私が全人的な忠誠を捧《ささ》げている合衆国海兵隊は、ずっと存在の意義を疑問視されてきた」

陸戦ならば陸軍がある。海軍だって陸戦隊を編成できる。なぜ、わざわざ海兵隊という独立した組織が必要なのか。軍部ではかねて海兵隊廃止論が絶えなかった。世界大戦でそこそこの武勲を上げて、海兵隊は何とか生き残った。だが、あれは陸軍の真似事に過ぎない。

殴り込みの敵前上陸。それこそが海兵隊の任務だ。

世界大戦で連合軍は五十万人近い兵力と大艦隊を動員して、ガリポリの上陸戦に失敗した。私に言わせれば好機だった。誰もできないことをやってのけてこそ、海兵隊の価値を証明できる。

そしてガリポリの他、もうひとつ幸運があった。

それは日本だ。

世界大戦の結果、日本はミクロネシアを手にしてアメリカの海上交通路に割り込んだ。もし日本と戦争になれば、アメリカは必ずミクロネシアを奪取せねばならない。フィリピンとの連絡を確保し、ハワイから日本列島へ艦隊を送る中継地点を得るためにね。

だいたい太平洋の覇権に手が届く国は、アメリカと日本しかない。つまり我が海兵隊は、日本と戦うために生まれ変わるべきなのだよ。

日米が開戦すれば、海兵隊は先陣を切って出撃し、飛び石のごとくミクロネシアの島嶼を確保していく。続く海軍は確保した島を拠点としながら着実に前進し、最後はフィリピンか日本に至る。

以上が私の作戦計画だ。

ガリポリの例で明らかだが、艦隊の砲力と大兵力だけを頼れば上陸戦は失敗する。だから海兵隊は上陸戦のエキスパートとして再編成される。適切な上陸点を見定める知性と、どれほど困難な戦場へも身一つで殴り込む蛮勇。両者を兼ね備えた集団に、海兵隊はならねばならない。

海兵隊を継子《ままこ》のごとく扱う海軍を従わせ、その戦艦の巨砲を上陸支援に使う。航空機も活用する。その機動力は、目まぐるしく変化する海岸の戦場に適切な支援を提供するだろう。爆弾を落とし、機銃弾をばらまき、隠蔽《いんぺい》された敵陣を露わにする。

「やはり航空機ですか」

宮里の声はつい震えた。

「ああ。海兵隊は急降下爆撃の研究を始めている。目をつぶって高空から爆弾を落とすよりずっと命中率は高い。全ての能力を兼ね備えて、全ての能力を結集して、海兵隊は合衆国軍の先頭に立つのさ」

ひょっとすると、とエリスは言う。

「日本の海軍は、ミクロネシアが日本の盾になると思っていやしないかね。適切な兵力を配置しておけば敵の進撃を防げると。だとすると逆だ。攻勢側は攻撃の箇所を自由に選べる。対して防御側は、すべての箇所に兵力を分散させねばならない。ミクロネシアは決して盾などではない。守るに守れぬ柔らかい横腹さ。そこを海兵隊という白刃が切り裂くのだ」

言われてみれば確かにそうだ。宮里は戦慄するしかなかった。

「私の計画は海兵隊司令官の承認を経て、海軍合同会議でも採用に傾いている。待っていても暇だから、私は自らの研究を確かめるためにミクロネシアに潜入した」

「一つ聞きたかったのですが」

宮里は削り終わった駒を傍らに置き、新しい木材の欠片《かけら》を取り上げた。

「あなたはどうして、そんなにあけすけに語るのです」

ふむ、とエリスは唸り、ウイスキーの瓶を呷《あお》った。

「チャールズと旅券の件は、殺人なんて不名誉な疑いを解きたかったからだ。私がミクロネシアに潜入した理由は、潜入を知るきみに見つかった以上、隠す必要がない。放言癖の悪しき発露だとは自覚しているがね」

「作戦計画はなぜです。それこそ秘中の秘のはずです」

「それは、こいつを手放せない理由と同じだ」

エリスはさっき置いたばかりの酒瓶を再び持ち上げ、だが飲むでもなく置いた。

「もともと私は、どこか神経が細かったかもしれないな。訓練の過酷さも軍務の厳しさもなんてことはなかったが、戦場は違った」

欧州大戦でのフランスはね、とエリスは続ける。

「もとは美しい森や田園だったそうだが、夥《おびただ》しい砲弾がそこら中を掘り返した結果、立ち枯れした樹木が散在する荒野に変わってしまった。ひと雨降れば泥濘《でいねい》に変わる。そんなところに塹壕《ざんごう》を掘ってみろ、染み出した水で足がかびて腐ってしまう。ちょいと頭を出せば狙撃兵《そげきへい》に撃ち抜かれる。突如、砲撃がある。土嚢は吹き飛ばされ、詰め込まれていた毒ガスが塹壕に満ちる。慌ててマスクを着けると遠くから突撃のホイッスルと喊声《かんせい》がせまってくる。マスクを着けたドイツ兵が着剣した銃やら短機関銃やらを携え、ガスで空気が黄ばんだ塹壕に躍り込んでくるのさ。神話時代のような肉弾戦がはじまる。敵兵の死体を、戦友の死体を乗り越え、進んだ先はやっぱり毒ガスと腐水が溜《た》まった溝さ。戦後も事あるごとに思い出す。思い出せば涙か震えが止まらなくなる。そして愛する我が海兵隊は相変わらず存続の危機だ」

エリスは酒臭い息を吐いた。

「私は海兵隊の存続を望む。だから対日作戦計画を作った。だが戦争を望まない。だからきみに話す。もし日本が合衆国の手の内を知れば、その上を行こうとするだろう。応じて合衆国も戦備や計画を再構築する。そうやっているうちは、少なくとも戦争にならない。勝ち目がなく戦争を吹っかける莫迦はいないからね。いまさらだがきみ、所属と階級は」

「横須賀の守備隊参謀部付、大尉です」

「情けないな。戦争計画に携わるくらいには累進したまえ」

努力します、と宮里は苦笑した。

「では、はじめるか」

エリスの宣言で演習は始まった。垢じみた日本人とアメリカ人は、しかめ面をして床に広げた地図を睨み、駒を動かす。時おり駒どうしがぶつかれば、骰子を振る。

「難しいな」

地図の上での何度めかの戦争の末期に、宮里は呟いた。

国力や戦争準備でどのような仮定をしても、最初は日本が優勢となる。平時のアメリカは軍備より減税や経済政策が優先され、開戦時の軍事力はさほど高くない。対して日本は現今がそうであるように、国力に比して大きな兵力を擁し練度も高い。だから緒戦は連勝する。

だが開戦の直後から、アメリカは潤沢な国力を総動員して軍事力を増強し、優勢だった日本を圧倒する。

エリスが提唱した上陸作戦は確かに有効だった。ほとんど奇襲の体で防備の弱い島に到達し、戦艦の巨砲で防御陣地を徹底的に破壊し、縦横に進退する航空隊の援護を受けて海兵隊が上陸する。守る側は遠い島々にすぐ増援を送れず、送ろうにも潜水艦に阻止される。侵攻ルートから外れた島々は孤立したまま補給が途絶し、せっかく配備した兵力は戦わずに無力化されてしまう。

「そんなにアメリカ人は惰弱ではない」と否むエリスを押し切って米軍の士気と練度を最低限に設定しても、「海兵隊は世界最強になるのだ」と鼻息を荒くするエリスを説得して海兵隊の上陸能力を並の部隊と等しくしても、やはり日本は敗ける。試しにエリスが日本軍を率いても、やはり宮里が指揮する米軍に敗ける。

兵棋演習はだいたい、米軍がハワイからフィリピンもしくは小笠原《おがさわら》諸島までの海路を確保した時点で宮里から申し出て終わらせていた。そこまで押し込められれば損害も甚大で、もう日本は戦力を再建できない。

「国民の戦争協力度を導入してみてはどうでしょう」

宮里が提案すると、エリスはアメリカが先の世界大戦で百万人を動員した実績を上げた。

「アメリカの国民は、国土から遠いヨーロッパでの戦争に賛成し、支持を続けた。敗けが込んできたところで戦争をやめたいと思うことはないだろう」

むしろ日本が不利になる、とでも言いたげだった。

「だが、きみは慧眼《けいがん》だ」エリスはそうも言った。「世界大戦でロシア帝国は革命に倒れ、ドイツもまた革命で戦争を継続できなくなった。戦争はもはや政治家と高級軍人のものではない。国民が戦うものだ」

「それは」宮里の肌が粟立《あわだ》った。「どちらかの国民が死に絶えるまで戦争は終わらぬということですか」

「幸い、世界大戦は一千万人近い戦死者に留まった」

それだけの殺し合いの果てに、文明世界は平和を手にした。

「考えられる可能性を、考えられる限り試そう」

エリスが言い、航空機の性能を上げた。イタリアの軍人が提唱したように都市を破壊する戦略爆撃を可能にし、いずれ可能になるはずの航空機による対艦攻撃も取り入れた。そうしたところで日本の敗勢は揺るがないのだが、南洋の島々に飛行場を建設し、素早く航空隊を移動させれば進撃する米海軍をある程度阻止できるようになった。

「なるほど、やはり航空機は将来、戦艦よりも戦争を左右するだろう」

「もう一度。今度は航続距離を少し伸ばしてみましょう」

宮里はいつの間にか、兵棋演習に熱中していた。対米戦を想定する海軍で航空主兵を唱えていた身として、どうしても活路を見出したかった。

宮里は一睡もしていないが、目はますます冴《さ》えている。エリスはもはや体に備わっているはずの睡眠の機能すら壊れてしまっているらしい。お互い顔は脂と不精髭《ひげ》に覆われている。

「次の一戦が、おそらく最後だな」

図上の駒を整えながらエリスが呟いた。昼下がりの陽射しが窓から差し込んでいた。エリスが信じる死の時は、着々と近付いている。

「予言の一日は、どこで区切るのでしょう。日没か、午前零時か、次の日の出か」

ふと覚えた疑問を口にすると、エリスは目を丸くした。

「考えたことがなかった。きみは目の付け所が鋭い。良い参謀になる」

「今の上司には良い情報部員になると褒められたのですがね。ともかく、合衆国が敗けるという予言、今でも信じているのですか」

「信じたくないね。前提として開戦しているのだから」

甲高い警笛と無数の足音が窓の外からなだれ込んできた。応じるように悲鳴と怒号が上がる。

宮里とエリスは手を止めた。

「警官隊か、日本人は手際が良いな」

間に合った、と宮里は深い息を吐いた。

「見張りを買収して、捕まった巡警と若者を入れ替えました。あなたへのささやかな意趣返しです」

「出世したまえ。きみの頭脳があれば我ら両国の戦争は起こるまいよ」

冗談と願いを聞いたばかりの宮里の耳元を、何かが掠めて行った。エリスは頰を笑う形に吊り上げたまま、裂けんばかりに目を見開いた。その胸がみるみる鮮血の色に滲《にじ》む。

エリスは胡坐をかいたまま、上体を前に倒した。拓《ひら》けた宮里の視界にアルホンソが現れた。きっちりした官帽と白詰襟と言う出で立ちで、片手持ちの拳銃は銃口から硝煙が揺らめいていた。南部《なんぶ》式自動拳銃だ。尋常ならざる事態ゆえか、宮里は懐かしさが先に立った。アルホンソの銃は、宮里が南洋占領時に支給されていたものと同じだ。そのまま南洋庁に移管されたのだろう。

「何をしているんだ」

宮里の声が聞こえないのか、アルホンソは大股《おおまた》に歩み寄り、足でエリスの身体を転がして仰向けにした。

「どうして南洋を戦場にする」

アルホンソは叫び、親指で撃鉄を上げ、発砲する。かちりかちりと蓮根《れんこん》形の弾倉が回り、立て続けに六発が撃たれた。胸を貫通した最初の一発で絶命していたエリスは、命中のたびに身体が跳ね上がるほか動かなかった。宮里は胡坐のまま、様子を見つめ続けた。

「大尉ともお別れです」

アルホンソは銃口を宮里に向けた。

「殺人の目撃者は生かしておけないからか」

宮里は静かに立ち上がった。エリスの死体を回って避け、殺人犯の前に立った。アルホンソは眉をひそめる。構わず宮里は言った。

「俺は、きみと友人になったつもりでいた」

「僕も、そう思っていました。本当に残念です」

「ひとつ言っておく。日本も、アメリカとの戦争では南洋が戦場になると想定している」

アルホンソは微《かす》かに眉を動かした。

「だが、疑わないでほしい。きみを教えた教師を、きみが好もしいと思った個々の日本人を、できれば俺を。どこかに傲慢さもあったかもしれないが、俺たちは南洋の役に立ちたかったんだ。俺たちが見た世界の高みを、南洋にも見せたかったんだ」

宮里は叫んでいた。泣いていた。声が上ずっていた。

「それが傲慢なのです。何様のつもりか」

アルホンソの顔は冷然としていた。

「あなたがたは我々の教師でも主人でもない。統治を委任されただけの存在だ。いずれは出て行ってもらう」

引き金が引かれる。かちん、という細い金属音だけが響いた。

「その拳銃、七発入りなんだ。君はぴったり撃ち尽くしてしまった」

アルホンソは拳銃を投げ捨て、腰の警官用短剣を抜いた。死ぬ気がない宮里は素早く後ろへ飛び、筵を垂らした窓の際に立った。

「もう終わりだ、アルホンソ。きみが俺を刺すより早く、俺は外に出られる。そこらでわあわあやってる日本人の警官に保護される」

短剣を構えて腰を落としたまま、アルホンソは獣のように低く唸った。

「俺は誰にも何も言わない。その拳銃を置いて逃げろ」

「どうするのです」

「任務により、俺が身元不明のスパイを射殺したことにする。エリスの身元を証明するものはなく、スパイである証拠はそこら中に転がっている。きみの拳銃の指紋を拭《ふ》きとって俺が握れば確実だ。日本にいる限り俺は裁かれない。だがたいてい、万一ってのは想定できない事態だ。きみは南洋庁に残らず、あの老人の船か何かで、どこへでも逃げろ」

「いいのですか」

「俺個人がきみにできることは、これくらいだ。さっき言った通り、個々の日本人を疑わないでほしいんだ」

アルホンソは身を翻し、外へ飛び出していった。外は喧騒《けんそう》が止まない。ただ闘争の気配はなく、警官たちが「スワレ」「ヤリオステロ」と叫んでいるばかりだ。カミサマ教には、とかく戦えというような粗暴な教えはないのだろう。

宮里は拳銃を拾い上げ、ズボンから出していた皺《しわ》くちゃのシャツの裾《すそ》で丁寧に拭いた。この拳銃が日本から持ち込まれなければ、アルホンソが人生を間違えることもなかったかもしれない。そう思い、すぐに否定した。私が教えなければ彼は善人のままだった、などと言い放ってしまえば、それこそ傲慢であろう。

横須賀の空は晴れていた。海は大小の艦船で、港は軍人や工員であふれている。

「きみはよくやった。全ては私の政治力のなさだ」

鎮守府の門前で和田大佐は言った。呉《くれ》海軍工廠《こうしょう》の総務部へ異動となり、横須賀から去ることになっていた。大きな荷物は自宅や任地に送ったらしいが、最後の私物を詰め込んだ書類鞄《かばん》はぱんぱんに膨らんでいた。

「そんなことはありません。私は帝国海軍情報部を、始まる前に潰してしまいました」

「まあ、私なりの野心にすぎない。付き合わせてしまったことは悪かったが、気にすることはない」

和田は顔つきこそ冷たいままだったが、どこか晴れやかでもあった。できることはすべてやった、という素振りだった。

コロール島にいたアメリカ人貿易商アール・ハンコック・エリスの死は、速やかにアメリカ外務省に通知された。アメリカ海軍省は日本駐在武官を通じ、その男が貿易商でなく現役の海兵中佐であると申し入れ、遺体の検分許可を願った。南洋庁警官の立ち合いの下、エリスの人相を知るという横浜のアメリカ海軍病院の薬剤部長が棺を掘り返し、中の遺品を回収して火葬した。検視はなかった。

和田と宮里は訝《いぶか》ったが、少ししてアメリカ側の意図が分かった。

アメリカの新聞は、ミクロネシアに侵入した欧州大戦の英雄エリス中佐が日本に謀殺されたと書き立てた。海兵隊の某将校も、同じ見解の書籍を出版した。ずっと以前から日系移民に敵対的だったアメリカの世論はなお排日に傾き、また海兵隊はヒロイックな好評を得た。

「世論は移り気だ。明日には昨日のことを忘れる。似たような宣伝は続くだろうな」

取り寄せた新聞を読んで、和田は苦い顔をしていた。続いて推測を披露した。

アメリカ側は当初、放言癖のある酒乱、エリス中佐がより重大な機密を漏らす前に捕縛したがっていた。内心では死ねばいいとすら思っていたが、行方知れずとなった。エリス中佐の旅券を持った死体の存在を通知され、死を利用しようと思い立った。人相も、どうせ長生きしまい本人の行方も顧慮しなかった。

アメリカでのエリスの報道が落ちついたころ、和田の異動が発令された。スパイの容疑はともかく外国人を問答無用で銃殺した宮里の行動が、さすがに海軍省上層部で問題視されたらしい。和田を経由した宮里の報告書、その中にあったエリスの作戦計画はどれほどの注意も払われなかった。

「残念なのは」

横須賀鎮守府の門前で和田は言った。

「情報部と引き換えに守ったつもりだった宮里大尉が、海軍を辞めるということだ」

「申し訳ありません。本当にそう思っております」

あとひと月ほどで脱ぐ紺の軍服姿で、宮里は深々と頭を下げた。

「全く構わん。ひと時だったが、有能な部下を持てたのは私の誇りだ」

能吏肌の和田は、そこいらの艦長連中よりずっと濃厚な潮気を放っていた。

「で、辞めてどうする」

「パラオで商売でも始めようと思いまして。何かの比喩《ひゆ》ではなく、小間物屋とか旅行ガイドとか、本当の商売です」

「南洋に魅せられたか。骨を埋《うず》めるか」

「そんなところです」

「俺はまだ南洋を知らん。良い所とは聞くが」

「日本人も、南洋を重視しているはずの海軍の人間も、たいていはそうです。いつかお越しください。あちこちにご案内しましょう」

和田は頷き、空いていた右手を差し出してきた。宮里は握り返した。

「ではな」

和田は去った。宮里はその背をずっと見つめていた。

誰しも、一人にできることは少ない。和田は情報部を設立できず、宮里は航空主兵の主張を通せなかった。それでも、できることは皆無ではない。日本が統治する南洋という歴史は始まったばかりだ。

桜の苗木は南洋に持ち込めるのだろうか。

そんなことを考えながら宮里は目を移した。

遠くの横須賀港から、巨大な戦艦が薄い煙を吐きながら出航していた。

# 黒い旗のもとに

# 一

至近で砲弾が爆《は》ぜた。

轟音《ごうおん》が耳を塞《ふさ》ぐ奇妙な無音の中、数騎の人馬が薙《な》ぎ倒される。

鹿野《しかの》三蔵《さんぞう》は足に力を入れた。駆る馬は爆風に煽《あお》られながらも転倒せず、走り続ける。

内《みなみ》モンゴル東部、ドロンノールの郊外は騎戦にもってこいの状態だった。萌《も》え始めた短い夏草は馬の蹄《ひづめ》に掛かる衝撃を受け止め、下の土は適度に乾いているから踏ん張りも利く。五月とはいえ風はまだ冷涼で、身体の火照りをよく鎮めてくれる。

鹿野はデールと呼ばれるモンゴル服の上に日本の兵隊だったころの古外套《ふるがいとう》を羽織り、やはり兵隊時代から使っているサーベルを腰に佩《は》き、騎兵銃を背負っている。いつも通りの戦さ装束は、いつも通り肌になじんでいる。

中華民国軍の青い軍衣を着た兵士が数人、前方に現れた。手にしているのは槍《やり》や青龍刀など、まちまちだった。銃を使うには近すぎ、サーベルは正直、不得手だ。鹿野は叫び、馬の腹を蹴《け》った。さっきの爆発の余韻がまだ耳にこびりついていて、蹄の轟《とどろ》きも自分の声も遠く感じる。鹿野の剣幕と迫る巨大な馬体に怯《おび》えたらしく、敵兵は顔を軍衣より青くして逃げ去った。

「止まるな、突っ切れ」

回復してゆく鹿野の聴覚にモンゴル語が飛びこんできた。

「モンゴル独立は、もうすぐだ。たどり着くまで、ひたすら駆けろ」

五百の馬賊を率いる馬賊の親分、烏士瑞《ウーシイルイ》が声を嗄《か》らしていた。黒いデールに湾刀、短弓という出《い》で立ちはとても二十世紀のものとは思えぬが、小回りが利くから騎乗の乱戦がやりやすいと当人は嘯《うそぶ》く。

相変わらずだ、と鹿野は頼もしさを覚える。烏の馬賊団に入って長いが、親分はいつも戦場の先頭を駆け、その勇ましい背中で統率する。戦意をたぎらせた鹿野は馬を走らせたまま手綱を離し、今度こそ背負っていた騎兵銃を構えた。素早く狙いを定めて引き金を引く。数十メートルほど先で烏に銃口を向けていた敵兵が、もんどりうって倒れた。

「お見事」

左に並んできた男が日本語で称賛した。仁礼《にれ》少佐といい、軍衣の詰襟には騎兵科であることを示す萌黄色《もえぎいろ》の襟章を着けている。関東《かんとう》軍から派遣された軍事顧問で、「馬賊の戦さを見てみたい」などと言い出し、観戦武官気取りで同行している。

「いいのですかい、仁礼さん」

鹿野は烏の周囲に警戒の視線を放ちながら、声だけで仁礼に訊《き》いた。

「戦さの前に言った通り、俺は脱走兵だ。現役の将校さんが褒めていい相手じゃない」

十年以上前、鹿野は日本軍の兵卒としてシベリアに赴いた。任務に耐えきれず脱走し、モンゴルまで流れ、烏の馬賊団に入った。烏はモンゴル独立のため中華民国軍と戦う李守信《リイシヨウシン》将軍の麾下《きか》に馳《は》せ参じ、きょうが初めての戦さだった。

「僕とて一介の騎兵です。揺れる馬上での射撃に命中が期待できないことは知っている。卓越した武芸に憧《あこが》れて、やましいことなどありません」

仁礼は鹿野より数歳下で、つまり三十を少し超えている。いい大人なのだが、幼年学校の生徒を思わせる素直さがあった。満州《まんしゅう》で起きた戦争の首謀者であり、独立を希求するモンゴル人たちまで自分たちの野心に利用する関東軍の参謀部にいたとは、とても思えない。もしくは、いられなかったから軍事顧問の名目で外に出されたのかもしれない。

「鹿野さんは日本に帰りたいとは思わないのですか」

無邪気な問いはさすがに鹿野の気に障った。忙しい戦争中に訊く話でもないだろう。鹿野は答えず、馬体を巡らし、そこらの敵を追い散らす。鳥に向く銃口を見つければ、その時だけ銃を使う。戦意を失った敵はもう敵ではないし、鳥に死なれたら鹿野は困る。

「どうなんですか」

仁礼はしつこい。鹿野に追従できるほどには馬術に優れていて、それがまた気に障る。

「帰れませんよ、いまさら」

一発を撃って銃を背負い直してから、鹿野は答えた。脱走したころ、都会ではデモクラシーなる風潮があって軍人は見くびられていたが、それでも兵役は国民の重大な義務だった。そこから逃げ出した鹿野には、親や故郷に合わせる顔などない。

「それに俺は、モンゴルに行かなきゃならんのです」

仁礼は首をかしげているだろう。鹿野はこれ以上を説明する気もなく、前を見つめた。モンゴルに行く、という約束を交わした烏士瑞は、脇目も振らず走っている。

一九三三年、昭和八年の初夏。

関東軍の支援を受けるモンゴル人将軍、李守信率いる熱河《ねつか》遊撃師団の宿営地は、同じく日本に降《くだ》ったはずの劉桂堂《リウグイタン》軍の襲撃を受けた。李将軍は騎兵を駆使して劉軍を完膚なきまで打ち破った。李軍の新参、黒旗団《ハラ・スルデ・ブレグ》を名乗る馬賊団は敵陣右翼を突破する功績をあげ、頭目の烏士瑞は少校（少佐）に任ぜられた。

二

馬首を巡らせた先は、真っ白い雪に覆われていた。

零下二十度を下回るという東シベリアの空気が、両の頬に差すような痛みを与えながら流れてゆく。

鹿野三蔵はまだ二十歳を一年過ぎただけの若者であり、大日本帝国陸軍の騎兵一等卒だった。ひたすら馬を走らせてから、上体を捩《よじ》って後方を顧みた。遠くでは小さな村ひとつを包んだ炎が真っ赤に輝き、立ち上る黒煙が薄曇りの空を煤《すす》けさせていた。

高々と掲げられたロシア十字が黄金色に光りながら、炎に呑《の》まれようとしていた。村の中心に建つ教会の尖《とが》った屋根にあったものだ。村は今ごろ死体に溢《あふ》れ、兵士たちが「万歳」と絶叫しているのだろう。

過激派の不正規兵が潜伏している、という情報を受けて出動した鹿野の騎兵中隊は、馬蹄《ばてい》を轟《とどろ》かせてロシア人の村に向かい、遅滞なく村落焼棄に取り掛かった。極寒の地につましく建っている家屋に火を付け、慌てて飛び出してきた村人を撃ち殺した。不正規兵でありようがない老人や子供、過激派が唱える共産主義など聞いたこともなさそうな純朴な若者が、血を噴きながら雪に転がった。

鹿野は、村人を殺さなかった。正確には殺せなかった。騎兵銃の引き金に掛けた指は動かず、銃剣を突き込む腰の力も入らなかった。佩《は》くサーベルは存在すら忘れていた。

分隊長を務める曹長は鹿野を叱責《しっせき》したあと、持っていたガソリン入りのブリキ缶を渡してきた。鹿野が言われたままガソリンを教会の外壁にぶちまけていると、小隊長に呼ばれていた曹長が戻ってきた。

「撒《ま》き終えたか」

訊きながら、曹長は胸から紙巻を抜き出してマッチを擦った。鼻を衝《つ》くガソリン臭に安煙草の臭いが混じった。はい、と鹿野は答えた。

「この村には本当に、過激派がいたのでありますか」

鹿野が消え入りそうな声で問うと、曹長はすぐに答えず不味《まず》そうな顔で煙を吐き出した。

「貴様には過激派と良民の区別がつくのか」

はい、つきません。鹿野は上官に否とは言えぬ兵卒の言葉づかいで答えた。

「俺もつかん。だが俺たちが受けた命令は、村の過激派を掃討せよ、だ」

曹長は正気を保った顔で、理屈に合わぬ答えを寄こしてきた。

そうだろうな、と鹿野は思った。いま日本軍が戦っている過激派の兵士たちは、その見た目は銃を担いで狩りに出る農民と変わらない。潜水艦のごとく潜伏し、日本軍の電話線を切って連絡を絶ち、輜重隊《しちょうたい》を襲って飢えを招き、祖国からの郵便物を奪って望郷の念を掻《か》き立て、また人民の海に潜る。少数で行動する日本兵を見つければ容赦なく殺害し、衣服を剝《は》ぎ、耳や鼻を削《そ》ぐ。日本兵に厭戦《えんせん》気分を起こして撤兵させるという戦略を、過激派は狡猾《こうかつ》かつ執拗《しつよう》に遂行している。

「なんにせよ、この村には過激派がいた。とうに逃げ去っていたとしても、残る村人は過激派を助ける不逞《ふてい》な輩《やから》だ。情けも容赦も無用だろう」

曹長の声は苛立《いらだ》っていた。

半年前、日本軍は世界大戦を戦っている連合国と共同して旧ロシア帝国領シベリアに派兵した。チェコスロバキア軍捕虜を救出するという名目だったが、レーニン率いる過激派の革命で混乱するロシアに付け入る目論見《もくろみ》であるとは、鹿野のような兵隊にも分かった。

故郷から遠いシベリアにいるチェコスロバキア兵には同情したいし、過激派の革命はいずれ日本に伝播《でんぱ》して秩序を揺るがすかもしれない。どちらにせよ、日本の兵士たちがシベリアの極寒に凍え、過激派兵の嫌がらせに耐える理由にはならなかった。

——何のために戦っているのだ。

兵士たちの疑問を、曹長は鹿野の前で代弁していた。すでにシベリアの各地では、日本軍による村の焼棄が行われていた。正式な命令だった場合も、討伐に向かった兵士たちの自発的行為だった場合もあった。鹿野の中隊は命令を受けての、またはじめての焼棄だったが、命令に無辜《むこ》の良民の殺害まで含まれていたのか、一兵卒には知るよしもない。

「小隊長殿の命令だ。中隊本部へ伝令に行ってこい」

曹長は通信紙とコンパス、図囊《ずのう》を鹿野に渡し、はっ、と背筋を伸ばす鹿野を一瞥《いちべつ》してから、口元の煙草をぞんざいに放り投げた。ガソリンに着火し、教会は爆炎に包まれた。

鹿野は乗馬に跨《また》り、村を飛び出した。金色のロシア十字が遠くなったころ、通信紙を捨てた。

外套の両肩にくっついた階級章をもぎ取り、捨てた。姓名と所属部隊を記した軍隊手帳を、楕円《だえん》形《けい》の認識票を捨てた。

鹿野三蔵は、騎兵一等卒から脱走兵になった。

南。

コンパスを頼りに、鹿野はひたすら馬を歩かせた。行く当てなどどこにもないが、ともかく寒さから逃れたかった。世界はひたすら白く、雪と枯れ木の外に何もなかった。

馬には雪と、その下に埋もれていた枯草を食わせた。行軍用に数日分の米を持たされていたが、マッチを節約しながら食っているうちに無くなった。それから二日ほど雪だけで生きていると、意識がぼやけてきた。なんどか落馬もした。雪が受け止めてくれなければ、首か腰の骨を折っていたかもしれない。

時おり出くわすロシア人の村には立ち寄れなかった。別の村を焼いた身でしゃあしゃあと世話を受けるわけにはいかず、だいたい日本兵は民衆の恨みを買いはじめている。そうでなくとも過激派が潜んでいれば容赦されないだろう。ロシア語が使えぬ鹿野には、自分が脱走兵であると説明できる自信がなかった。軍服を脱げば凍え死ぬ。新しい服を買う金も店もない。

白一色の平原を、別の白い何かが駆けていった。足跡が残っている。鹿野は夢中で馬の腹を蹴り、走らせたまま抱えていた騎銃を構えた。十メートルほどの距離で引き金を引く。反動が肩にあり、撃った先で鮮血が跳ねた。手綱を握り直して近寄ると、絶命の痛みに震える兎が雪原に転がっていた。

転がるように下馬し、血が沁《し》みた雪を口に入れる。風味とも呼べぬ生々しい感触に辟易《へきえき》し、だが舌は歓喜に痺《しび》れた。味覚とは生存に必要な栄養を得た悦《よろこ》びなのだな、と思い至れるくらいに生気を回復した鹿野は、兎の耳を摑《つか》んで立ち上がり、馬を曳《ひ》いて森に入った。

銃剣で松の枝葉を切り、樹皮を削る。枝葉を敷いて馬の寝床を作り、樹皮を集めてマッチを投じた。起きた火に葉を落とした枝をくべ、自分の体を温めながらサーベルで兎の首を落とし、血抜きのつもりで後ろ脚から持ち上げた。血が途切れると皮を剝《む》く。桃色の肉を焙《あぶ》り、焼けた頃合いで貪《むさぼ》り食った。

「いい騎兵じゃないか、俺は」

食い終わった後、鹿野は感慨を声にした。激しく揺れる馬上で手綱を離して発砲する騎射は、騎兵なら必ず体得している技能だ。ただ命中はほとんど期待できず、威嚇を超えるものではないとみなされていた。はしこく動く兎に当てられるほどの才能が自分にあったとは、鹿野は知らなかった。

だが戦地に赴いた鹿野は、武勲を挙げるどころか、無辜の村を焼き人を殺す罪を得た。命令だから、と自分をごまかせるほど強くなかった。自分では付け火も発砲もしていない、などとうそぶけるほど厚顔でもなかった。

日本の片隅にある小さな村に、鹿野三蔵は生まれ育った。親の世代は荒漠たる原野と格闘して田畑を拓《ひら》き、その下の世代は日露戦争に出征して国家の将来を拓いた。続く世代に当たる鹿野は、大事な義務だと無邪気に思って徴兵検査を受けた。村では農耕のため馬産が盛んで、体格が良い馬は軍に買ってもらえるほどだった。しぜん馬に親しんでいた鹿野は、夏の草競馬ではかならず一等になるほどだったから、徴兵では騎兵科への配属を望んだ。

望みどおり騎兵になった。兵舎で一年の教練を受け、満州へ渡り、日本が運営する南満州鉄道の路線警備をしていた。シベリアへの出動を命じられると胸が高鳴った。郷土の先人たちにならい、お国のために立派に戦おうと思った。シベリアでは戦闘でなく占領地の治安維持に当たった。村落焼棄の命令を受け、耐えきれずに脱走した。

もうクニには帰れぬ。

罪への自責を思い返すと、別の絶望が湧いた。脱走は郷土の恥であり、国家に対する罪となる。どちらのクニにも鹿野はもう帰れない。

俺は逃げたのだ。

さまざまな負の感情は、そんな結論に帰着した。果たすべき任務。止めるべき蛮行。どちらからも鹿野は逃げた。それほど弱い人間であった自分を唾棄《だき》した。涙がこぼれた。

隊商の駱駝《らくだ》や馬の群れ、土塁に囲まれた街は、小さいながらも賑《にぎ》やかだった。門内の通りは市となっている。豆乳や饅頭《まんじゅう》の甘い湯気、焙った串刺《くしざ》しの羊肉から立ちのぼる脂と香辛料の香り、大道芸にあわせた鐃鈸《シンバル》や胡弓《こきゅう》の響き、道に遠慮なく椅子と卓を並べた酒舗《いざかや》、分厚い敷物を広げて小物を並べる行商、辻《つじ》説法をする白人の宣教師、襤褸《ぼろき》切れで身体をぐるぐる巻きにしたラマ僧、さんざめく声、たちこめる悪臭、漢字の看板。あらゆるものがごった煮になっていた。

自分はいま満州と蒙古《もうこ》の境目あたりにいるらしい。見える景色と行き交う人々の顔つきから、鹿野は見当をつけた。それほどの距離を南進し、費やした相応の月日で季節が進んだためか、もう雪は見当たらなかった。

見回すと、物騒な目付きの男たちが道端に佇《たたず》んでいる。弾帯を襷掛《たすきが》けにしていたり、分厚い大刀を背負っていたり、槍を見せびらかしたり、とまちまちの恰好《かっこう》で周囲を威圧している。見込み通りだ、と鹿野は思った。シベリアへ出動する前は隣の満州に駐屯していたから、当地の事情を多少は心得ている。

満州から蒙古の東部にかけては馬賊が跋扈している。村々の若者が自衛のために集まり、あるいは強盗団が鞍替《くらが》えした集団で、用心棒やら襲撃やらにいそしんでいる。日露戦争では両軍とも馬賊を雇い、偵察や後方攪乱《かくらん》に従事させた。

馬賊には、頭目を持たぬ収買壮士《ショウマイチュアンシ》もいる。市場に自らの身体と馬を並べ、乞《こ》われれば武芸を見せつけ、人手を欲する頭目に雇われる。

鹿野は下馬し、浪人市場に割り込んだ。奇異の目を向けられる。階級章こそはぎ取っていたが、帽子も外套も日本兵のそれだから、当然だった。

「こんな仕儀になるとはな」

日本語が通じない場所で、鹿野は声に出して呟《つぶや》いた。乗馬の胴をさすった。痩《や》せている。軍隊にいた時は栄養価の高い豆をたらふく食わせていたが、いまはそのあたりの草だけだから当然だった。草すら食えぬ鹿野は、狩りのための銃弾も失い、もはや身を売るしかなくなっていた。

やがて、いかにも怪しい風体の男が現れた。腰の革帯にはこれ見よがしにモーゼル拳銃《けんじゅう》を突っ込み、屈強な手下を二人、連れている。

どこかの親分らしき男は浪人をじろじろと見やり、何人かに拳銃を撃たせたり刀を遣わせたりして腕前を確かめ、金を渡していた。

「日本人か、お前」

それまで支那《しな》語を使っていた親分は、鹿野には日本語を使った。

「そうだ」

ぶっきらぼうなほど短く鹿野は応じた。虚勢でしかない。内心は情けなさでいっぱいだった。

「日露戦争のころから日本軍はいい客だ」

親分は鹿野の頭のてっぺんから爪先《つまさき》までをじろじろと見回しながら言った。いま満州は戦時ではないが、駐屯する日本軍部隊に糧秣《りょうまつ》や娼館《しょうかん》、あるいは阿片《あへん》でも手配しているのだろう。

「馬は使えるのか、お前」

「騎兵をしていた」

「脱走兵かね。日本人は珍しいが、全くいないわけでもない。俺も何人か助けてやったものさ。——三日、六十元でどうだ。半分は前金として、いま渡そう」

一日当たり二十元で鹿野を買ってくれるという。相場と聞いていた三十元より安い。脱走を日本軍に通報しても良いのだぞ、と足元を見られているらしかったが、鹿野は他に金を得る術《すべ》がない。

「弾はあるか、日本人」

鹿野は首を振る。

「〝サンパチ〟の弾がある」

親分は言った。鹿野の銃は、日本軍制式の三八式歩兵銃《サンパチ》を騎乗での取り回しのために長さをつづめた造りで、弾丸は共通している。世界大戦を戦うロシア帝国に輸出されていた日本の銃と弾丸は、帝国崩壊の混乱で大量に流出していた。

「五十発やろう。三十元でいいな。前金から引いておく」

おそらく市価より高値であろう。あっというまに鹿野の給料は半減してしまった。

親分は張《チャン》といった。長城沿いにある目的地の張家口《チャンジャアコウ》とも満州馬賊の王張作霖《チャンツオリン》とも関係がない、五十騎ほどの手下を率いるちんけな馬賊だった。ある隊商を襲って分不相応な荷を得たため、大きな市のある張家口まで運んで売り飛ばすのだという。そのため、臨時でさらに五十人もの収買壮士を雇った。

広がる荒野は黄色く、青い草がまばらに生えている。流れる微風は黄砂を含まず、秋風のように乾き、冷涼だった。薄曇りの空に見守られながら、牛に曳かせた二十の荷車と百の馬賊は粛々と進む。

馬賊たちは下卑た声で好き勝手に騒いでいた。雇われたさいの慣例である酒宴を略しての慌ただしい出発だったが、代わりに張が振る舞った酒がまだ残っているらしい。

鹿野は酒を断り、貰《もら》った肉饅頭三つで腹を満たした。騒ぎには加わらず、腰の弾薬盒《だんやくごう》に高価な銃弾を詰め込み、黙々と馬を行かせている。

何もない荒野は距離感が摑みにくいが、右手のずっと遠くで地平線のような佇まいの稜線《りょうせん》が立ち上がり、裏側への視野を阻んでいた。鹿野は馬をそっと隊伍《たいご》の右側に動かした。

青い空を背にして、稜線の上に胡麻粒《ごまつぶ》くらいの点があった。飛行機乗りは視力が物を言うらしいが、鹿野のそれは人並みでしかない。目を凝らしても胡麻粒は胡麻粒のままだった。馬賊たちは相変わらず騒いでいる。鹿野もからかわれているらしいが、知らぬ支那語なので聞き流した。

やがて、稜線が煙った。胡麻粒が次々と現れ、それぞれ人馬一体の影に変じながら黄砂を舞い上げ、斜面を駆け降りてくる。遠目にも戦意は十分に見て取れた。張たちと同じく馬賊であり、その荷を狙っているのだろう。鹿野は背負っていた騎兵銃を下ろし、右手で銃把を握った。

「――！」

それまで鷹揚《おうよう》な頭領といった態度を示していた張が怒鳴った。馬賊たちは拳銃や小銃、槍や刀などそれぞれの得物を構えたが、どこか腰が引けていた。張が再び怒鳴り、怯懦《きょうだ》に駆られた手下や収買壮士を叱咤《しった》する。牛たちは人間どうしの諍《いさか》いに関心を示さず、淡々と荷車を曳く。

敵はみるみる接近してくる。その数は五十に満たない。落ち着いて戦えば張たちが有利だ。

勝てる戦さなら、手柄を立てておきたい。そう思った鹿野は馬の腹を蹴り、馬首を巡らせた。

手綱を離し、両手で銃を構える。敵の姿はもうはっきり見えた。長衣の裾《すそ》を風になびかせ、銃か弓だけを手にしている。重たい弾帯を勇ましく襷掛けにしたり、馬上ではとても使えぬ青龍刀を背負う張たちと違い、無駄も虚勢も感じさせなかった。鹿野は馬を走らせたまま銃身を右頬に当て、左目をつぶった。敵の先頭、黒い長衣の男に狙いを定め、引き金に指をかける。

だがそれ以上、指は動かなかった。焼いたシベリアの村と違い、今回ははっきり敵だと分かっている。なのに、どうしても引き金を引けない。鹿野は銃口を僅《わず》かに下げた。こんどはするりと指が動いた。銃口から小さな火と白煙が噴き出す。

放った弾が命中した馬は棹立《さおだ》ちになり、黒衣の騎手を振り落とした。鹿野は急いで槓杆《こうかん》を引き、再び銃を構える。迫る敵の馬だけを狙い、立て続けに二発撃った。二頭の馬が膝《ひざ》を折って転び、やはり騎手を放り出した。矢が鹿野のこめかみを掠《かす》め、頃合いと悟った鹿野は左手で手綱を引いた。馬は鹿野の意をこころえ、蹄を鳴らして旋回する。背後から狙いを付けられぬよう、鹿野は馬を右に左に躍らせる。

戦場を離脱しながら、鹿野は満足していた。人こそ撃てなかったが、騎射の技量も馬との一体感も、満足のゆくものだった。戦さらしい戦さははじめてだったが、意識は澄み、身体の隅々まで自在に動かしていた。張に金をはずんでもらえるくらいの手柄も立てられたはずだ。

鹿野は再び旋回し、そして失望交じりの驚きを覚えた。

張たちは、数に劣る敵に襲撃されて混乱していた。撃たれて血を噴いているのは元からの手下、砂塵《さじん》を巻き上げて逃げ惑っているのは収買壮士だろう。牛たちは相変わらず黙々と荷車を引いている。

対して、襲ってきたほうは果敢に戦っていた。馬を自在に操り、器用に銃や矢を放ち、近付けば短い湾刀をきらめかせる。先に鹿野が落馬させた三人も徒歩《かち》立ちで戦っている。落馬は悪ければ骨を折ったり脳震盪《のうしんとう》を起こしたりするが、元気に手足を動かしていた。受け身が達者であり、それほど馬に慣れているということだろう。

見とれているうちに戦さは終わった。張の手下や雇われ壮士はあらかた逃げ、残りは死体になっていた。誰かが掲げた槍の先には、張の首が突き刺さっていた。

金をもらい損ねた、と思う間もなく、鹿野は遠くから向けられた複数の銃口に気づいた。どう動いても弾丸から逃れられないと思った。

敵の群れから、最初に鹿野が乗馬を撃った黒衣の男がゆっくり歩み寄って来た。

雇い金をもらい損ねた俄《にわ》か馬賊の鹿野は、敵の捕虜《とりこ》となった。

## 三

張たちを壊滅させた馬賊団は二手に分かれた。片方は馬で先発し、片方は牛車を連れてゆるゆると行く。ただひとり捕虜となった鹿野は、前者に入れられた。捕虜といっても縄を打たれることはなく、銃とサーベルを取り上げられただけだった。黒衣の男が替え馬に乗って先頭に立ち、先発隊は出発した。

時おり小高い丘の上に、石を円錐《えんすい》状に積んで槍や三叉《みつまた》の矛《ほこ》を立てた祠《ほこら》があった。ほかに目印になりそうなものはほとんど見当たらなかったが、一団は迷う素振りを一切見せず、駆けた。荒野は大地そのものがうねったような緩やかな起伏を持ったまま、やがて新緑の草原に取って代わった。所々に小さな湖もあり、畔《ほとり》には楊柳《ようりゅう》が茂り、楡《にれ》が枝葉を広げていた。遠くの丘陵を、動物の群れが覆っていた。動物は鹿に似た毛色と大きさをしていて、数はゆうに千を超えそうで、みな同じ方向にがやがやと歩いていた。

途中、盛り土や柳の囲いがある井戸があれば水を汲《く》み、馬を替える。それ以外は一団はひたすら走り続けた。鹿野も替え馬を与えられた。おそろしく広い天を巡った陽が沈み、無数の星と闇しかなくなっても、走り続けた。

鹿野は疲労と眠気を覚えていたが、見知らぬ世界に飛び込んだ興奮が上回っていた。捕虜であるという不安や恐怖は不思議と感じなかった。どうせ生きる術のない脱走兵だったのだ。たとえどこかで殺されるにせよ、死ぬ前によい景色を見られたのだから上々だ、とさえ思った。

黎明《れいめい》の光が草原に流れ込んできたあたりから馬蹄の音が減りはじめた。各人の目的地に向かって別れているらしい。気が付けば一団は鹿野と、その前を行く黒衣の男だけになっていた。逃げられると思ったが、逃げる気はしなかった。陽が高くに昇ったころ、風は乾いたまま強くなった。天が、次いで眼前がみるみる黄色く霞《かす》んでゆく。見失っては敵《かな》わぬと思った鹿野は黒衣の男の左に並んだ。男は首を巡らせて鹿野を見やった。何も言わず、その目には敗者を見るような驕《おご》りも嘲《あざけ》りもなかった。

やがて、濁った世界に集落が現れた、饅頭のような白い天幕が五つほどあり、周りは牛や馬、駱駝、羊など夥《おびただ》しい獣に囲まれている。ひとつの天幕の前で黒衣の男は馬を止め、手綱を杭《くい》に繋《つな》いだ。鹿野も倣って馬を降りる。犬がけたたましく吠《ほ》えかけてきた。その豊かな毛は黒く、主人にそっくりだった。

風が強くなり、黄塵も濃密になった。男に招かれて鹿野が天幕に入ったころには、風は鑢《やすり》で擦ったような音を立てていた。

天幕の内は暖かかった。敷物が敷かれている。鉄輪を四本の柱で組み合わせた炉が中心に置かれ、火が揺らめいていた。いくつかの寝台と戸棚があり、奥には仏画と誰かの肖像画が掲げられている。寝台のひとつには桃色の衣を着た女性が腰掛け、膝に赤子を抱いていた。

「日本人《リイベンレン》？」

黒衣の男が言う。鹿野は知っていた数少ない支那語の問いに「是的《シイダ》」と答え、指差された炉端に座った。男は戸棚から帳面と鉛筆を持ちだし、鹿野の前に座った。

「ここはモンゴルか」

通じぬと思いながら鹿野は日本語で訊いた。尋常小学校に通った四年分のほか確たる知識は持っていなかったが、満州の西に連なる蒙古高原、より原語に近付ければモンゴルに、かつてユーラシア大陸を制覇した騎馬民族が住んでいることくらいは知っている。

男は「是的、モンゴル」と深くうなずいた。鹿野ははじめて、まじまじと相手の顔を見た。秀でた頰骨が精悍《せいかん》さを感じさせる。齢は鹿野より少し上に見えた。

それから、筆談と身振り手振りが始まった。

青年は烏士瑞《ウーシイルイ》といった。名は漢字を使うがモンゴル人で、祖先から続く遊牧の暮らしをしていた。寝台を使っているのは妻子だという。

烏の姓はモンゴルの名家に由来し、出るところに出れば貴族の扱いを受ける家柄らしい。烏士瑞の数代前の家長が冤罪《えんざい》めいた微罪を得て以後は庶民と変わらぬ暮らしをしているが、名家の嗜《たしな》みとして読み書きに不自由せぬ程度の支那語は学んでいるという。

烏は、平易な漢字で単語だけを書き、表情と身振りで補った。支那語どころか漢文も、難しい字も知らない鹿野に合わせてくれたのだろう。それでも伝えられた話を十全に理解できたとは言い難かったが、少なくとも若いモンゴル人が流浪の日本人に敵意を持っていないことは分かった。

ひと通りの説明を終えたらしい烏は腰の小刀を抜いて鉛筆を削り、差し出してきた。鹿野は自分の名を書き「シカノ、サンゾウ」とゆっくり声にし、「日本騎兵」「脱走」と書き加えた。素性を隠す必要は感じなかった。

烏は帳面に目を落として首をかしげ、合点したように顔を上げ、鹿野に微笑みを向け、立ち上がった。奥の桶《おけ》からふたつの椀《わん》に白い液体をすくい、戻ってきて鹿野に差しだした。先に烏が立ったまま飲む。座ったままの鹿野も続く。液体は生臭く、酸っぱく、ほのかに酒の味がした。

鹿野が飲み終わって椀を下ろすと、烏は空いた寝台を指差していた。泊っていけということらしい。


烏の天幕で、鹿野は泊るどころか暮らすことになった。

烏たちの集落は、三つの所帯と五つの天幕で構成されていた。所帯どうしは親族ではなく、行きずりで気が合った程度の淡い関係だった。もちろんモンゴル人にも血縁の固い繋がりはあるが、それは一緒に暮らすという形では表現されないらしい。

モンゴル人は牛、馬、羊、山羊《やぎ》、駱駝の五畜を養う。足の遅い羊と早い山羊を組み合わせれば遊牧での移動速度はちょうどよくなるし、夏は馬が、冬は駱駝が人間の足になる。それぞれの毛や革、乳、肉はそれぞれの用途があるし、もし病気が流行《はや》っても五種すべてが全滅することはない。五畜の組み合わせはモンゴル伝統の知恵だという。

あの白い液体は、馬乳を発酵させた飲料だった。僅かな酒精が含まれていて、大人も子供も水代わりに飲む。例の石積みに三叉の矛を立てた祠はオボーと呼ばれ、広大な平原で位置を示す標識でもあり、やはり祭祀《さいし》の対象でもあった。

夏は頻繁に移動し、馬乳酒で渇きをいやしながら、家畜にたらふく草を食わせる。近隣の集落でオボーに集まって祭りを行い、畜肉と相撲、弓射を奉納し、男女の子供が裸馬で競馬を行う。秋になれば家畜を潰《つぶ》し、一年分の干し肉と当座の枯草を作る。冬は頻繁に雪が降り、ただし積もって数日で溶けずに消える。そのたびに小学校で聞いた昇華なる現象を鹿野は思い出していた。集落では厩舎《きゆうしや》を建てて一か所に留《とど》まり、溜《た》めた枯草で家畜を養う。

春は、家畜の出産や毛刈りで忙しい。ひと通りが済むと厩舎と天幕を解体し、遊牧が再開される。モンゴルに土地所有の観念はなく、家畜の様子を見ながら頻繁に、長短の距離を移動する。井戸は遊牧民の共有財産と見做《みな》されている。

男も女も、子供も、馬か駱駝に乗る。馬は小柄ながら頑健で、駱駝はわりかし足が速い。

鹿野はモンゴルの衣服《デール》を与えられた。立て襟と、上体の前面を覆って右肩のボタンで留める身頃《みごろ》は、騎乗時の冷たい風から身を守ってくれる。形に男女の差はない。男は常に、女は騎乗のさい、腰に帯を巻く。下半身はだぶだぶの袴を穿《は》き、裾を牛革の半長靴に入れる。仕立ての良いデールに帽子を組み合わせれば礼装となる。

モンゴル人は火は尊ぶ。炉を囲んでふやかした干し肉や骨付きの羊肉を食い、発酵乳を蒸留して作った酒を片手に談笑する。興が乗れば胡弓を使う。時おりやってくる詠唱芸人は馬頭琴を弾きながら、うたう。低い音で唸《うな》り、高い音を持続させる歌唱法は単調ながら僅かな変化に深い妙味があり、ゆったり聞けば心地よく酩酊《めいてい》できた。

鹿野はモンゴルの暮らしと言葉を覚え、馬の乳を搾り、羊の毛を刈り、山羊を潰し、牛を追った。烏は馬賊稼業のためか数日、外出する。そんなとき、さすがに細君と一つ屋根の下に寝るわけにもいかない鹿野は、集落を共にする老夫婦の天幕に泊めてもらった。

「お前は俺の仲間を撃たなかった」

鹿野に衣食を与えた理由について、烏はそう説明した。夏のころで、鹿野がモンゴルの集落で寝起きするようになって一年ちょっとが過ぎていた。西洋ではエーデルワイスと呼ぶのだったか、小さな白い花が草原を埋め尽くしていた。

馬賊稼業から帰って来たばかりの烏は一歳の娘を胸に抱き、細君は駱駝に跨って羊を追っていた。

「鹿野はいい馬の乗り手だ。騎射もよくこなす。俺は勇者が好きだから、殺すには惜しかった」

鹿野を雇った張は、烏の盟友だったが裏切り、烏の通行証を持っていた隊商を襲った。だから殺すしかなかったという。

「サムライといったか、日本人はみな戦士だと聞いていた。そのとおりだった」

「俺の家は侍じゃない。ただの農民だ。土を耕し、そのために馬を養い、生きてきた」

詳しい出自は聞いていないが、鹿野の家は水呑百姓だった。祖父母が移り住んだ原野で鹿の群れに出くわし、ちょうど名字を決めねばならぬ時期だったから鹿野になった。

「だが、日本人は勇敢だ。清にもロシアにも、戦争で勝った」

「俺みたいに臆病《おくびょう》な奴もたまにはいる。脱走までする手合いはごく少ないだろうが」

「だから祖国に帰らないのか、鹿野は」

その通りだが、首肯するまで数瞬の時間が必要だった。帰りたいのはやまやまなのだ。

「祖国とやら、そもそも俺にはなかったのかもしれない」

澱《おり》のように胸を漂っていた感触が、ふと言葉になった。

鹿野の知る限り、日本は戦争で成り立っている。維新には内戦がくっついていた。明治のはじめにも西南戦争を頂点とする複数の反乱があった。烏が言う通り清に、次いでロシアに勝って、やっと世界に一定の地位を築いた。動員された兵士はもちろん日本人だ。銃を乱射し、声を上げて吶喊《とっかん》し、塹壕《ざんごう》の中で砲撃に耐え、国家の存立がまず脅かされない大正の世を招き寄せた。日本は、兵役から逃げた鹿野のような手合いがいてよい場所ではない。

「鹿野はもう戦わないのか」

「俺は人が撃てない。兵隊にも馬賊にも向いていない」

「分かる気がする」

たどたどしい鹿野のモンゴル語を静かに聞いてくれた烏は、不思議なことを言った。

「戦争とは敵と戦うことだ。敵とみなすためには、守りたいと思えるものが必要になる」

クニを捨てた鹿野に、人を殺す理由は確かになかった。張には申し訳ないが、たとえ雇い金をはずまれても、あの戦いでは撃てなかったのだろう。

別の想像がふいに、そして悪寒を伴って現れた。

無辜の住民を殺し、村を焼いて生存の基盤を破壊する。そうせねば守れぬ何かがある。そんな話を吹き込まれていたら。あるいは、先にロシア人が鹿野の故郷を焼いていたら、どうだったのだろう。鹿野は嬉々《きき》として銃を放ち、火を放っていたかもしれない。

「守りたいものが、あんたにはあるのか」

「あるさ」

烏は抱く子を優しく揺すり、遠くで駱駝を駆る細君に目を向けた。

「いま、大陸はめちゃくちゃだ。俺は馬賊をやっているが、ほかに秩序を維持する何者も存在しない」

かつての大清国は支那、満州、チベット、新疆《しんきょう》、そしてモンゴルの五地に君臨する大帝国だった。取って代わった中華民国は「五族共和」の理念を掲げて清の版図を維持しようとしたが、うまくいっていない。

支那の本土では軍閥が乱立して壮絶な内戦が繰り返されている。満州は日本の利権と西洋列強の思惑が錯綜《さくそう》し、新疆は半ば自立している。チベットは独立を宣言した。モンゴルも、モンゴル人の多い外《きた》がロシアの支援を受けて独立した。烏たちが住まう内《みなみ》モンゴルは漢人の入植者が多く、秩序がないいまま中華民国に留まった。

そこへ世界大戦が起こり、戦争に疲れたロシア帝国が革命で倒れた。日本で言う過激派、自称ソビエト政権は旧帝国の版図を維持する力を持たず、シベリアは他国の軍隊が侵入して村を焼くほどの無法地帯となっている。

複数の土地や民族を支配していたふたつの大帝国の崩壊は、ユーラシア大陸の東に混沌《こんとん》をもたらしていた。

「だから、俺たちは自衛しなけりゃならん。自衛できてこそ、モンゴル独立の礎になる」

鹿野はすぐに答えられなかった。馬賊らしからぬ独立なる大望は本気か、それとも不法な稼業を糊塗《こと》する言い訳か。

「さっき言った通り、外モンゴルは独立した。漢人が多い内モンゴルはまだ支那に留まっている。流れてくる漢人にも、支那本土で食い詰めたって理由がある。たいていは真面目に畑を切り拓いているが、おかげで俺たちの遊牧地がみるみる減った。内モンゴルは自分のものだと言い張る中華民国に国を治める力はないが、漢人の流入を止めるつもりもない」

烏は胸元に目を落とした。抱いた娘の頬はぷりぷりと膨らみ、赤い。

「いずれ、俺たちも国を持たねばならない。モンゴルはモンゴル人のものだと示さねばならない。ただ、俺に大きなことを成す器量はない。いずれ現れるはずの、チンギス・ハーンのような英雄に馳せ参じる。そしてそれまで、自分たちの領分くらいは自分で守る。黒旗団《ハラ・スルデ・ブレグ》はそんな集団なんだ」

烏が率いる馬賊団はなかなか大袈裟《おおげさ》な名を持っていた。烏《からす》の色に引っ掛けたのかと思ったが、黒い毛を付けた矛は勇気あるいは戦争を示し、チンギス・ハーン以来の伝統を持つ軍旗なのだという。

「その黒旗団は、漢人を追い出そうとしているのか」

莫迦《ばか》いっちゃいけない、と烏は語気を強くした。

「彼らもこの地で暮らしを立てている。それにここしばらく、俺たちの雇い主は漢人の村だ」

「話が分からないな」

鹿野はつい首をかしげる。烏は自信ありげに言った。

「モンゴルの国はモンゴル人だけの国ではない。あらゆる人々がモンゴルの栄光に参加した。だからチンギス・ハーンの御代《みよ》は世界を覆うことができた」

モンゴル部族から出たチンギス・ハーンは、高原の諸部族を統一した。モンゴルの名は統一された集団と高原の名となった、と鳥は言う。鹿野の乏しい知識によれば、だいたい鎌倉《かまくら》幕府が興ったころだ。

「その時すでに、高原にはたくさんの集団があった。俺の顔つきはモンゴロイドと言うらしいが、イランあたりの顔つきだったり、トルコの言葉を使う集団もいたらしい。俺が調べたんじゃなくて、流浪のラマ僧や欧州から来る学者に聞いた話だがね」

ラマ僧はモンゴルで厚く崇敬され、学問を継承している。欧州では民族や人種の研究がさかんで、ことロシアとドイツにはモンゴル研究に人生を捧《ささ》げる学者が多いという。

「みな、モンゴルの名の下でチンギス・ハーンの覇業に参画した。やがてモンゴルは支那から欧州に跨る大帝国になった。帝国は四つに分かれ、回教を信じたり、ユダヤ人の史家にペルシア語で歴史書を書かせたり、儒教の経典から採って大元《だいげん》の国号を採用したりした。望むと望まぬに拘《かか》わらずいろんな結婚もあっただろうよ。さてモンゴル人とは、いまでいう人種や民族に照らせば何者だろうか」

鳥の話がどこまで本当か、鹿野には検証のしようがない。ただ、鳥が何を信じ、何を信じていないかは分かった気がする。言語や文化、身体の形質、あるいは血脈で人間をくくってしまうような大雑把さを、鳥は好まないらしい。

同時に、モンゴル人なるくくりに鳥は拘《こだわ》っている。自分が何者か、という問いから自由な人間はそうおるまい。ラマ僧や学者の話を聞くたび、住まう地から秩序が崩壊してゆくさまを眺めるたび、烏なりの葛藤《かっとう》があったのかもしれない。

「モンゴルの栄光に馳せ参じる者。それがモンゴル人だと俺はそう思っている。そしてモンゴルの地はモンゴル人のものだ。取り戻さねばならん」

自分が日本人であると信じて疑うことのなかった鹿野にとって、烏の結論は新鮮に思えた。

「モンゴルの地を取り戻すために、日本人の俺が馬賊をやる。ちょっと縁遠い気がするな」

鹿野は身をよじるように言った。祖国から逃げ出した人間の目に、祖国を渇望する烏の姿は眩《まぶ》しくすらあった。

「縁遠い場所を転々とする遊牧の暮らしに、そろそろ鹿野も慣れたころかと思っていたが」

烏は苦笑し、「お前は頑固だな」と続けた。

「まあ、次の仕事に来るだけ来てみろ。馬賊をやるかやらないか、それから決めればいい」

「やらなければ、俺は追い出されるか」

それでも仕方ないと鹿野は思っていた。いつまでも無駄飯食らいでいられるはずがなかった。

「お前が決めろ。いちおう言っておくが、俺の天幕はそれほど小さくない」

数日後。近隣、といってもそれぞれ馬で半日ほど離れた集落から四十八名の壮士が集まった。

「民国軍を脱走した匪賊《ひぞく》が俺たちの縄張りに流れてきた。二百人ほどだという。これを叩《たた》きのめす」

湾刀と拳銃、矢を入れた箙《えびら》を腰につけ、左手に小さな弓を持った烏が宣言した。鹿野は「脱走」と聞いて複雑な感情を抱いた。

「いまさら済まねえが反対だ。俺たち、軍隊とはまだやりあったことがねえ」

誰かが異を唱えた。

「そう、軍隊だ。外国のな」烏は意味ありげに答えた。「ここはモンゴルであると、俺たちが示してやらにゃあいかん。匪賊どもにも、中華民国にも」

「匪賊が襲ってるのは漢人の村だろう。ほっとけばいい」

そんな意見も出た。烏は「一理ある」と鷹揚に頷《うなず》いた。

「俺たちの遊牧地を勝手にあいつらの畑にされちゃあ、確かに困る。だが、あの村の漢人たちは真面目に畑を耕してるだけだ。それに、俺たちが茶乳に入れて食う黍《きび》は誰が作ってるんだね」

烏の声は落ち着いていた。説き伏せるでも納得させるでもなく、ただ静かに話す。

「住民を守れない国《ウルス》など、誰も認めないだろうよ」

皆の目の色が変わった。馬賊たちの切実な戦意に、鹿野はひりつくような感覚を覚えた。

「だいたい、足元で匪賊どもの好きにさせちゃあチンギス・ハーンといにしえの英雄《バアタル》たちに申し訳が立たねえぞ。よし、いいか、では行くぞ」

烏がひらりと騎乗する。全員が同じく馬に跨り、烏と鹿野を加えてぴったり五十騎となった黒旗団は出発した。

鹿野はモンゴル服に兵隊時代の外套を羽織っている。腰のサーベルと背負う騎兵銃の重さは久しぶりだった。モンゴル高原は夏も冷涼で、真昼間でなければ外套も暑くない。さすがに銃弾は防げないが、分厚い布地が多少の刀傷くらいは防いでくれる。

「やる気満々じゃないか」

烏が、やや見上げる視線で外套をからかってきた。モンゴルの馬は小柄で、対して日本からの付き合いである鹿野の乗馬は軍馬としては並くらいの体格だ。明治の初めに西洋馬を導入し、連綿と品種改良に取り組んできた成果だが、世界の一等国を目指した日本の写し鏡とも思える。

「俺は臆病でな。怪我をしたくない」

軽口のつもりで返すと、鳥は咎《とが》めるように目を細めた。自嘲《じちょう》や卑下は好まぬと言っているようだった。

黒旗団は半日を駆け、草原に盛り上がっていた白樺《しらかば》の森に入った。匪賊の根城まで徒歩で一時間ほどという距離らしい。黒旗団は手短に打ち合わせた後、近くの湖から汲んだ水を沸かし、茶と干し肉で腹を満たし、まだ陽のあるうちに横になった。鳥から懐中時計を渡された不寝番が仲間を叩き起こしたのは、まだ未明のころだった。黒旗団は馬の口を縛り、轡《くつわ》を曳いて徒歩で森を出た。欠けた月の明かりは足元にも届かないが、黒く浮かんで地平線を作る稜線の形で位置を把握し、一団は黙々と歩く。茂る草は足や蹄の音をうまく消してくれていた。

黎明の光が草原に差したころ、黒々とした影が至近に現れた。匪賊が宿営地を囲んで作った土塁だった。内側はまだ夢の中にいるらしく、静かだった。

「いくぞ」

鳥が囁《ささや》く。黒旗団の面々は一斉に小刀を抜き、馬の口を縛っていた縄を切った。鋭い嘶《いなな》きが幾つも上がったころには、全員が騎乗を終えている。

鳥の手元が小さく光り、次いで炎が上がった。マッチで点火された一本の松明《たいまつ》は、馬賊たちが差しだす松明に火を移してゆく。

「ついてこい」

松明を掲げた鳥が馬の腹を蹴った。煌々《こうこう》と輝く馬群は盛大に蹄の音を轟かせ、嘶きを上げ、騎手も雄々しい喊声《かんせい》を上げる。土塁の内側が騒がしくなり、乾いた銃声が幾つも上がった。

「当たりはしない。せいぜい騒げ」

烏は叱咤し、手綱を引く。松明の群れは土塁の一辺を前にしてぐるぐる周回をはじめた。統制が取れた馬群の動きは、土塁の内からは光る蛇が艶《なま》めかしく蠢《うごめ》くように見えるだろう。

鹿野は烏の後ろについて喚《おめ》いた。何度目かの旋回でちょうど土塁に正対した一瞬、銃弾が頬を掠めた。生死のはざまにいる、と思うと昂《たかぶ》りを覚えた。土塁からの銃声はますます増え、分厚くなる。

巨大な光、続いて大音響が土塁の反対側から上がった。烏たちが目立っている間に、三人の仲間が忍び寄って営門代わりの木枠を爆破したのだ。朝の光はお互いの顔を視認できる程度になっていて、頃合いだった。

「戦さのはじまりだ」

烏は叫ぶ。馬群は松明を捨てて加速した。土塁をぐるりと回り、吹き飛ばされた営門の跡から次々と内に躍り込む。

「将校はことごとく、兵は武器を持っている奴だけ殺せ」

烏は怒鳴った。中華民国軍には強制されて兵になった者が多い。匪賊になるなど思いもよらなかっただろう。ただし指揮権を持つ将校には匪賊行為に対する責任がある。烏はそう考えているらしい。

黒旗団は水色の軍服を着た匪賊たちを追い散らし、三角形の天幕を踏み潰し、据えられていた釜《かま》ごと焚火《たきび》をひっくり返し、烏の指示通りに撃ち倒し、斬り捨てた。大量に積まれた筵《むしろ》の包みや樽《たる》があり、喧騒《けんそう》に気付いた豚や鶏がわめき散らしている。いずれも近隣の漢人村から強奪したものだろう。

鹿野は騎兵銃の銃把を握ったまま、ただ烏を追いかけていた。戦場を駆けてはいるが、逃げているのも同然だった。

やはり撃てぬ。鹿野は忸怩《じくじ》たる思いに駆られていた。

また逃げている。

鹿野は自らにうんざりした。無駄飯食らいを養ってくれている気の良いモンゴル人の背に、詫《わ》びるつもりで目を向けた。烏は上体を左に捻《ひね》り、矢を番《つが》えていた。

鹿野の身体が勝手に動いた。銃を頬に当てる。さっき弾が掠めたあたりが銃身の冷たさに疼《うず》いた。狙いを定めると、引き金に掛けた指が動いた。

三脚付きの機関銃が右前方に据えられたばかりだった。その射手が、次に弾帯箱を抱えていた装塡手《そうてんしゅ》が、鹿野が放った弾丸に倒れた。周りの匪賊たちは背を向けて逃げ出した。烏は器用にも騎乗のまま弾薬箱を拾い、そのまま駆け抜けた。黒旗団をまとめて薙ぎ払っていただろう機関銃は、さしあたり無用の長物となった。

「守るものができたか、お前にも」

烏の馬が横に並んだ。ああ、と鹿野は頷く。

「それが何か、訊いていいか」

照れめいた感情が湧く。

「あんたの言う、モンゴルだ。あらゆる人が集うって」

答えてから、こっちのほうが恥ずかしいと思った。

「なら、ともに行こうか。俺たちのモンゴルへ」

照れめいた感情ごと、烏は鹿野を受け止めてくれた。

# 四

もと軍隊の匪賊という強力かつ凶悪な集団を破った黒旗団は、いっきに名を轟かせた。黒旗団を頼る村や隊商が増え、また名を上げたい馬賊や匪賊の挑発も受けるようになった。烏たちはあちこちを駆けずり回った。鹿野の騎射の腕は、幼いころから馬に親しむモンゴル人たちにも一目置かれるようになった。

モンゴルの領有を主張する中華民国は、相変わらずのたうち回っていた。軍閥の内戦は終わらない。西洋列強は世界大戦を経て平和と自主独立を唱えつつも、支那の利権を手放さない。外モンゴルはソビエト連邦の支援を受けて世界で二番目の社会主義国となったが、民国は非承認と声明するしかできなかった。内モンゴルでは内戦の混乱が流民や匪賊の形で流入し続け、モンゴル人と漢人の軋轢《あつれき》は日に日に強くなった。

何かあれば敵を追い、何もなければ家畜を追う。鹿野の生活が十三年目を迎えた秋、満州で戦争が始まった。交戦する一方はもちろん中華民国だが、もう一方は日本だった。

日本が運営する南満州鉄道の線路で爆発があった。路線守備を担っていた関東軍はこれを民国側の仕業とみなして出動、計画していたような手際よさで急速に戦線を拡大した。民国は長い内戦を終え、国民党によって統一されていたが、こんどは共産党との内戦に忙殺されていて、満州では敗走を重ねた。

そんな中、切実そうな様子の客人が烏の天幕を訪ねた。烏の細君と十二歳になった娘ははぐれた羊を捜しに出ていて、鹿野は燃料にする乾いた牛糞《ぎゅうふん》を籠《かご》に集めていた。

「蒙古独立軍、だとよ」

客人を帰した天幕で烏は言った。独立派のモンゴル人が関東軍の支援を受けて、そんな名の武装組織を結成しようとしているのだという。

「参加するのか」

鹿野は取ったばかりの牛糞をひとつ炉に入れ、訊いた。黒旗団はいまや五百騎を数え、正規軍の騎兵連隊に匹敵する規模となっている。独立軍とやらも熱烈に誘ってきたのだろう。

「悩んだが、断った。逃げてくれれば全力で保護してやると答えた」

烏は炉の小さな火が新たな牛糞に移ってゆく様を眺めながら、答えた。

「日本はこれまで二度、モンゴル独立を助けてくれた」

一度目は中華民国の建国によって清王朝が倒れた時で、日本政府が直前に手を引いて潰《つい》えた。

二度目は民国の長い内戦が始まったころで、独立を叫ぶモンゴル馬賊のバブジャブ親分の下にはモンゴル人だけでなく、予備役軍人や大陸浪人、馬賊の親分になっていた者など多数の日本人が集まった。この時も直前に日本政府が手を引き、だが中止命令とすれ違って挙兵は実行され、バブジャブが戦死して終わった。

「今度の蒙古独立軍は、バブジャブ将軍の息子が総司令になる。旗印としては十分だが」

烏が珍しく言い淀《よど》む。鹿野は熊手と籠を隅に置いてから炉の前に戻り、口を開いた。

「日本の出方が気になるのか。今度は最後まで付き合ってくれるだろうか、と」

「鹿野には言いにくいが、そういうことだ。もう少し様子を見てみたい」

「いまさらだよ。俺のことは気にしないでくれ」

鹿野はそう応じた。

年が明けると「満州国」なる国ができた。内モンゴル東端は興安《こうあん》省として満州国に組み込まれ、モンゴル人による国家も自治領も実現しなかった。蒙古独立軍は内蒙古自治軍、さらには興安軍に改称され、独立の気運を漂白されたあげく満州国軍に編入された。

中華民国軍は大勢では退却しながら、長城付近にいくつかの部隊が残って日本軍と小競り合いを続けていた。

こと、李守信《リイショウシン》という軍人の戦さ振りが鮮やかだった。もとモンゴル馬賊で、俠気《きょうき》を買われて民国軍の騎兵連隊長になっていた。駐屯する内モンゴルの開魯《カイルウ》に興安軍が押し寄せてくると、同胞相討つ悲劇を最小限に抑えるために速戦を挑み、完膚なきまで打ち破った。

——この李守信にも勝てずして、何が独立か。

敗走する興安軍に向かって、李守信は血涙を流して叫んだという。

その後、李は興安軍と裏では通じ合って形だけの戦争を続けた。業を煮やした興安軍の日本人顧問が攻撃を厳命したらしいと聞くと、自ら砲を操って顧問の乗車を撃った。また日本軍の偵察機を撃墜して四人を捕虜にした。近隣の民国軍が軍閥化して自立を図ろうとすると、たちまち撃破し、複雑な情勢に嫌気が差した漢人の上官から地位を譲られて旅団長に昇進した。要するに、李はモンゴルの地を我が物にしようとするあらゆる者と戦った。

その李守信も、やがて日本に帰順した。関東軍の参謀長から直々に乞われてのことで、また砲や機関銃など兵器の提供も約束させた。対等な立場で手を組んだに近い。

李守信軍は、興安軍より自由に活動し、精強な武をもって公然とモンゴル独立に挺身《ていしん》する集団となった。

白い息を吐きながら、鹿野は天幕を出た。

青い天には三つの太陽が白く輝いていた。

もちろん怪異ではない。詳しい理屈はさすがに知らないが、虹と同じく光と空気の加減が生む幻で、恐ろしく寒い日に現れる。年に一度もない珍しい現象は、天の祝意かもしれぬと鹿野は思った。

風はなく、空気は澄んでいた。昨日まで残っていた雪は凍ったまますっかり昇華していて、乾いて赤茶けた土がずっと広がっていた。

烏が馬に鞍を載せていた。

「行くか」

鹿野は言った。柄にもなく、声は上ずっていた。振り向いた烏は帯に拳銃を差して湾刀を下げ、弓矢を携えた馬賊の出で立ちだった。鹿野も、いつも通りモンゴル服に騎兵時代の外套を羽織り、騎銃とサーベルを携えている。

ああ、と烏は頷きを返してきた。

「李将軍はまことの英雄《バアタル》だ。俺たちの命を預けるに足る」

烏は李守信のもとに馳せ参じると決めた。モンゴル独立の機会をやきもきしながら待っていた黒旗団の仲間たちも異論なく賛同した。李守信に送った使者は「ぜひに」という答えを持って帰って来た。

「行くぞ、俺たちのモンゴルへ」

烏が飛び乗りると、馬は鞭《むち》ももらわぬまま心得たように走り出す。鹿野もあわてて自分の馬に鞍と轡を付け、追いかける。今日のためにあつらえた黒い軍旗の下に、一騎、また一騎と加わってゆく。

いつのまにか五百騎ほどとなった馬群が駆ける荒涼たる高原は、春ともなれば牧草が溢れる。頭上に輝く三つの太陽のうち二つは幻に過ぎないが、モンゴル人たちの選択の先に本当の太陽があってほしいと鹿野は願った。

黒旗団はシリンゴル盟の南、ドロンノールなる地に向かった。かつてチンギス・ハーンの孫クビライが幕営を構え、支那に大元国《ダイオン・ウルス》を立てて以降はハーンの夏の都が置かれたという由緒がある。

そのドロンノールに近い河畔に、李守信軍は宿営していた。弾帯を襷掛けした満州馬賊の見本のような者から、軍服姿の兵隊、湾刀を担いだ農民、玉飾りのついた帽子をかぶったモンゴルの壮丁など、兵たちの恰好はそれこそまちまちだ。民国軍の青い軍衣を使い、挙措も表情も兵士らしい者たちは李将軍子飼いの部隊なのだろう。

烏は書類を小脇に抱えていた将校を摑まえて到着を告げ、宿営地の隅に黒旗団の居場所を確保すると、仲間に休憩を命じた。

「李将軍に挨拶《あいさつ》に行かねばな」

あたりを見回す烏の表情には高揚があり、迷子のように無邪気でもあった。そこへ取り巻きを連れた青い軍衣の男が現れた。背が高く、黒い長靴がよく似合った。

「私が李守信だ。きみが烏士瑞か。よく来てくれた」

男は言い、烏に右手を差し出した。人懐こい表情を浮かべた柔和な細面には、もと馬賊という経歴を思わせる凶悪さも、将軍らしい横柄さもなかった。挨拶に来させず自ら出迎える謙虚さは、李将軍をして雑多な兵を統率させている力の源なのだろう。

「黒旗団の噂は聞いている。私が民国軍にいる間、よくモンゴルを守ってくれた。感謝している」

いつも冷静な烏はめずらしく、また見るからに緊張していて、硬い挙措で将軍の手を握り返した。思わず苦笑しかけた鹿野に、「そちらは」と将軍が顔を向けてきた。

「私の友人です。騎射の達人です」

烏は鹿野についてそれだけ言った。李将軍の背後には、日本の将校も数名交じっていたから、気遣ってくれたらしい。

「鹿野と言います。日本人です」

いちいち素性を明かしたのは、日本軍将校たちの態度が気に食わなかったからだ。自分の家より寛《くつろ》いだ顔で煙草をくわえたり、烏に値踏みするような遠慮ない視線を向けたりしている。モンゴルの壮士を見下しているような気配がある。

「モンゴル独立の大義に感動し、微力ながら烏士瑞と李将軍をお助けしたく思っています」

顔は李将軍に向け、声は日本人たちに届くように張り、鹿野は言った。

「それはありがたい」李将軍は微笑んでくれた。「民族自決は世界の公理。外国のかたにも我らの思いが通じたと思うと、うれしく思います」

日本人たちは横柄なままだった。たぶん軍事顧問かなにかの資格でモンゴル軍にいるのだろうが、モンゴル語を勉強してこなかったらしい。教えてやるが教わるつもりはない、という態度にますます腹が立った。

「ニホンジン、ナノデスカ」

鹿野にとって懐かしい音韻が聞こえた。李将軍の後ろからひょっこり現れた日本人は、少佐の肩章を着けていた。襟章は騎兵科を示す萌黄色。齢は鹿野より少し若く、三十路《みそじ》前後に見えた。

「満州馬賊には日本人も少なくありませんが、モンゴル馬賊とはお珍しい」

若い将校は「仁礼少佐です」と続けた。彼はモンゴル語が分かるらしい。鹿野は仁礼に対してよい印象を持ったが、いまさらながら「日本人か」という珍しげな顔をする他の顧問たちにはますます腹が立った。

「して、鹿野さんはどんなきっかけで馬賊になられたのです」

「徴兵されて一等卒をやってたんですが」

久しぶりの日本語は、思ったよりすらすらと口を衝いた。

「脱走しましてね」

怒りに任せて吐き捨てた。仁礼の顔は凍り付き、顧問たちは眉《まゆ》をひそめた。

「シベリアに出征してたんですが、村を焼くだの村人を殺すだの、ほとほと嫌気が差しました」

「ありえぬ」仁礼は激しく首を振った。「日本人が、陛下の赤子《せきし》が、脱走など」

「ある、いや、いるんですよ。あなたの目の前に」

嚙んで含めるように鹿野は言ってやった。仁礼に罪があるわけではないが、言わねば気が済まなかった。

「現役の将校である小官に自白して、無事で済むとお思いですか」

「将校がたにおかれては十四年くらい前に、シベリアの村人と彼らを殺さにゃならん日本の兵隊のことをご心配いただきたかったですな。あと細かい法律は知りませんが、国外で李将軍の手下になった俺を逮捕する権限が、日本の軍人にはあるんですか」

キサマァ、と最上位の顧問が叫んだ。

「もう兵隊じゃありませんから、キサマ呼ばわりされる筋合いはありません。だいたい顧問といえば居候か、いいとこ客分でしょう。どうして友軍の司令部で怒鳴ってるんですか」

そこへ無言で身体を割り込ませてきたのは、李将軍だった。

「我がモンゴル人は勇と義を尊ぶ。ゆえに私は鹿野氏を歓迎する。仁礼少佐、顧問たちにそう伝えてほしい」

将軍が日本語を解するか知らないが、雰囲気を鋭敏に感じ取ってくれたらしい。

## 五

李守信軍は「熱河遊撃師団」という名称を与えられた。満州国と長城の間にある熱河地方へ進攻する関東軍の支援を命じられたが、その緒戦は内輪もめとなった。

日本に投降した漢人将軍の劉桂堂《リウグイタン》が関東軍に面従腹背の態度を取って、ドロンノールの街に居座った。またモンゴル人を敵視していて、ついには付近に宿営する熱河遊撃師団に攻めかかった。李守信は劉軍を返り討ちにし、ドロンノールを占領した。

「やはり李将軍は偉い」

戦勝の後、鳥はしきりに感心していた。劉桂堂を保護した民国側の軍隊が来襲すると、李守信は一か月という約束でドロンノールを明け渡した。果たしたいのはモンゴルの独立であり、中華民国を敵に回すつもりはないということらしかった。ただし民国軍は期限を過ぎてもドロンノールを動かなかったため、李守信は騎兵隊をぶつけて追い出した。

その年。停戦協定が結ばれて満州の戦乱が収まった直後の昭和八年八月。

ドロンノールを首府として「察東《さつとう》特別自治区」が成立する。行政長官兼軍司令には李守信が就任した。行政の実務は日本人が握り、領域も内モンゴルの片隅に留まるが、ともかくモンゴル人による政体が実現した。

ドロンノールでは連日、宴《うたげ》が続いた。日本軍でいえば少佐に当たる少校に任ぜられた烏士瑞は、騎兵連隊の名を与えられた黒旗団の面々と痛飲した。日付の記憶が怪しくなったころ、宿酔の頭痛に悩む鹿野を、仁礼少佐が訪ねて来た。

「相談があります。鹿野さんにとって良い話であればよいのですが」

仁礼はそう言い、酒舗に鹿野を連れ出した。

「小官はこれまで関東軍の参謀部付だったのですが、特務機関へ転出することになりました。蒙古により大きな自治政権を作るための工作を担当します。ありていに言えば」

仁礼は酒が強くないのか白酒《バイジウ》を舐《な》めただけで顔を赤くしていた。

「蒙古に国を作って支那と切り離し、満州国の防壁としたい。関東軍はそう画策しています」

「なぜ、俺にそれを言うのです」

鹿野は頭痛薬のつもりで白酒を一気に飲み干し、二杯目を頼んでから尋ねた。

「我ながら矛盾していると思いますが、真剣に独立に取り組まねば蒙古人の支持を得られず、小官の任務は成功しません。奸計《かんけい》ではなく誠意をもって独立を支援してこそ、新しい蒙古の国は日本と満州国にとって真の友邦となる。小官はそう思っています。で、ですね」

仁礼は身を乗り出してきた。

「小官の特務機関に、あなたを軍属としてお迎えしたい」

「無理いいなさんな」鹿野はせせら笑った。「脱走兵がどうやって」

「多少の無理は利きます。なにせ特務機関ですから」

仁礼は自信ありげに言った。

「鹿野さんの脱走は、当時の派遣軍司令部が特命を下したことにしましょう。理由は小官で適当なものを考えますが、ともかく消息不明者がひとり必要だった、ということで」

「はあ」

「で、情勢の進展によって密命は完了した。偽装だった脱走の記録を訂正して名誉を回復し、身ぎれいな形で軍属として特務機関が雇用します」

「軍属の仕事は面倒くさそうですな」

鹿野は遠慮なく、臭いものを嗅《か》いだように鼻に皺《しわ》を寄せた。

「軍とて役所です。書類仕事が多いですから、おおらかな馬賊稼業よりはたしかに面倒でしょう。けど鹿野さん」

仁礼は声に力をこめた。

「あなた、胸を張って日本へ帰れるのですよ。一時の汚名も顧みず御国に尽くした人間として」

「そんな話には興味が」

ない、という言葉はどうしても出てこなかった。故郷は捨てたはずだった。帰れぬと諦《あきら》めていた。だが手の届きそうなところに現れると、どうしても手を伸ばしたくなる。

「鹿野さんにお願いしたいのは、蒙古人たちとの橋渡しです」

仁礼は続けた。

「蒙古の言葉と事情に精通した人材が軍には少なく、現地で雇うにも素性の知れぬ者は避けたい。日蒙の意思疎通が円滑になれば、蒙古自決の運動はなお大きくなり、自治の拡大も早くなるでしょう。蒙古のために働きたいという鹿野さんのお気持ちにもかなうはずです」

「で、大きくなったモンゴルを日本が食うのですかい」

「利用するもされるも自ら決することは、自治に入りませんか。日本は蒙古を対等だと思っているから利用する。蒙古も日本を利用して独立を果たせばよい」

「もし力をつけたモンゴルが日本を裏切ったら」

「そうならぬために、日本が誠意を示さねばならんのです。小官も日本の軍人、時々の任務を大元帥陛下のご下命と思って達成に尽くす者です。現今の小官の任は蒙古自治の拡大。そのためには参謀どもの企《たくら》みこそ邪魔です」

鹿野は仁礼に対する評価を少し改めた。

「大尉は俺を信頼できるんですか」

仁礼はちょっと考え、答えた。

「頑固そうでしたから」

鹿野は苦笑するしかなかった。


モンゴル独立の芽は三つあった。

一つは李守信の察東特別自治区、もう一つは満州国軍の興安軍。両者は緊密な連絡を保ちながら、それぞれの立場でモンゴルの地位を確保しようとしている。ただ李守信は当人の才覚はともかく、モンゴル人全体をまとめられるほどの名望に欠けていた。李ほど器用に立ち回れなかった興安軍は、関東軍に頭を押さえられている。

三つめの芽としてデムチュクドンロブ王、漢字表記から徳王《とくおう》と呼ばれる人の運動がある。

徳王はチンギス・ハーンの末裔《まつえい》という赫々《かくかく》たる血筋を持ち、牧地と清王朝の爵位を世襲していた。政客としても有能で、中華民国政府に「高度自治」を求める運動を続け、ついには「蒙政会」の名で自治委員会を承認させた。李守信の自治政府設立から十か月ほど後のことだった。

だが、民国政府はあの手この手で蒙政会を骨抜きにし、徳王側近の暗殺まで行った。徳王は密《ひそ》かに日本軍との接触をはじめ、民国政府が蒙政会を解散させると腹を決めた。

察東特別自治区が成立して二年ほど経った初冬、ドロンノールの飛行場に李守信軍の儀仗兵《ぎじょうへい》と将校たちが集った。定刻通りの午前十一時ちょうど、翼に赤い円を描いた飛行機が着陸した。タラップから降りて来たデール姿の徳王は、待っていた李守信将軍の敬礼に手を挙げて応《こた》えた。

「会談の実現には苦労しました」

遠くから様子を眺めて、仁礼少佐が零《こぼ》した。普段は背広を使っているが久しぶりに軍服を着ている。軍帽の間から覗《のぞ》く髪は、特務機関らしい長髪だった。

「モンゴル人たちも喜んでいます」

見てきたままを、こちらは背広姿の鹿野は言った。徳王と李守信は互いに連絡をとっていたが、関東軍に飛行機を出させて儀式めいた初会談を演出したのは仁礼で、日本軍は野心ではなく大義でモンゴルに関わっていると宣伝したのは鹿野だった。

「徳王の政治力と名望に李守信の武勇が合流すれば、蒙古独立のうねりは大きくなるでしょう。僕たちも忙しくなります」

仁礼が言う。儀仗兵の列の隙間で、徳王と李守信は見るからに堅い握手を交わしていた。

「帰国できるくらいの休暇を鹿野さんに取ってもらえるのは、しばらく先になりそうです。申し訳ありません」

「構いませんよ。少しでもモンゴルの役に立つのなら」

徳王は李守信軍の将校たちとも握手と短い挨拶を交わしている。黄土色の新しい軍服を着た烏士瑞がぴんと背筋を伸ばして、チンギス・ハーンに謁するような顔で徳王の前に立っていた。

二年後、北京《ペキン》改め北平《ペイピン》の郊外で日本軍と中華民国軍が衝突した。翌月には上海《シャンハイ》でも戦闘が起こり、瞬く間に全面戦争の様相を呈した。李守信らのモンゴル軍は東条英機《とうじょうひでき》中将を司令官とする日本軍部隊とともに内モンゴルを西へ侵攻、中部あたりまでを占領した。

その秋には、「蒙古連盟自治政府」が成立する。主席には長老格のモンゴル人地方王が立てられたが、実質は徳王が主宰し、軍司令官には李守信が就いた。南には日本軍の工作で冀東《きとう》防共自治政府があったが、さらに内モンゴルに察南自治政府と晋北《しんぽく》自治政府、北平に中華民国臨時政府が誕生した。

「地図が何枚あっても足りない。作る端から国境が変わってしまう」

蒙古連盟自治政府の首府フフホトの郊外、騎兵隊兵舎の連隊長室で烏士瑞が笑った。両肩に少校の階級章を付けた褐色の軍服姿がよく似合った。

「俺も、どこになにがあったかとても覚えられない」

鹿野はそう応じた。仁礼の勧めで特務機関の軍属となって四年が経つ。今日と同じくもっぱら背広を着ているが、窮屈でやりきれなかった。

「日本には帰れたのか」

「まだだ。特務機関てやつはやることが多くて、まとまった休暇がなかなか取れない」

政府ができたり変わったりするたび、役人や兵隊が要る。領域内の有力者にも渡りを付けねばならない。中級以上の官吏は日本人が多く、あれこれと教えるべきこともある。街や集落を巡って共産党の浸透も調査せねばならない。鹿野は三日以上の休暇を貰えたことはなかった。

「まあ、両親はまだ元気らしい。落ち着けばいちど帰るつもりだ」

仁礼が気をまわし、地元の役場にそれとなく照会してくれた。手紙を出そうかと思ったが、「脱走は嘘でした」などという話は面と向かって言うべきだろうから、思いとどまっている。

「こっちも忙しい」と烏は言う。「匪賊討伐もあるし、民国軍とも小競り合いがある。何もなければ練兵。俺も家に帰れていない」

「それにしても徳王殿下には申し訳ない仕儀になった」

「鹿野のせいじゃないだろう。気にするな」

日本軍は徳王にモンゴル国の独立を約束していたが、土壇場で言葉を濁し、自治政府なる中途半端な政体の樹立となった。

「俺は使いっ走りだから何もできないが、日本軍では察南と晋北、蒙古連盟の統合を考えている」

鹿野は贖罪《しょくざい》のつもりで軍機を明かした。

「それはいいな」

烏の表情は明るい。紆余《うよ》曲折はあれども独立が一日ごとに確かになっていることが、うれしいのだろう。

その後、蒙古連盟自治政府の軍隊は急激に膨張した。広大な版図を守備するため兵も増やした。日本からの援助で武器はそれなりに揃ったが、新兵ゆえ練度も士気も低かった。

やがて、蒙師と呼ばれて軍の中核を担っていたモンゴル人騎兵部隊の大半が、日本軍の指示で満州国の興安軍に転出となった。しぶしぶ満州へ移った蒙師は翌年、ノモンハンで起こったソ連との戦闘に投入され、ソ連側に立つ外モンゴルの同胞とも戦ったあげく壊滅してしまった。

その年、一九三九年の九月。内モンゴルの三自治政府が「蒙古連合自治政府」の名で統合された。ただし、憲法に当たる施政大綱に独立の字はなく、日本政府が中華民国との戦争に際して呼号する「東亜《とうあ》新秩序」なる方針に協力すると記された。モンゴルはまんまと、日本を盟主とする陣営に組み入れられた。

モンゴル軍に残された数少ない蒙師の一隊、烏士瑞少校の騎兵連隊がフフホト近郊の兵営で籠《ろう》城《じょう》をはじめたのは、その直後だった。

「俺が烏を説得します。兵営に行かせてください」

フフホトの特務機関本部で、鹿野は機関長の机を叩いた。首のネクタイがうっとうしくて仕方なかった。

長髪に軍服姿の仁礼は、すぐには答えない。右の肘《ひじ》を机に置き、こめかみに指を当てて沈思していた。

「おそらく無駄です」

やっと口を開いた仁礼は容易ならぬことを言った。

「駐蒙軍は、断固討伐せよという方針です。蒙古政権の兵力を削減し続けていた矢先ですから、手間が省けてよいとでも思っているのでしょう。すでに討伐部隊も出発しています」

駐蒙軍とは、内モンゴル警備のために新設された日本軍の兵団だ。これまで関東軍や参謀本部があれこれと手を出していたモンゴル独立工作も、いまは一手に担っている。

「仁礼さん。あんたは誠意をもってモンゴルに向き合うべきだと言った。恥ずかしくないのか」

「もちろん忸怩たる思いです。ですが、命令には逆らえません」

「それでいいと、あんたは思ってるのか」

「小官は大元帥陛下が率いたまう軍隊の将校です。思うところはありますが、軍の命令を大元帥陛下のご下命として奉じ、達成に尽くすのみです」

ああ、と鹿野は思った。仁礼には帰る先があるのだ。大元帥陛下とやらのおわす島国が。陛下がどう思っているかなど知りようもないが、仁礼の言う「命令」はシベリアの村を焼き、中国をひっかきまわし、モンゴルを裏切っている。

「もういい」

鹿野は機関長室を飛び出した。厩舎へ行き、それしかなかったから仁礼の馬を引き出し、鞍を載せて轡を嚙ませ、騎乗した。フフホトの街を駆け抜けながら背広を捨て、ネクタイをもぎ取った。いつか階級章や軍隊手帳を捨てた日を思い出した。

騎兵連隊の兵営は、枯れ色に変わり始めた平原に置かれている。木の柵を巡らせ、細長い切妻屋根の兵舎と厩舎が二棟ずつある。

数百メートルほどの距離を取って、日本軍の歩兵隊が布陣し、砲や機関銃を据えていた。

「特務機関の鹿野三蔵だ。駐蒙軍司令部の軍使として兵営に行く」

嘘っぱちを喚き散らしながら、鹿野は駆け抜ける。たどり着いた兵営の門は土嚢が積まれ、モンゴル兵が銃を構えていた。黒旗団時代の知った顔もあれば、その後の烏連隊に配属された知らない顔もあった。

「鹿野だ。烏に話がある」

転がるように馬を降り、声の限りに叫んだ。土嚢から軍の制帽を被《かぶ》った烏がひょっこり顔を出した。

「鹿野、籠城であっても馬賊時代と変わらず、先頭に立っているらしい。

「鹿野、おまえは悪くない」

烏はそんなことを言った。

「だが、モンゴルの独立は日本によってうやむやにされてしまった。今の政府は俺たちモンゴルの政府じゃない」

「話は分かる」鹿野は言った。「だが、反乱はまずい。日本の軍属である俺が言うのは心苦しいが、いまは耐えろ」

「李守信将軍も同じことを言われた」

烏は総司令官の名を上げた。

「子飼いの蒙師を奪われ、信頼できる部下も異動させられた。両腕を捥《も》がれたようなものだが、それでも独立のため、日本に屈服しながら機会をうかがっている。烏少校も諦めるな、と」

烏の声は激情のためか掠《かす》れている。鹿野は黙って聞いた。

「俺だって諦めない。俺なりのやり方でモンゴルを独立させる。ここで俺たちが反乱を起こせば、同じ不満を持っているやつらが集まるはずだ」

快速を生かして平野を自在に進退する。そんな騎兵の本領を知り尽くしているはずの烏が、あえて不得手な籠城を選んでいる。痛ましく思えてならない。

「夢だよ、それは」鹿野は首を振った。「この兵舎は包囲されている。仲間が集まる前に烏連隊は殲滅《せんめつ》されてしまう」

「それでも構わない。理不尽に斃《たお》れた者は、その名と事実で生きる者を鼓舞する」

「分かってくれ、頼むから。降伏してくれ。俺だって今の政府がいいとは思わない。あんたが言っていたモンゴルの国に行きたい。そのためにも、あんたに死なれちゃあ困るんだ」

「鹿野よ」烏の声は優しかった。「お前は故郷に帰れ。ここは俺たちの地だ」

「俺は、モンゴルにはいられないのか」

烏は黙り込む。来る者を拒む男ではない。諦めないどころか、烏は絶望している。自殺に等しい反乱と分かっていて、鹿野を巻き込みたくないのだろう。

「どうしても降伏しないか」

「しない。妻と娘には申し訳もないが、折れるわけにはいかない」

烏の娘は二十歳を少し過ぎた。母に孝行を尽くし、足の長い駱駝を巧みに操って家畜を追い、父のような勇者が良いとうそぶいてなかなか嫁がない。モンゴルに来てからの長い年月を鹿野は思った。娘が、妻が、同胞が、矜《ほこ》りを失わずに生きてゆける未来の時間を、烏なりに作ろうとしているようだった。

「分かった」

鹿野は答え、土嚢を攀《よ》じ登り、内側に飛び込んだ。

「どういうことだ、鹿野」

さんざん聞いたはずの烏のモンゴル語が、無性にいとおしく思えた。

「栄えあるモンゴルの騎兵が籠城なんてみみっちいことをするな。厩舎には馬があるんだろう。あと黒い軍旗も」

兵舎の屋根が吹き飛び、遠くから突撃の喊声が上がった。包囲する日本軍が攻撃をはじめたらしい。

「あるなら行ける。だから行こう。俺たちのモンゴルへ」

「つまり、どうするんだ」

烏が問う。答えは決まっている。

「逃げるのさ。包囲を突破して」

かつて鹿野を悩ませてきた言葉が、いまはするりと出てきた。

進めデリーへ

# 一

高等女学校の校庭に、六甲颪《ろっこうおろし》が強く吹き降りていた。

「ヨーイ」

体操用のキュロットスカートを風に膨らませた号令役の生徒が声を張る。スタート線に並んでいた五人の走者は、両手を地面に置いたまま一斉に足を伸ばす。

お汁粉は箸休《はしやす》めの塩昆布が大事やねん。最近の小説は伏字が多くてほんまかなわんね。自分が走る番を待つ生徒たちは風の冷たさが気にならないようで、先生が百メートル離れたゴールあたりにいるのを幸い、好き勝手に騒いでいる。

ひと呼吸ほどの間を割って鋭く号笛が鳴る。走者たちは一斉に走り出した。

ヴィーナ・クマールは先頭に躍り出た。腿《もも》を上げ、地を蹴《け》り、単純な反復に意識を集中する。ひと蹴りごとに身体は熱を帯び、軽く、なめらかに、機敏になってゆく。

二番手の気配が背後に迫ってきた。ヴィーナは加速する。前から吹きつけていた風が、目の前で割れたように感じた。もっと速く走れる。ずっと先まで走っていられると思った。

そこでがくりと視界が下がった。見つめていたはずの遠くが掻《か》き消える。足が絡まったと気づいた瞬間、ヴィーナの身体は地面に転がっていた。忙《せわ》しい足音に左右から追い越される。慌てて起き上がったころには、四つの背中が石灰で引かれたゴールの線を次々と越えていた。先に走り終わっていた生徒たちがあれこれと騒ぐ。ことし着任したばかりの若い男の先生は、優しいのか生徒あしらいが不慣れなのか、好きにさせていた。

ヴィーナはのろのろと立ち上がった。軽かったはずの足が今は重い。火照っていた身体も冷たくなっている。

「諦《あきら》めちゃいかんぞォ」

先生の声が飛んできた。ヴィーナは形だけ手足を大きく振り、引き摺《ず》るような思いでゴールを越えた。

「残念だったな、クマール」

先生は言った。男にしては小柄で、上背のあるヴィーナと目の高さはほとんど変わらない。

「けど足の運びがいい。ドリブルもきっとうまくできるぞ」

妙な褒め方はいつものことだ。先生は前に勤めていた実業学校でバスケット・ボール部の監督を務めていた。この高等女学校に移ってからも部の設立を画策していて、ヴィーナにいつも入部を勧める。ただし、まだ部そのものがない。物不足で備品が揃わないらしく、職員会議でも「支那事変の最中というこの時局に」と学外の目を気にする意見が根強いらしい。

はい、とだけ先生に答えたヴィーナは生徒たちのほうへ行く。やけに目立ってしまった気恥ずかしさで背中がぞわぞわした。

「琴《こと》ちゃん、肘《ひじ》」

滲《にじ》んでいた。

外村吉子《そとむらよしこ》がヴィーナを綽名《あだな》で呼び、指差してきた。ヴィーナが左肘を上げると、たしかに血が
「平気。こんなん、なんもあれへん」

ヴィーナの言葉はつい無愛想になった。心配されるとかえって悔しくなってしまう。

「はよ洗《あろ》たほうがええって。いっしょに保健室行ってヨーチン塗ってもらお」

振り返る。次の走者たちがばたばたとコースを走っている。

「なに怒ってるん、琴ちゃん」

吉子が、心配そうに眉根《まゆね》を寄せて覗《のぞ》きこんできた。そういう顔をしていたらしい。

「うち」ヴィーナは言った。「走るん止めてもうた」

「しゃあないやんか、こけたんやから」

「しゃあなくないもん」

ヴィーナは首を振った。こけたことなんて、どうでもいい。最下位だと判ったとたん、嫌な感情がヴィーナの足を摑《つか》んだ。先生から「諦め」という名をもらったその感情が、腹立たしくてならなかった。こけても転がっても、ゴールまで走り切るべきだった。

しゃあなくないもん。

もういちど、今度は胸の内でヴィーナは呟《つぶや》く。


「東亜新秩序とは」

体育の次の時限、陸軍の将校さんが教壇に立った。黒板には「時局講話」と大書されている。

「東洋に平和を建設せんがため帝国政府が掲げた一大理想である。ために忠勇なる皇軍兵士は支

那に出征し、戦っておる」

将校さんの横では、担任の星野《ほしの》先生がしおれた切り花みたいにうなだれていた。いつも通りの清楚《せいそ》な和服もなんだか色褪《いろあ》せて見える。講話のしょっぱなに「前線の労苦を思えば和服など着られるはずがない」などと嫌味を言われたからだろう。非常時に華美、空襲時の消火活動に不向き、物資の無駄遣い。和服は近頃いろんな難癖をつけられている。

紺のセーラー服に着換えたヴィーナも、教室の隅でうつむいていた。時局講話に興味がないというより、珍しい顔立ちだと言わんばかりの将校さんの視線が煩わしかったからだ。保健室で消毒のついでに貼ってもらった肘のガーゼも、本来は前線に送るべきものと思われているかもしれない。

ヴィーナの両親はインド人だ。貿易を営む父が神戸《こうべ》に移住した直後、すでに身重だった母が女の子を産んだ。家の近所に神社があり、その祭神弁財天《べんざいてん》がインドの女神サラスヴァティーであると聞いた父は、女神が持つ楽器にあやかって赤子の名を琴《ヴィーナ》とした。

「帝国の潜在的な大敵、つまり東洋の平和を破壊する元凶は米英である。彼らは支那政府の首魁《しゅかい》蔣介石《しょうかいせき》を援助し、大陸の人民を利用して日本民族の自存自衛を脅かしている」

将校さんの話を、隣席の外村吉子が熱心に聞き入っていた。お兄さんが支那に出征しているからだろう。

ヴィーナは地元の尋常小学校を出て、高等女学校に進んだ。私立の学校だったからいろんな生徒がいたが、さすがにインド人の子女はヴィーナだけだった。自己紹介で名前を告げると、同級生たちはみな唇をすぼめて困ったような顔をした。

——ヴィってやっぱり下の唇嚙《か》まなあかんのんです?

不安げに訊《き》いてきたのが外村吉子だった。

――うちの名前、インドの言葉で琴ゆう意味ですねん。

そう答えると外村吉子は「琴さん」、しばらくして「琴ちゃん」と呼んでくるようになった。ヴィーナは最初から外村吉子を「よっちゃん」と呼んだ。

「皇軍は蔣介石に対しては容赦ない正義を、支那人民に対しては深い仁愛を旨としている。占領地の人民が日本を歓迎するゆえんである」

終業のチャイムが鳴ってから十分ほどを過ぎ、やっと話を締めくくった将校さんは軍靴を鳴らして教室を去った。ほっとした表情の星野先生が明日の防空訓練について持ち物と段取りを説明し、やっと放課になった。

高等女学校は神戸の山手にある。校門を出ると、左右に洋館が並ぶ緩い下り坂がずっと続く。

「天に代わりて不義を討つゥ、忠勇無双の我が兵はァ」

時局講話にあてられてしまったらしい外村吉子は、右腕を勇ましく振りながら軍歌をうたいはじめた。冬が近いこの時期らしく太陽はもうだいぶ傾いていて、影は道に長く伸びている。

「歓呼の声に送られて、今ぞ出《い》で立つ父母の国」

ヴィーナも調子を合わせる。父母の国か、まあうちのことはええか、などと思った。

「勝たずば生きてェ還《かえ》らじとォ、誓うゥ心の勇ましさァ」

兄が出征している外村吉子はどこか切実さの混じった声でうたい切り、嚙み締めるように俯《うつむ》いた。それからヴィーナに向けた顔は、いつもの明るさを取り戻していた。

「肘、大丈夫なん」

「もう、なんもないよ。ガーゼも貼ってもろたし」

手当てより友達の表情のほうが、ヴィーナをずっと安心させた。

「ヨーチン、痛なかった？」

「痛かったで。ヒャアて声出そうになった」

「インドやと痛いとき何て言うんかな」

「ヒャアちゃうかな、やっぱし」

ふたりは毎日の通り、他愛ない話をしながら歩く。

「それにしても、こけたんがそんな悔しかったん、琴ちゃん」

「うちな、なんか最近おかしくなったかも知らん」

誘われるようにヴィーナは打ちあけた。

ここしばらく、できないことがあると悔しくて仕方がない。次の日までむかむかしてしまうし、思い出してしまえば一か月前のことでも腹が立つ。人や物に当たるなんてことはないが、ひとりでいると「わあ」と声に出してしまうこともあった。

「思春期やからね、琴ちゃんもうちも、満十五歳の乙女なんやし」

すでにその思春期とやらを終えたような大人びた口調で吉子は言う。

「琴ちゃんはずっとおとなしかったから、その分まとめてウワーってなってるんちゃう」

大雑把な話に、ヴィーナは少しだけ笑うことができた。

「それに琴ちゃん、うわ外人さんやみたいにジロジロ見られるやろ」

「まあ、そうやけど」

港町の神戸は外国人が少なくない。インド人も多く住み、たいていはお父さんと同じく貿易業を営んでいる。それでも、やはり珍しそうな目を向けられることはある。

子に話した。

「いっつもチーンておすまし顔してたけど、ほんまは何見てんねんアホウとか言うたりたかったんちゃうのん」

「そら思わんこともないけど」

ヴィーナは記憶をたぐり、「最近おかしくなったかも知らん」きっかけと思《おぼ》しきことを外村吉子に話した。

「うち、インドに行きたい」

父母に願ったのは、半年くらい前だ。畳敷きの居間に据えた卓袱台《ちゃぶだい》には晩ごはんのチャパティと豆のカレーが並んでいた。ちなみにお父さんもお母さんも、カレーをカレーと呼ばない。お父さんに至っては、馴染《なじ》んでいるがゆえに我々には名付けようもない料理をカレーと呼んだのはイギリス人どもだ、などと怒る。

「そりゃ、パパも行きたい、いや帰りたいよ。ママもそう思っている」

浴衣《ゆかた》姿のお父さんは訛《なま》りの強い日本語を使い、ちぎったチャパティを決してカレーと呼ばないスープに浸した。

「警察に追われるのよ。わたしたち悪いこと、なにもしてないのに」

サリーを着たお母さんは、ただちょこんと座っている。お父さんがごはんを食べている間、お母さんは給仕のような役回りに徹する。お父さんはしきたりを強《し》いないほうだが、お母さんは「守らないと気持ちが悪い」と頑《かたく》なにインドの女性らしい振る舞いを守っている。

そんなふたりは、イギリスの植民地となっているインドで生まれ、育ち、結婚した。独立運動が新たな盛り上がりを見せていたころで、デモがあるたびイギリスの軍隊や警察の鎮圧を受け、国中が騒然としていた。

お父さんは貿易商をやりながら、独立運動にこっそり寄付をしていた。それが警察にばれて困っていると、商売相手の日本人から神戸か横浜への移住を勧められた。どちらもインド人が多いから何かと過ごしやすいのではないか、ということだったらしい。

お父さんは妊娠したばかりのお母さんと日本に移り、直接の知人がいた神戸で貿易の仕事を続けた。亡命したインドの革命家も日本には少なからずいて、お父さんは寄付を継続した。神戸で生まれたヴィーナは日本で育ち、両親も日本に少しずつ慣れ、家族の会話はいつのまにか日本語になっていた。

両親は何度も帰国を試みたが、お父さんと革命家の繋《つな》がりを知る神戸のイギリス総領事館はあれこれと難癖をつけて渡航を拒んだ。

我が子に祖国を見せてやれないなんて。帰国を諦めきれない両親はいつも、ため息交じりに嘆いていた。言われたヴィーナは日本の景色と言葉しか知らない。ずっと、それほど気にしていなかったが、まだ見ぬ故郷へいつかは行ってみたいとふと思い、するとどうしても行きたくなった。

「いずれ家族で帰ることができればとは思うが、お前ひとりで行かせるわけにはいかない」

お父さんは首を横に振った。

「インドは広いよ。言葉が通じないこともあるし、宗教も違う。だから独立運動もなかなかまとまらない。マハートマーも苦労している。そのインドのどこへ行きたいのだね」

ガンジーさんの名で日本でも有名なインドの偉人を、お父さんは偉大な魂《マハートマー》と呼んだ。

「どこかは、まだ決めてへんけど」

ヴィーナは正直に答えた。お父さんは怒りもせず馬鹿にすることもなく、「いいかい」と諭すような口調を使った。

「行こうにも船がないんだ」

日本は支那の蔣介石と戦い、その蔣介石はアメリカ、イギリスの援助を受けている。イギリスが戦争をしているドイツと日本は同盟している。回りまわって日本とイギリスの関係も日に日に険悪になり、旅客船の運航がとりやめになった。イギリスの植民地であるインドとも、民間人は行き来ができなくなった。お父さんはそう説明し、深くため息をついた。

「しかたがないのよ、ヴィーナ」

お母さんも悲しそうに言う。

「しゃあなくないもん」

ヴィーナは口を尖《とが》らせ、湧いたとたんに手が付けられなくなった「行きたい」という感情の始末に困った。


外村吉子と別れ、ヴィーナは家に帰った。がらがらと戸を引いて「ただいま」と告げ、靴を脱ぐ。居間へ回るとラジオ放送のような訛りのない声が飛んできた。

「や、お嬢さん。お帰りなさい。それと、お久しぶりでございます」

そこにはお父さんとお母さん、ぴしっと背広を着込んだ蓮見《はすみ》孝太郎《こうたろう》さんがいた。東京育ちの蓮見さんは大阪の外語学校でヒンディ語を修めたあと、お父さんの会社で唯一の社員として働き、二年前に召集された。雇われ時代にふんわり撫《な》でつけていた長髪は丸刈りにしていたけど、若々しい顔は召集前のままだった。

「蓮見くん、外地へ出征になったそうだ。わざわざ挨拶《あいさつ》に来てくれた」

お父さんの説明に、お母さんが「ゴブーンを」と添えた。

「ご苦労様です。ご武運、お祈りいたしております」

ヴィーナは居間の隅に正座し、手をついて言った。蓮見さんもヴィーナに向き直り、頭を下げた。

「ありがとうございます。行って参ります。お嬢さんもどうかお達者で」

「東京から来たのかい。わざわざ神戸まですまないね」

お父さんがねぎらうと、蓮見さんはイエイエと右手を振った。

「汽車の三等車で半日くらい寝ているだけですから、何の造作もありません」

神戸からインドまではどのくらいあるのだろう、などとヴィーナは考えた。

「それにちょうど、神戸は任地へ行く途中だったのです。せっかくなんで寄らせていただきました。お世話になった社長と奥さんにご挨拶できてよかったです」

軽やかな蓮見さんの口調はお父さんと働いていたころのままだった。たしか藤山一郎《ふじやまいちろう》の『サラリーマンの唄《うた》』だったか、「もらったサラリーはサラリと使え」などと歌う暢気《のんき》な曲をヴィーナは思い出した。子供のころはもっと和やかで楽しかったラジオも、最近はすっかり物々しくなってしまった。

「ぼくは働きたくない一心で、両親に多少の余裕があったのを幸い、外語学校へ行きました。珍しかろうと思って印度《インド》語を覚えたものの就職先が見つからず、社長に拾ってもらわなければ、とんだ親不孝者になるところでした。勝手ながら社長は第二の親みたいな存在です。だから挨拶くらいはと思いまして」

「私は、蓮見くんがいなくなって大層困ったよ。きみほど安いサラリーで働いてくれる人はいない」

「うちの人、グリード。だからビジネスもうまくいくのよ」

お母さんは冗談とも本気とも取れることを言い、台所に行った。

「ところで社長、景気はどうです」

蓮見さんが尋ねると、お父さんは「厳しいね」と首を振った。

「日本政府は貿易のコントロール、ええと統制をますます厳しくしているから、うちのメインだったインド綿布と香辛料は運ぶだけで面倒になった。商談やトラブルがあっても簡単には現地へ行けないし、困ったものだ。ところで蓮見くんは、どこの戦場へ行くのかね」

「軍機と言いたいところですが、ほんとは何も知らないんです。甲幹に受かって少尉任官と同時に、久留米《くるめ》の第十八師団に配属となりました」

「グンキ、コーカン、クルメ」

商売で使わないらしい言葉に、お父さんは首をかしげた。

「軍機はミリタリー・シークレット、甲幹は小学校より上の学校を出ている兵隊が将校になれる制度、久留米は福岡の地名です」

「ショーコー、ああオフィサーに昇進したのか。それはおめでとう」

「兵隊のままだと古参兵がやたら殴ってくるのです。それがもう嫌で嫌で。逃げるように試験を受けて将校になりました」

蓮見さんは肩をすくめた。

「師団は広東《カントン》あたりにいます。久留米の飛行場から、ぼくも支那のどこぞへ送られるのでしょう。将校といっても下っ端じゃあ命の値段は兵隊と変わりゃしません」

「飛行機、乗らはりますのん」

思わずヴィーナが身を乗り出すと、お父さんは困った顔をした。

「娘はさいきん、インドに行きたいなんて言うのだよ」

蓮見さんは「なるほど」と頷《うなず》いた。ヴィーナへ向けた顔は柔和なままだったが、笑ってはいなかった。

「お嬢さんには自分の足があり、インドがどこにあるかも知っているのですから、飛行機でなくともいつか、お望みが叶《かな》うかもしれません。何の望みもない身で社長に拾われたぼくが申すのも何ですが」

蓮見さんの言葉に、ヴィーナの右肘にある擦り傷がうずいた。

台所から流れてきた香辛料の香りは、むかしより痩《や》せているように感じた。このご時世、手に入らない材料が増えている。

「急いで食べないといけないね、列車の時間があるから」

お父さんはにこやかに、けどどこか寂しげに言った。

それから十日ちょっと経った昭和十六年十二月八日、日本はアメリカ、そしてイギリスと戦争をはじめた。

# 二

これはいったい何の因果か。

甲幹出身の陸軍少尉、蓮見孝太郎は、ただ運命を呪っていた。

空は白みはじめているが、波の高い海はまだ墨を流したように黒々と畝《うね》っている。手元も暗い。だから、さっきまで乗っていた輸送船が遠くで炎上するさまも、よく見えた。手がかりのない夜の海に飛び立った勇敢な英軍機が落とした爆弾は、船の燃料や積み荷の弾薬に次々と引火し続けている。

「よく生きていたものだ」

蓮見の口から洩《も》れた感慨は騒々しい波と風の音、エンジンの唸《うな》りに掻き消えた。

荒れる海を、長辺一〇メートルほどの箱にむりやり発動機をくっつけたような大発動艇《だいはつどうてい》が全速で突っ切っている。露天の船倉には七〇名の兵と下士官、それと蓮見がひしめき、息苦しい。

さらには、今日が十二月八日であることが信じられぬほど蒸し暑い。赤道にほど近い英領マレー半島の東岸、コタバル沖には四季などないらしかった。

「上陸用意！」

すぐ背後の頭上から怒鳴り声が降ってきた。一段上がった船尾には防盾を立てた操縦席があり、その脇で隊を率いる中尉が指示を飛ばしている。

「上陸したらとにかく走れ、頭を上げるな、すぐに遮蔽物《しやへいぶつ》の陰に隠れよ、なければ散開して伏せよ」

大発は上下に大きく跳ね、揺れている。その上で仁王立ちして叫ぶ中尉の姿はまことに勇ましい。さすが士官学校出は違うと蓮見は感心し、それから行く手に目を転じた。

黎明《れいめい》の空の下、黒々と横たわる陸地の影には無数の光が瞬いている。美しくも見えるが、それは激しい発砲炎であり、あるいは曳光弾《えいこうだん》、照明弾、手榴弾《てりゆうだん》や迫撃砲弾の輝きである。

いま、蓮見が所属する大日本帝国陸軍侘美《たくみ》支隊はコタバルに強襲上陸を行っている。この地には英軍の有力な飛行場があり、開戦劈頭《へきとう》に奪取すべしとされた。

開戦。考えると蓮見の背が粟立《あわだ》つ。佗美支隊の上陸第一波が大発を連ねて発進したのは六時間ほど前。予定では同時刻、真珠湾《しんじゆわん》を攻撃すべく海軍の航空隊が空母から飛び立っている。日本は二か所を同時に奇襲し、アメリカとイギリスを敵に回す未曾有《みぞう》の大戦争を開始している。

ぼんやり生きてきた自分が歴史の大転換点に立ち会うことになったのは、何の因果あってのことか。再びため息をついてから、蓮見は「中尉どの」と船尾を見上げた。

「自分は行く当てがありません。しばらく中尉どのの隊にご一緒してよろしいでしょうか」

「いいわけがあるか」

降ってきた視線と声は、いかにも面倒くさげだった。

「司令部付の貴様なんぞがそばにいては、戦争がやりにくい。自分でなんとかせよ」

「とおっしゃいましても」

「司令部は第二波で上陸しているはずだ。なぜ貴様は今まで残っていた」

「後回しにされました」

見栄を張っても仕方がないから、蓮見は正直に答えた。

「通訳に任ぜられて支隊司令部に配属されたのですが、戦場では役に立たないと思われたのかもしれません」

司令部のうち指揮要員は、中尉の言う通り第二派として出撃、すでに上陸している。蓮見は後方要員として戦闘終了後に司令部を追っかける予定だった。輸送船の上から第三派部隊の上陸舟艇への移乗をぼんやり眺め下ろしていたところに英軍機が来襲、爆弾が当たって輸送船は炎上してしまった。

蓮見は夢中で舷側《げんそく》の縄梯子《なわばしご》を降り、真下の舟に飛びこんだ。護衛の駆逐艦が出してくれた救助艇でありますように、と願った舟は、戦場へ向かって猛然と走り出した。

「通訳」中尉の声色が変わった。「英語ができるのか、貴様」

「それも少々。学校でやっていたのは印度語です」

アジアの英軍にはインド帝国軍の部隊が多い。要するに宗主国イギリスに動員されたインド人部隊で、英印軍とも呼ばれる。蓮見は軍使なり捕虜の尋問なりの用で佗美支隊に配属された。

蓮見の答えを聞いた中尉は、片膝《かたひざ》をついて顔を近付けてきた。

「今次の大戦では貴様の技能こそ役に立とう。世話はできんが、死に急ぐな」

もうすぐです。防盾の陰で操船にあたっている船舶工兵が叫んだ。中尉は船倉に飛び降り、兵の群れを掻き分けて前へ出た。

「我らはこれより、東亜新秩序建設の聖戦に身を投じる。また大日本帝国の自存自衛、その魁《さきがけ》である」

中尉は振り向き、戦争の大義を叫んだ。曲がりなりにも高等教育とされる外語学校を出て、日本では報道されない海外の話も知りえる貿易会社に勤め、平和なればこそ商売相手も増えるサラリーマンをしていた蓮見には、虚構としか思えなかった。ただし今は将校の端くれであるから、兵が死地へ持っていくべきは真実ではなく麗しさであるとも理解している。

「天皇陛下ァ――」

がたん、と七〇名の兵、下士官が一斉に踵《かかと》を鳴らした。あわてて蓮見も倣う。

「万歳！」

「逢着《ほうちゃく》します！」

バンザイの連呼を割って船舶工兵が叫ぶ。大発は浅くなった海底に乗り上げて急停止し、渡し板を兼ねる平たい船首がバタンと倒れた。

夥《おびただ》しい着弾音が蓮見の耳を打った。待ち構えていた機関銃の真っ正面に乗りつけてしまったらしい。ぶちまけられた鉛弾は硬い鉄板に跳ね、柔らかい肉を貫き、上陸の足を思い切りくじいた。前からは行けぬ、横から飛び降りろ、急げ。下士官の怒号に悲鳴が覆いかぶさる。中尉の声はもう聞こえない。

「いったん下がります」

船舶工兵が防盾から身を乗り出して叫び、そのまま胸を撃たれて海に落ちた。操縦者を失った大発は最後の操作を忠実に守り、ゆっくり後進をはじめた。兵たちは左右の低い舷側を乗り越えて海へ飛び込んでゆく。その間にも開きっぱなしの船首から弾丸が飛び込んでくる。

「いかん、死んじまう」

しばし茫然《ぼうぜん》としていた蓮見はあわてて左舷から海に飛び込む。視界は青一色に変わった。


——熱帯でも海は冷たいのだな。

妙なことを考えながら、蓮見は海中で手足をばたつかせる。頭が海面から飛び出し、また沈む。腰の軍刀と拳銃《けんじゅう》がひどく重い。将校らしいスマートな長靴は水をたたえたバケツになって足を捉《とら》える。古兵どのに殴られるのがいやで将校になったが、溺《おぼ》れる将校ほど不自由な身分はないと思い知った。

じたばたしていると爪先《つまさき》が何かにかすった。寄せる波に背を押され、返す波に押し戻されながら、なんとか進む。肩が、胴衣が、腿が水面の上に出る。長靴の臑《すね》と軍刀の先っぽを波に洗わせながら、蓮見はよろめくように歩いた。

「きれいだなあ」

戦場にある軍人にはあるまじき、しかし偽りのない本音が口をついた。世界は夜明けを迎えている。空も海も青く澄み、深緑のジャングルを背にして広がる砂浜は白くまぶしい。軍衣袴《ぐんいこ》を脱ぎ捨て、ウイスキー・ソーダなんぞ片手に寝転んでいられたら、さぞ気持ちよさそうだ。

そんな浜のほうぼうには日本兵の死体が転がっている。それらの死と引き換えに日本軍は海岸をあらかた制圧したらしく、大発にさんざん弾をお見舞いしてくれた機関銃も見当たらなかった。

逢着がもう少し遅ければ、と詮無《せんな》いことを考えたところで、ヒュンという甲高い音がすぐ耳元をかすめた。急いで頭を下げ、腰を落として走る。浅い波に飛び込み、腹ばいになった。

しばらくしてから、そっと頭を上げた。見回した浜には後続の大発が次々に乗り上げ、兵隊を吐き出していた。もう安心であろう。蓮見は浜に上がって腰を下ろし、片方ずつ長靴を脱いで水を出し、履き直す。ずぶ濡《ぬ》れの軍衣はどうしようもなく、諦めた。

少し先に樹木が黒々と茂っている。たしか天然の防風林になっていて、占領目標である飛行場と浜を隔てている。蓮見が合流すべき司令部は木々の中にいるはずだ。

――ここは戦場だ。

蓮見は観念し、軍刀を抜いた。業物《わざもの》どころか軍服と一緒に偕行社《かいこうしゃ》で買った安物だし、軍刀術は全く身につかなかったが、敵に遭遇すれば虚仮威《こけおど》しくらいにはなるだろう。そうでなくとも道を拓《ひら》く山刀の代わりにはなる。

朝日が輝く浜を、蓮見はそっと歩いた。濡れた砂が乾き、やがて朽ちた枝や葉に、土に変わっていく。曖昧《あいまい》な境を抜けて入った南洋の森は薄暗く、不気味なほどひんやりしていた。

腰をかがめ、頬を撫でる蔓草《つるくさ》を払いのけ、耳をかすめる虫の羽音に驚き、湿った柔らかい地面に足を滑らせ、一歩一歩を確かめながら、しかしあてどなく蓮見は進む。

耳に届く銃声や爆発音は低く、遠い。日本軍はすでにこの森も突破し、飛行場あたりまで進出しているのかもしれない。そう思うと強張《こわば》っていた身体がほぐれてきた。背筋が伸び、歩みは大股《おおまた》になり、軍刀を得意げに振り回して邪魔な蔓草を断ち切ってゆく。

「もらったサラリーはサラリと使え」

鼻歌が出てきたとき、視界の左隅を人影らしき何かがかすめた。

「支隊司令部付、蓮見少尉だ。誰か。——いや待て、待て待て、待ってくれ」

のんびり発した誰何《すいか》は制止に、次いで懇願に変わった。

洗面器みたいな英軍の鉄帽を被《かぶ》った兵が数人、現れた。構える小銃はすでに蓮見に向けられている。海岸にいた英軍は、いくつかの部隊を置き去りにしたまま後退したようだ。

かちゃり、と銃の軋《きし》む音が聞こえた。

「降伏しろ」

蓮見はサラリーマン時代以来のヒンディ語で、サラリーマン時代には使ったことがない言葉を叫んだ。囲む兵たちの顔立ちがそうさせた。

「海岸は日本軍が完全に制圧している。たったいま後続の聯隊《れんたい》が上陸し、私はその将校斥候だ。きみたちは袋の鼠《ねずみ》で勝ち目はないから、降伏しろ」

蓮見は精一杯の虚勢で軍刀を振り上げ、推測と嘘を言った。腐葉土を踏む音とともに砂色の野戦服を着た男が現れた。その顔立ちはインド人のもので、兵たちの素振りからして指揮官らしかった。

「きみの言うことは本当か」

ヒンディ語で返してきた将校の衣服は汚れていたが、大きな眼は今日の空ほど澄んで見えた。軍人よりは数学者か哲学者が向いていそうなほど理知的な風貌《ふうぼう》だった。

「――嘘だ」

蓮見は答えた。下手な嘘に頼らずとも事実が英軍を圧倒していると思い直し、正直に話した。日本軍を運んできた輸送船は航空支援がなく、空襲で炎上してしまった。ために火砲の揚陸には失敗しているが、陸兵五〇〇〇名強のほとんどは上陸を完了している。また護衛で帯同している巡洋艦一、駆逐艦四の海上兵力は、当地を荒野に変えてしまえるくらいの火力を持っている。

言い終えると沈黙が返ってきた。蓮見の心臓は不穏に悩み、痛いほど高鳴る。やがてインド人将校は何事かを命じた。聞いた兵たちは戸惑うそぶりを見せ、最後に銃を放り出して両手を上げた。

「きみは真実を話してくれた。返礼として私たちの命を預けよう」

将校は静かに言った。

「ただし、もう嘘は許さないぞ」

蓮見は首を何度も縦に振る。

シャー・ナワズ・カーン大尉、と将校は名乗った。

## 三

コタバルに上陸した佗美支隊は同日に英軍飛行場を、翌日には市街を占領した。

損耗した兵器や弾薬の補給請求、死傷者の収容、鹵獲《ろかく》物資および捕虜の処置、残敵の掃討、周辺住民の慰撫《いぶ》、英国行政機関と併存して君臨していたスルタン邸宅への表敬訪問。戦闘が終われば終わったでやることはいくらでもある。接収した州政府庁舎で、支隊の司令部員は忙しく働いた。

——東亜永遠の平和を確立し、以《もっ》て帝国の光栄を保全せんことを期す。

本土でもラジオで流されたという開戦の詔書を支隊長が代読すると、司令部要員はみな万歳を連呼し、感涙にむせんだ。

コタバルのみならず戦局全体も、きわめて順調に推移していた。マレー半島のタイ領から上陸した部隊は英領へ侵入、半島先端のシンガポール島へ進撃している。フィリピンを襲った航空隊は米軍の航空戦力を叩《たた》き潰《つぶ》し、海軍はハワイで米艦隊を、マレー沖では英艦隊を壊滅させた。続々と入る戦勝の報《しら》せに、司令部では何度も万歳が叫ばれた。

蓮見孝太郎少尉は、捕虜を世話する「俘虜《ふりょ》係」という役目を命ぜられた。得た捕虜は英人が三〇名、インド人が七〇名ほどで、とりあえず公民館に収容しているという。多少の英語とそこそこの印度語が話せる蓮見が適任と思われたらしい。

「どうすればよいか、さっぱり分からないのですが」

南国の熱気と戦勝の興奮に煽《あお》られる司令部の隅で、正直に言った。命じてきたカイゼル髭《ひげ》の少佐参謀は鉄拳一発と、「誰にも分からんよ」という頼りない助言を与えてくれた。

助手の兵と下士官を連れて公民館に入った蓮見は、さっそく面倒に遭遇した。

有色人種と寝食を共にしたくない、と英人が騒いでいた。寝食どころか戦場を共にした仲ではないか、と蓮見は反感を覚えたが、「天幕を与えるから外で寝よ」と応じた。ちょうど南国名物の激しいスコールが降るという小さな天祐《てんゆう》にも助けられ、英人は要望を取り下げた。

それから蓮見は捕虜の姓名階級を聴取して名簿を作り、ついでに炊事と掃除の当番を割り振った。食事の話になると、各人が信奉する宗教によってあれこれと禁忌があるインド人たちに不安が広がった。炊事当番は宗教別に立てることとし、司令部へ戻って名簿を提出し、借りた自動貨車に日用品を積み込んで収容所へ戻ったころには、疲労する蓮見に同調するように日が沈んでいた。

翌日から、将校を対象に捕虜の尋問がはじまった。英人は自動貨車で司令部へ連れて行かれ、インド人は蓮見が収容所で話を聞くよう命じられた。尋問の心得などないが、とりあえず応接室らしき一部屋を使い、蓮見はひとりずつ呼んで話を聞き取った。

日本でおおざっぱに印度語と呼ばれるヒンディ語は、インド人全員に通じる言葉ではない。英語と並んでいちおう公用語ではあるが、ベンガル語、タミル語など別の母語を持つものも多い。通じるだろうかと蓮見は不安を感じていたが、英軍側で統率の要があったようで、捕虜は全員がヒンディ語か英語を話せた。

インド人将校はみな律儀だった。雑談には気さくに応じるし、礼儀も正しい。ただし軍機に触れる情報は一切明かさない。ふたりを尋問したところで蓮見は前日の疲労がぶり返し、あのカイゼル髭の少佐参謀にまた殴られるかもしれぬという不安にも襲われた。

うんざりしていたところで現れた三人目の尋問者に、蓮見は思わず顔をほころばせた。

「どうぞ、カーン大尉」

立ち上がり、ソファを勧める。四日前に森で出会ったシャー・ナワズ・カーン大尉は、僅《わず》かに微笑んで腰を下ろした。

ところが彼も口が堅かった。パンジャブ州出身のイスラム教徒であり、妻と幼い二人の子がいる。今年で満二十七歳。所属はシンガポール駐留の英印軍第十四パンジャブ聯隊。本国から補充兵を引率しての帰隊中、立ち寄ったコタバルで戦闘に巻き込まれた。

得られた情報はたったそれだけで、話が軍機に及ぶと石か貝のように黙り込む。

「どうしてそこまで英国に忠誠を尽くすのです。彼らのためにインドは長く、辛《つら》い思いをしているのに」

「私は軍人だ。利敵行為はできない。たとえ忠誠の対象が唾棄《だき》すべきものであっても」

ほう、と蓮見は内心でうなった。カーン大尉はやはり、英国をこころよく思っていないらしい。サラリーマン時代、蓮見の仕事相手は社長も含めてインド人が多かった。話を合わせるため、あるいは無思慮な発言をしないために、ひと通りの事情は頭に入れていた。

日本の戦国時代ごろ、北インドに興ったムガル帝国がインド亜大陸の大半を制覇した。国内はおおむね平和で、総大理石の霊廟《れいびょう》タージ・マハルをはじめとする壮麗な建築をいくつも生み、文化と芸術が華やかに発展した。上質で華麗な綿織物は西欧各国にも運ばれた。

やがて、交易相手だった英国がインドの侵略をはじめた。英国はインド人を傭兵《ようへい》として使い、征服地の警官にも採用し、同胞が相争う構造を作った。また地方豪族を藩王国なる小国として残した。かくしてインドはさまざまな立場に分断され、侵略に対抗する力を失ってしまった。

十九世紀半ば、北インドの都市でインド人傭兵《セポイ》が起こした反乱はたちまち全土に広がった。鎮圧に出動した英軍は片っ端から街や村を焼き、ためらいなく住民を虐殺した。捕虜の処刑は大砲の先に縛りつけての発砲、宗教禁忌にあたる牛や豚の血を口に注いでからの殺害など、凄惨《せいさん》かつ凌辱的《りょうじょくてき》なものだった。ギロチンも使われたが、余計な苦痛を与えぬという人道目的で発明されたこの処刑道具が本当に人道的であったのは、当時のインドだけだったかもしれない。

この反乱後、インドは英国王を皇帝とする名目上の独立国、インド帝国となった。英国品の関税も全廃され、ただ収奪されるだけの存在となった。

いっぽうで官吏、弁護士、教師、医者、ジャーナリストなど西洋的な知識人も育っていた。彼らは祖国を苦難から救おうとさまざまな運動を始めたが、英国は巧みに後押しして穏健派の「国民会議」を作らせ、運動を骨抜きにしてしまった。イスラム教徒は別個に団体設立が認められ、民衆の分断に宗教という要素が加わった。

前の世界大戦でインドは一一〇万人の兵士、三四〇〇万ポンド相当の軍需品を英軍に供給した。代わりに自治権を付与するという公約は戦後にあっさり反故《ほご》にされ、令状なしでの逮捕、投獄を可能とする戦中の特別法が改めて施行された。

失望したインドに現れたのがガンジーだった。彼は分裂寸前だった国民会議をまとめ直し、非暴力不服従運動《サティヤーグラハ》を展開して英国の支配を揺さぶった。

「アムリトサルは、たしか大尉の故郷、パンジャブ州ではないか」

蓮見は尋ねた。

最初の非暴力不服従運動のさい、民衆指導者二人の逮捕に憤激した民衆二万人がパンジャブ州の都市アムリトサルに集結、英軍が発砲して一五〇〇人を超える死者を出す大事件となった。

「憎しみは何も生まない」

大尉はゆっくり首を振った。やはり軍人よりも数学者か哲学者が似つかわしい顔つきだった。

「ガンジーさんですか」

蓮見は冗談のつもりで訊いてみた。アムリトサルの惨劇を知ったガンジーは、全国に運動の停止を命じた。ヒンドゥー教の不殺生戒を大事にしているらしかった。

「マハートマーのやり方では、百年経っても独立できない」

大尉の言葉に、はじめて力がこもった。

ガンジーはその人徳で多数の人士を結集させた。ただ非暴力を堅持しようとし、運動が盛り上がるたびに中止させ、条件交渉に軸足を移した。インド人民は少しずつ権利を勝ち取っていたが、歩みが遅々としている面は否めない。ゆえにガンジーを見限る運動家も少なくないらしい。

「ご存じと思いますが、日本にもインド独立を目指す革命家はたくさん亡命しています。彼らは我が軍や在野の人々の支援を受け、活発に活動しています」

大尉の歓心を買いたくて蓮見は言った。実際、在日のインド人運動家は数多い。新宿《しんじゅく》の中村屋なるパン屋に匿《かくま》われ、本場のカレーを伝えた老志士もいる。

「残念ながら、彼らは無力だ」

首を振る大尉に、さすがに蓮見は苛立《いらだ》った。

「なら、誰がいいんです」

「スバス・チャンドラ・ボース」

蓮見は記憶を探る。たしかガンジーの穏健路線を批判し、武力革命を主張する強硬派だ。今はドイツに亡命している。

「なるほど、承知しました」

だんまりという状況を打開する糸口を得られなかった蓮見は、形だけ頷いた。

「ともかく日本は英国と戦っているのです。敵の敵は味方って理屈もあります。穏便な尋問に答えるくらいの協力は、してくれても悪くないと思いますよ」

大尉は口をつぐんだ。今日はこのへんかな、と蓮見が諦めかけたとき、部屋の扉が荒々しく押し開けられた。

「捕虜の尋問は進んでおるか」

カイゼル髭の少佐参謀が苛立たし気な顔で入って来た。蓮見は立ち上がり、頭を下げる。

「いま三人めです」

「敵情は分かったか」

それが、と目を泳がせる前に鉄拳を食らった。少佐の右肩から胸に渡された金ぴかの参謀飾緒が美しく波打った。

「まあよい。捕虜のうち最上級者は誰だ」

蓮見は頬の痛みに耐えながら、座ったままのカーン大尉を目で示した。

「彼であります」

「よろしい。付近に大隊規模の英印軍がおる。掃討の兵が足りぬから、そいつに投降を勧告させたい。さよう説得せよ」

説得と言われても、と蓮見は戸惑ったが、とりあえず少佐参謀の意を伝えた。予想通り、カーン大尉は利敵行為という理由で拒否した。それはそれで蓮見は腹が立った。

「大尉、考えていただきたいのだが、戦闘が起これば双方に死者が出るのですよ。日本人はともかく、戦闘になればあなたの同胞が死ぬ。それはいいのですか」

カーン大尉は蓮見に顔を向けた。

「日本はなぜ戦争を始めたのだ」

禅宗の祖、達磨《だるま》大師は天竺《てんじく》の人。禅問答の本場はほかならぬインドだ。イスラム教徒の大尉には失礼と思いつつ、蓮見は頑迷な禅僧と話しているような苛立《いらだ》ちを覚えた。だが質問されて答えぬわけにもいかない。蓮見は顔を歪《ゆが》め、腕を組んで考え、観念して口を開いた。

「アジアに平和と解放をもたらすためです」

今次の戦争を日本では「大東亜戦争」と呼ぶ。開戦の直後、支那事変も含めた呼称として、「大東亜新秩序建設」なる目的とともに布告された。その意は未《いま》だ明らかでないが、開戦の詔書とかつての東亜新秩序の理念を鑑《かんが》みれば、当たらずといえども遠からずだろう。

「信じられぬ」大尉はにべもない。「日本は中国を侵略している。その日本がどうして平和と解放を実現できるのか」

「キサマァ」

少佐参謀はカーン大尉を怒鳴りつけ、のみならず軍刀まで抜きはらった。ヒンディ語を解さずとも大尉の拒絶を態度で感じ取ったらしい。

「承諾せねば斬るぞ。訳せ、蓮見」

蓮見は思わず少佐参謀に抱きついた。

「なりません、捕虜の殺害は国際法違反です！」

法を盾にしたが、本音は別にある。目の前で無抵抗の人間が斬殺されては寝覚めが悪くてかなわない。蓮見なりに死ぬような思いをしてコタバルに上陸したのは、そんなことのためではない。

「上官に何をするか」

なら上官は何をしようとしているのだ。揉《も》み合いながら、蓮見も興奮してきた。

「ともかく落ち着いてください」

蓮見は叫んだ。上官が下官を斬って黙認されるほど軍紀は乱れていないという蓮見なりの計算は、ならばカーン大尉を守れるのは自分だけだという使命感に変わっていた。

「やろう」

聞こえたヒンディ語に、蓮見は思わず首を巡らせた。

カーン大尉は立ち上がっていた。

「日本軍に投降するよう、私が同胞を説得しよう。――ハスミ少尉」

はじめて蓮見は名を呼ばれた。

「嘘は許さない。私はきみに、そう言った」

「伺いました」

少佐に抱きついたまま蓮見は答える。

「日本の大義が信ずるに値するかは知らぬ。だが、身を挺《てい》して私を守ってくれたきみの行動に嘘はないはずだ。私にはそれで充分だ」

安堵《あんど》した蓮見の耳に「離さんか」という少佐の呻《うめ》きが聞こえた。

その日、カーン大尉は司令部差し回しの四輪車で前線へ行き、英印軍が陣地を構えるジャングルにひとりで入っていった。説得に応じて投降したインド兵は五〇〇人ほどに上った。

## 四

七月ってこんなに暑かっただろうか。

そう思いながら、ヴィーナは陽光まぶしい窓の外を眺めた。ここしばらくは梅雨らしい不明瞭《ふめいりよう》な天気が続いていたが、今日は久しぶりに晴れ上がった。

さらに暑い八月を越えたら気温はゆっくり下がる。少しずつ日が短くなり、色づいた木々の葉が木枯らしに舞い上がり、慌ただしい年の瀬とのんびりした正月があり、梅がほころび、桜が咲く。そんな季節を感じることは、しばらくない。寂しくないといえば嘘になる。

ヴィーナは教壇に立っている。クラス・メートが切実な顔でそれぞれの席に座っていて、外村吉子はもう泣いていた。

「さ、お話しなさい」

横に立つ星野先生が言った。最近は和服をやめて婦人標準服という洋服を着ていた。細身の先生にはよく似合うとヴィーナは思うのだが、本人は「時局だから」と悲しげに言う。婦人標準服には和服型もあるが、それはもっと嫌いらしい。

大東亜戦争が始まって七か月が経つ。

日本軍は英領のマレー半島とシンガポール、ビルマのあらかた、米領フィリピン、蘭《らん》領東インドと、東南アジアのほぼ全域を占領した。とくに海軍は無敵の強さで、真珠湾の大勝利に続いてマレー沖で英東洋艦隊の戦艦二隻を沈め、先月もミッドウェーで米空母二隻を撃沈した。

こんなに強かったのか、と当の日本人たちも驚くような快進撃だった。提灯《ちょうちん》行列、記念集会、防空訓練を通じて、ヴィーナたち高等女学校の生徒も戦争に参加していた。

勝っているのに、追い詰められるような感覚がある。味噌《みそ》や衣類は切符制になり、婦人標準服ができた。星野先生が教える英語は必須《ひっす》科目から外され、教えるにしても週三時間以内になるらしい。

「ええと」

先生に促され、ヴィーナは口を開いた。

「父の貿易の仕事が無くなってしまったので、引っ越すことになりました。出発はあさってです。こんなときですから客船は出てませんけど、伝手《つて》で貨物船に乗せてもらいます。みなさん、ほんまにお世話になりました」

しん、と場は静まり返っている。

「船は香港《ホンコン》に寄るので、移り住むシンガポールまでは二十日くらいかかるんだそうです」

「いまは昭南《しようなん》特別市よ」

「はい、昭南特別市でこれから暮らします」

先生に言われた通り訂正する。

「――さようなら」

そう締めくくると真っ先に吉子が、そしてみんなが拍手をしてくれた。先生が許し、クラス・メートは一斉に席を立って教壇に集まる。寄せ書きの色紙が、ひとりひとりから言葉やプレゼントが贈られた。

「うちのこと、忘れんといてね」

外村吉子は泣きじゃくりながら、四宮《よのみや》神社のお守りをくれた。

「大楠公《だいなんこう》より、こっちのほうが琴ちゃんぽいかな思て」

神戸には日本人が深く敬愛する楠木正成《くすのきまさしげ》を祭神とする湊川《みなとがわ》神社があり、たくさんの参詣者《さんけいしや》を集めている。四宮神社は街中にひっそり佇《たたず》み、ヴィーナの名の由来となった女神、弁財天を祀《まつ》っている。

「ありがとう」

心からヴィーナは礼を言った。

「ミッドウェーでアメリカの機動部隊を叩いてるから、船旅も安全やと思うよ」

わたしが撃沈してきたんやで、とでも言いたげな顔で吉子は胸を張った。

「よっちゃんも気を付けて。何があるか分からへんねんから」

この四月、米軍の爆撃機一六機が日本各地を空襲した。神戸にも一機が飛来して焼夷弾《しょういだん》を落とし、二〇棟以上の家が焼けて一人が死んだ。科学力がものをいう現代の戦争に、前線も銃後もないのだろう。

「また会おね。大東亜戦争に勝ったら、うちも昭南に行けるかもしれへん。あ」

吉子は電灯をつけたようにぱっと明るい顔をした。

「インドもそのとき〝解放〟されてるかもしれへんよ。なんせ日本軍が進出してるビルマのすぐ隣やし」

そういえば大東亜戦争がはじまった日、お父さんも似たような話をしていた。

——ドイツがイギリス本国を痛めつけている間に、日本がインドを解放してくれる。

お母さんは「うまくいくかしら」と肩をすくめたが、いまのところ戦争はお父さんの希望に近い進み方をしている。

東南アジアではインド独立の運動家が日本軍に協力して、英軍のインド兵をたくさん降伏させた。日本軍はマレー半島とビルマを占領したあと、運動家を後押ししてインド独立を目指す大きな団体を作った。

同胞から聞いた話の逐一をお父さんは家族に披露したが、いっぽうで国策とやらの横槍《よこやり》があって会社はほとんど営業できなくなっていた。そこでお父さんは、シンガポール改め昭南特別市への移住を決心した。日本の占領地域で最もインド人が多く、なにかと商売の機会があるだろうという理由だった。

「インドで会おね。うち、一生懸命働いて旅費貯めとくから」

タイピストか電話交換手という夢を持っている外村吉子は、善良で、朗らかで、兄を慕い、だから日本の正義を信じてやまない。

世界が彼女を裏切ることなどありませんように、とヴィーナなりに願った。


これはいったい何の因果か。

蓮見孝太郎少尉は、我が身の成り行きにほとほと呆《あき》れていた。

日本時間で昭和十八年四月二十七日、十七時ちょうど。蓮見は伊号第二九潜水艦の司令塔上にいる。艦の現在位置はアフリカ、マダガスカル島の東南、南緯三二度東経五二度の海上である。太陽は南天でぎらぎらと輝いている。海況は時化《しけ》ぎみで通気性が欠落したゴム引きの外套《がいとう》が手放せず、蒸し暑くて仕方がない。

もらったサラリーをサラリと使っていた神戸在住のぼんくらサラリーマンは、大東亜戦争の開始に立ち会い、それから一年半ほどが経過したいまは陸軍将校ながら海軍の潜水艦に押し込まれ、南半球のアフリカ近海にいる。

蓮見は両手で顔の汗を拭《ぬぐ》い、目を移した。伊二九のそばにはもう一隻の潜水艦、ドイツ海軍のU一八〇が寄り添っている。遠く離れた二大同盟国の連絡は、こっそり忍びよった潜水艦の会合のほか手段がない。恋人どうしの逢瀬《おうせ》よりはかなく、海域は英軍の制空権下にあるから危険きわまりない。

両潜水艦は間にロープを渡し、ゴムボートを往復させて人員と物資を交換している。波が高い中では危険な作業だったが、小さいU一八〇は燃料の限界にあるらしく、凪《なぎ》を待てなかった。大きな魚雷やら重たい金塊やらを運ぶ両艦乗組員の決死の作業を、蓮見は司令塔からただ見下ろしている。

やがて、U一八〇の甲板にふたりの人影が現れた。ひとりは細く、ひとりは上背も恰幅《かつぷく》もある偉丈夫だった。

「あれがボース氏だろうか」

蓮見は隣に立つ見張りの水兵に言いながら身を乗り出し、偉丈夫に目を凝らした。

スバス・チャンドラ・ボース。知名度でガンジーに並ぶインドの独立運動家だ。武力闘争を主張し、何度目かの逮捕から逃亡してドイツに亡命していた。蓮見はふと、ボース氏の登場を熱望していたシャー・ナワズ・カーン大尉の顔を思い起こした。

マレー半島のコタバルに上陸した日本陸軍佗美支隊は周囲の掃討を終えると、半島南端のシンガポール目指して進撃を開始した。蓮見はカーン大尉と組み、行く先々でインド兵に投降を説得した。ほかの日本軍部隊も同じくインド人の協力による投降工作を盛んに行いながら急進した。開戦から僅か二か月後、英軍が東洋一の防備と喧伝していたシンガポール要塞《ようさい》は陥落した。

そこで蓮見は、特務機関へ転属となった。

インド独立派を支援して日本軍の作戦に協力させ、またインド本土のイギリス支配を動揺させる。そのような目的で機関は設立され、開戦当初から盛んに工作を行っていた。シンガポール陥落の直前には英印軍捕虜から意志ある者を選んで「インド国民軍」を組織し、さらに活動を拡大しようとしていた。

捕虜の扱いと語学を買われて蓮見の転属は決まったらしい。ただし初仕事は、シンガポールで得た五万ものインド人捕虜を集めた式典で棒切れのごとく突っ立っている役だった。機関にとっては重大事だが、転任したばかりの蓮見は勝手がわからず困った。

会場はシンガポール市街地にあるファラー・パークなる元競馬場の公園だった。まず英人将校がマイク越しに「インド兵を日本軍に引き渡す」と短く告げ、逃げるように姿を消した。続いて演台に立った特務機関長は、なにかと物事を斜《はす》に見る蓮見の目にも惚《ほ》れ惚《ぼ》れするくらい見事な敬礼を行った。敬礼とは定められた姿勢の称ではなく相手への敬意の表明だ、などと考えれば当たり前のことを思った。

宗主国の勝手で祖国に関係のない戦地に立たされ、いつのまにか捕虜にされてしまったインド人たちも心を打たれたらしく、掌《てのひら》を向けるイギリス式の敬礼や叩頭《こうとう》、合掌など様々な礼を返した。

——日本の戦争目的の一は東洋諸民族の解放である。日本はインドの独立を願い、最大の同情を有し、誠意ある援助を約束する。インド国民軍への参加を希望する者には捕虜の扱いを停止し、自由を約束する。

ヒンディ語の通訳を介し、機関長はそう演説した。続いて機関に協力するインド人の運動家と将校が代わる代わるマイクの前に立ち、植民地支配の打倒と祖国の解放を痛切な声で説いた。五万の捕虜は手を叩き、歓声や泣き声を上げ、制帽を空に投じた。

蓮見も、蓮見なりに興奮していた。自分の命を懸けるしかない戦争に、やっと懸けるに足る大義を得た気がした。コタバルで大発に乗り合わせ、たぶん機銃掃射で死んだ中尉も浮かばれると思った。

式典のあと、蓮見はクアラルンプールへの出張を命じられた。現地でインド人捕虜の処遇について事務的なあれこれをこなし、一月ほどで帰った機関事務所は暗然たる気配に沈んでいた。抗日分子の華僑《かきょう》が数千人、処刑された。

軍属の機関員に教えられた蓮見は、何もかも聞き間違えてしまったのではと疑った。処刑された正確な人数は不明で、万に達するかもしれない。シンガポールは以前から蔣介石を支援する華僑が多かった。そんなことを機関員は説明し、「正式な命令か誰かの独断か、それすらもわからんのです」と沈痛な表情で言った。

それどころではない、と蓮見は思った。適切な審理も正当な量刑判断もなかったから、占領から一月も経たぬ短期間でそれほどの命を奪えたのだ。どれだけ形式論をとりつくろっても責任者が変わるだけで、行為は虐殺としか言いようがない。

加えて、他の華僑には献金が強制されているという。「インド人が日本に不信を持たぬか心配です」と告げた機関員は酷薄なのではなく、異常な事態にことの軽重が分からなくなっているようだった。

——ぼくは何をしているんだ?

目眩《めまい》が蓮見を捉えた。いちど信じかけた東亜新秩序は、無秩序かつ凄惨な実態をさらけ出していた。国家はあれこれと大義名分を掲げて戦争を行うが、ひとりの人間は異論も逃亡も許されぬまま、理不尽に参加するか耳を塞《ふさ》ぐしかない。

蓮見は出張の報告書を提出すると、もう何もしなかった。インド側と折衝するときだけあれこれと働き、彼らの便宜を図った。

そうこうしているうちに特務機関も腰砕けになっていった。誠意でインド人の信頼を得ていた機関長は栄転し、新機関長はインド独立より予算と権限の獲得に熱意を燃やした。放置されたインド独立派は内紛を起こし、インド国民軍は日本軍と対立した司令官が解任されて弱体化した。機関は工作の梃子入《てこい》れのため、ドイツに亡命していたスバス・チャンドラ・ボース氏の招聘《しょうへい》を決めた。

北半球の裏側にあるドイツとの連絡は潜水艦に頼るしかない。招聘の礼儀として将校の一人くらいは出迎えに出すべきだろう。そのような理由で、蓮見は潜水艦に押し込められてしまった。狭く、蒸し暑く、ついでに臭い。海軍さんの兵や将校が忙しく働く潜水艦の隅っこで、蓮見はただ縮こまって数千キロの海中を渡った。

「鱶《ふか》ァ」

伊二九の甲板で見張りが絶叫した。小銃を担いだ水兵たちが駆けつけ、水面を乱射して獰猛《どうもう》な肉食魚を追い払う。

蓮見が司令塔から見下ろす先で、ボース氏はまだU一八〇の甲板にいた。分厚い黒の外套を着込んだ大柄な人で、揺れる艦上でよろめくと落っこちるようにゴムボートに飛び乗った。随員らしき痩せたインド人もボートに落っこち、ふたりで絡み合って足掻《あが》いている。

——なんだか鈍そうな御仁だな。

異国の革命家に冴《さ》えない印象を抱き、蓮見は梯子を伝って司令塔を降りた。

日本時間二十時三十分、現地ではまだ陽が高い頃合い。荒い海況の中で要人と連絡要員、希少物資や技術資料を交換し終えた日独の潜水艦は、登舷礼を交わして別れた。相手が見えなくなると伊二九は潜航する。薄暗く、狭く、機関音が騒々しい艦内を通り、蓮見は司令官室へ入った。そこは艦内唯一の個室で、賓客《ひんきゃく》のボース氏に提供されていた。

「日本陸軍の蓮見孝太郎少尉です。貴殿のお迎えのため本艦に便乗しております」

英語で口上を述べ、敬礼してから、蓮見はそっと顔をしかめた。司令官室といっても陸軍で懲罰に使われる営倉より狭く、潜水艦特有の饐《す》えた臭いからは逃れられない。

「ボースです。座ったままで失礼する」

持ち込んだ大小のトランク六個の隙間から、ボースは手を伸ばしてきた。その隣では、秘書だという細身の男性がヒンディ語で呻きながら身をよじらせ、トランクから中身をほじくりだしていた。

蓮見は握手に応じながら、相手の顔をまじまじと見つめた。

ボースの経歴は頭に叩き込んである。ベンガル州の出身で学生時代から武力闘争を志向した。高級官僚への切符となる高等文官試験に合格したほどの俊才だったが、支配者の走狗《そうく》たるを嫌って資格を返上した。独立運動に身を投じると都合十回もの投獄を経て、オーストリアに亡命する。ガンジーの穏健路線を否んで帰国し、独立派の最大勢力だった国民会議派の議長選挙に当選を果たすが、ガンジー派の反抗ですぐ辞任に追いやられた。独自に武装蜂起《ほうき》を計画したところで英国官憲に逮捕され、ハンストを行って死線をさまよい、牢獄《ろうごく》から自宅に移されたところで脱出、ドイツに亡命した。

闘争心の塊にも思えるボースは、会ってみれば逆の印象を蓮見に抱かせた。子供っぽくも見える大きな眼、豊かな頬の曲線、眼鏡。武闘派の革命家というより温和な学童、あるいは頼りない中年に見えた。

「大学でヒンディ語を専攻しまして、そちらのほうが英語より得意です。ボース氏のご希望に合わせます」

「では、ヒンディ語で。ところでハスミ少尉、日本はいつインドに侵攻するのかね」

「へっ、いや、はっ」

気を利かせたつもりの申し出をあっさり流し、ボースは尋ねてきた。

何と答えようか迷ったが、自分ごとき少尉風情が知ることなどボースはこれからいくらでも聞かされるだろう。開き直って知っていることをすべて話すことにした。

「我が軍はビルマの堅持を方針としております。日本から遠く、かつ広大なインドの国土を制圧する兵力がないからであります」

陸軍内でも一度、インド侵攻作戦が立案されている。ミッドウェーでの大敗、ガダルカナル島での消耗戦による全体戦局の悪化、ビルマ・インド間の峻険《しゅんけん》な地形による補給の至難、兵力不足、などが理由で侵攻作戦は延期、ビルマ方面は守勢と決まった経緯がある。

「兵力はいらないんだ、少尉」

ボースは静かに言う。

「と、おっしゃいますと」

「インドでは独立の気運と英国への反感が着々と高まっている。きちんと統制の取れた、できればインド人からなる軍隊が一歩足を踏み入れれば、たちまち全インドの民は立ち上がるだろう」

これは、と蓮見は警戒した。そう簡単に事が運ぶのなら誰も苦労していない。

「まあ、それは私から日本政府を説得しよう」

かんたんな宿題、とうそぶく賢《さか》しらな学童のような顔をボースはしていた。

「ところで、私が加わるべきインド独立派はどうなっているかね」

「残念ながら、ばらばらです」

蓮見は、これも正直に答えた。

「日本はマレー、ビルマ作戦において、当地で活動していたインド独立派の多大な協力を得ました。その貢献に感謝し、占領地の独立派と日本在住の志士との合同を斡旋《あっせん》し、彼らをインド人国家の代表とみなしています。ただ彼らは活動方針を統一できず、四分五裂しています」

「そうだろうな」

驚きも落胆も見せないボースに、蓮見のほうが驚きと落胆を覚えた。

「インド人とひとことで言っても、宗教も言語も考えかたも違う。強力な指導者が必要だ」

それが私だ、と目の前の大柄なインド人は自負しているようだった。

「軍隊があると聞いている」

「はい、インド国民軍と呼ばれています。日本軍の支援の下、マレー、ビルマの戦闘で投降した英軍のインド人捕虜を組織したものです。ただし、こちらも内情はがたがたです」

ドイツから来た楽天家に現実を教えてやるべきだと蓮見は思った。

「国民軍の司令官は規模の拡充を熱望していました。ただし日本軍としては、後方警備に足る程度の少数かつ軽武装にとどめたい。反乱でも起こされればたまったものではないですし、何より日本側にはそこまで援助する余力がありません」

自分が決めたことではないから、蓮見は日本側の悪辣《あくらつ》さもためらわず説明できた。

「日本は国民軍司令官を解任しました。さしあたりの状況は落ち着きましたが、残された兵士たちは軍隊の体を成さぬほど士気が低下しています」

「なるほど、つまりは」

ボースは深く頷いた。

「日本は、インドを本気で独立させようという気がないのだろう。イギリスを揺さぶるために、独立派を体の良い政略の駒にできればよい、と」

「ありていに申して、その通りです。ただ現状では駒にもなりません。ゆえに立て直したく、我々はあなたをお招きした次第です」

つい挑発的な物言いになってしまったが、嘘ではない。

ボースは丸い頰を考えるように撫で、背後でじたばたしている秘書へ「潜水艦で礼服は着ないからしまっておきなさい」と指示し、それから蓮見に向き直った。

「インドはまもなく自由になるだろう。私には友好国と新政府の要員、軍隊があるからだ」

「はあ」

話を聞いていたのか、と蓮見はいぶかしんだ。

「いま回すべきは糸車ではなく、歴史だ。そしてその機は熟している」

楽天家らしきインド人は言った。糸車はガンジー氏が提唱するインドの象徴だ。そんなものは今のインドに不要だ、ということらしい。

## 五

日本の制海権下にあるスマトラ島北端、サバン島で飛行機に乗り換えたチャンドラ・ボースは五月半ば、東京の羽田《はねだ》飛行場に降り立った。上空はぐずついていて、もう少し天候が悪ければ着陸できず引き返すところだった。

帝国ホテルに入ったボースは地球を半周した疲れも見せず、翌日から積極的に動いた。参謀総長、海軍大臣、軍令部総長、外務大臣と相次いで面会し、インド独立の支援を要請した。蓮見はいくつかの会談に通訳兼雑用のような役割で同席した。

頼りなくも見えたボースは、いざ話しはじめると不思議な魅力があった。口調は穏やかで、教養に裏打ちされた嫌味のない諧謔《かいぎゃく》を交えて理知的な応答をする。それでいて言葉の端々には祖国愛と情熱がほとばしっていた。落ち着いた仕草と大柄な体軀《たいく》には威厳と包容力があふれ、亡命者らしい卑下や怯《おび》えは微塵《みじん》もなかった。

そんなわけで、ボースに会った人々はみな、彼の熱烈な支持者になってしまった。自身が英語に堪能《たんのう》な参謀総長に至っては、後日ボースを料亭に招いて通訳抜きで話し合った。総理と陸軍大臣を兼ねる東条英機大将はボースを怪しんでいたが、周囲の説得で会談したとたんに態度を変えた。

――大日本帝国は独立インドの完成のため、あらゆる手段を尽くすべき決意を持っているのであります。

六月十六日の帝国議会で、東条首相は堂々と演説した。

数日後、ボースは記者会見を開いて来日を公にした。東条首相への感謝、アジア人が欧州列強を破った日露戦争への個人的な感動、英国と戦う日本への信愛を切々と述べた様子は新聞各紙に掲載され、大なり小なり大東亜戦争の大義を信じていた一般国民の好感を得た。

ボースはまた、日本に滞在していたインド独立派の人々とも深く交流した。若い人々には情熱的な言葉を、先輩にあたる老人たちには敬意と礼を尽くし、内紛と運動が進まぬ苛立ちから疑心暗鬼に陥っていた運動家たちの心を摑んだ。

インド独立にまつわる様々な、しかしばらばらでもあった力が、チャンドラ・ボースによって一つにまとまろうとしていた。

「人の説得には多少の自信がある。おかげでこれまでも、たくさんの支持者に恵まれた」

参謀本部差し回しの自動車の中でボース氏は控えめに言った。助手席で聞いた蓮見は、四億の民が住まうインド本国で、気が荒そうな武闘派を束ねていた男の実力に感歎していた。

「正直に申しますと」

蓮見は振り向き、言った。

「ぼくは、あなたのことを見くびっていました。大言壮語のお人なのかと」

「きみに言ったろう」

車中で、ボース氏はやはり穏やかだった。

「歴史を回す機は熟している。あとは回すだけなのだ」

はい、と蓮見はうなずいた。偉大な魂《マハートマー》は糸を紡ぐ自らの姿で支持者を鼓舞した。ボースは歴史を回すための、回す人を焚《た》きつけるための言葉を紡いでいた。

ふと、窓の外の景色が目に入った。

久しぶりの日本は、すっかり様子が変わっている。東京の街を歩く人々は国民服かもんぺ姿。「撃ちてし止まむ」とか何とか、勇ましい標語がそこら中に掲示されている。聞けばジャズの演奏やレコード販売が禁止され、大衆雑誌キングは英語を嫌って冨士《ふじ》に改名したらしい。少し前には山本五十六《やまもといそろく》海軍大将の戦死と元帥号授与が公表されていた。

「私はドイツで二年を浪費した。その間に戦況も変わってしまった」

ボースの声には苦みがあった。ヒットラー総統はインド人に独立国を運営する能力はないと考えていたらしく、ボースはドイツ滞在中、ずっと冷遇されていた。

世界を席巻《せっけん》するかに思えた日本、ドイツ、イタリアなど枢軸国陣営は、かつての勢いを失った。ドイツはソ連に押されはじめている。北アフリカ戦線の枢軸国軍は降伏し、地中海の戦場はイタリア本土に移ろうとしていた。日本も半年にわたる消耗戦に敗れ、ガダルカナル島から撤退した。

「急がねばならぬ。そのために私は日本に来た」

そう言うボースは、外でなく祖国を見すえるように、窓へ視線を投げかけていた。


東京に一月半ほど滞在したボースは、インド独立派の最大拠点である昭南特別市に移動した。七月四日、劇場で独立派の大会が開催され、スバス・チャンドラ・ボースは、インド独立連盟の総裁およびインド国民軍最高司令官に就任した。

——指導者《ネターージ》ばんざい！

誰かの叫びは、たちまち人々の和するところとなった。

その後、ボースは昭南を視察中だった東条首相をインド国民軍の兵舎に招き、閲兵式を行った。軽装備ながら練度も士気も十分で、首相は感嘆したという。

数日後は日本の後援による大衆演説会だった。朝方、蓮見はボースの出迎えを命じられて昭南市内にあるホテルのロビーに入った。

「光機関、ねえ」

がらんとしたロビーに突っ立ったまま、蓮見は苦笑した。所属する特務機関はまた責任者が変わり、名称も「光機関」となった。インドを助ける光となる、という意味が込められてのことらしい。なら今までは何だったのだ。過去を思い返すほど、将来を考えるほど、白々しさと反感が湧く。

気を紛らわせたくて顔を上げた蓮見は、ちょうどエレベーターから降りてきたボースの姿に目を丸くした。慌てて駆け寄る。

「よくお似合いで、いつ誂《あつら》えられたのですか」

カーキ色の舟形帽、同色の上衣と乗馬ズボン、磨き上げた黒い長靴。それまで背広だったボースは、様相をすっかり改めていた。

「昨晩のうちにね。スタッフや仕立て職人には無理をさせた」

理知的な穏やかさはそのままだったが、軍服姿の「ネタージ」はまさに指導者らしい威厳があった。蓮見は一歩下がって背筋を伸ばし、右手を挙げて敬礼した。

「日本陸軍、蓮見孝太郎少尉であります。インド国民軍最高司令官、チャンドラ・ボース閣下をお迎えに上がりました」

改まって述べると、指導者となったばかりの男は満足げに頷いた。

演説会の会場となった中央公園は、昭南やマレー半島各地から六万人以上の聴衆が詰めかけていた。演台には三本のマイクと通訳二人、光機関長が立っていた。

雑用係で演台の隅に陣取った蓮見は、会場の熱気に圧倒された。スターを待ち望む興奮というよりもっと切実な雰囲気があった。見上げると、さっきまで晴れ渡っていた空が掻き曇っていた。すぐに滝のようなスコールが降りだした。南方では珍しくないが、何もいま降らなくてもいいだろう、と蓮見は腹が立った。雨に霞《かす》む会場は驚いたことに、ほとんど動きがなかった。スバス・チャンドラ・ボースを見ずに帰ろうとする者はいないらしい。

感心していると演台が軋んだ。待っていた光機関長が、続いて蓮見も右手を挙げて敬礼する。

「いい日和だな」

彼なりの冗談らしい言葉を口にして、軍服姿のボース氏は雨に打たれたままマイクの前に立った。ギィンとスピーカーがひとつ唸る。

「インド国民の諸君」

電気が増幅したヒンディ語は割れ、くぐもっている。雨音もやかましい。それでも、国を持たぬ聴衆たちは「国民」なる呼ばれ方に騒《ざわ》めいた。

ボース氏は名乗り、独立連盟の総裁と国民軍最高司令官に就任したことを報告した。演説の区切りごとに、英語と南インドで話されるタミル語の訳が続く。

「遠からず、私は連盟を正式な政府に改編する。国民軍も正式な国軍となろう」

機関長の気配が揺らいだ。聞いてないぞ、と慌てているのだろう。蓮見のほうは、巧みなものだと感心していた。

インド独立の指導者ボース氏が政府を持つという話は、マレーやビルマなど日本軍占領地に広く住まうインド人にたちまち伝わるはずだ。日本側はインド独立派の強化を望まないが、チャンドラ・ボースを無下に押さえつければ占領地で暴動が起きる。

「国家に必要なものは、国土である。そのためには戦わねばならない。我らの手に帰するべき地へ進軍し、圧制者を駆逐せねばならない」

そこでぴたりとスコールが止んだ。幕を一気に引いたように蓮見の視界が開けた。聴衆からも、拳《こぶし》を振り上げる指導者が目に飛び込んできただろう。

「我々に必要なのは戦争だ」

ボースは強い言葉を使った。雲間が割れ、天然の照明が会場に降り注ぐ。

「誰かが死に、誰かが生涯の傷を負うだろう。誰かの親が、兄弟が、友人が、斃《たお》れるだろう。だが戦わねば、我らは自由を得られない」

聴衆は、誰かが死ぬとまで言われたにも拘《かかわ》らず、魅了されたようにボースを凝視している。

「自由な祖国を、我らは血で購《あがな》わねばならぬ。これより私は最高司令官として最初の命令を下す。諸君らの軍靴でインドの土を踏め、かつてムガル帝国の都であったデリーへ進め。もう一度言う。デリーへ進め《チェロ・デリー》」

会場は興奮のるつぼと化した。誰もが腕を上げ、力の限り叫んだ。

――ネタージばんざい！

――チェロ・デリー！

六万人の連呼がこだまする中、蓮見はスバス・チャンドラ・ボースという人をやっと理解できた気がした。

この人は煽動家《せんどうか》だ。人を煽り、心を焦がし、死地へ送り込む。

だがインドの人々は煽動家を待っていたのだ。言葉も宗教も違う人々をまとめ、一つの大きな力に変えてくれる人物を。植民地支配につい怯《ひる》んでしまう自分に勇気を与えてくれる指導者を。

そして、チャンドラ・ボースは知っていた。煽動者だけがインドに足りないと。

この人は危険だ。

蓮見の理性が鋭い警告を発し、やがて後退していった。陶酔に似た甘美が、故郷も辛苦も共有していないはずの蓮見すら捉えていた。日本軍で少尉をやっている理由がやっと分かった、とさえ思っていた。

## 六

昭南は年中暑く、季節は雨期と乾期の二つしかない。乾期も言葉の綾《あや》か「雨期よりまし」といったところで、けっきょく雨が多い。

街は支那、マレー、インド人、ほか様々な文化が隣り合い、交じり合っていた。

ヴィーナは日本しか知らず、神戸を出たこともほとんどなかったから、昭南の季節や風景は毎日なにがしかの驚きや感動を与えてくれた。

ただ、昭南の人々は眩《まぶ》しい太陽の下で、暗い雰囲気を引きずっていた。マレー人は役人や警官に採用され、憎まれ役となっている。インド人は日本と同じイギリスという敵を持つからか優遇され、半面で優越感を誇示する人もいる。支那の人たちは地獄の中にいるような重苦しい顔つきをしている。街の中央には神社があり、誰もがいやいや参拝している。日本軍が大量に発行する軍票は信頼がなく、物価は上がる一方だった。

そんな街で、お父さんは同胞の助けを借りて配給外の食品、日用品を扱う商店をはじめた。インフレながらも一家三人がその日その日を暮らしてゆける程度の収入はあった。

ヴィーナは女学校を卒業せず昭南に来たが、もう学校には通わなかった。授業は日本語で行うきまりらしいが、当の先生たちが日本語を学んでいるような状況で、強いて行くべきとは思わなかった。

代わりに店番や経理でお父さんの仕事を手伝って過ごした。仕事の合間を縫って近所の私塾に通い、ヒンディ語を学んだ。いつか両親とその母語で話してみたいと思ったからだ。

とはいえ、新しい言語の習得は簡単なものではなく、本腰を入れた初日に挫折《ざせつ》しかけた。

——しゃあない、うちにとっては外国語やもん。

私塾の帰りにそう呟くと、胸がうずいた。

——しゃあなくないもん。

そう口にすると力が湧いた。振り返っても語学が得意なほうではなかったと思うが、その欠点は寝る間を惜しんで学ぶことで埋め合わせ、いつのまにか日常程度の読み書きと会話は何とかこなせるようになった。

言語の学習と新天地での暮らしが落ち着くと、別の問題が出てくる。

ヴィーナには将来の展望がまるでなかった。ずっとお父さんの仕事を手伝っているわけにもいかないが、昭南には今のところ仕事も、技能を学べる上級の学校もない。

インドでは女性は早くに結婚するらしいが、ヴィーナが結婚を強いられることはなかった。両親とも長い海外生活で、日本語で言うとそれなりに開《ひら》けていたらしい。やや保守的なお母さんも「いい人がいればねえ」と述べるにとどまった。お父さんは夫婦お互いの気持ちが大事と説くいっぽう、持参金《ダウリー》のいらない相手が良い、と半ば冗談、半ば本気で言っていた。

どこか地に足のつかない昭南生活がもうすぐ一年になろうとしていた夏の日、ヴィーナの一家は中央公園へ出かけた。ドイツから来た独立運動家の演説会があるという。

公園には、野球場を一杯にできそうなほどの人がいた。そこへ猛烈なスコールが降った。

「帰りましょう」

お母さんはずぶ濡れになったサリーの裾《すそ》を不機嫌そうに持ち上げた。濡れると駄目になってしまうシルク製で、インド独立の旗にも使われているサフラン色のやつをお父さんに言われてわざわざ着ていた。

「だめだよ」

お母さんの提案に、こちらもせっかくの背広をずぶ濡れにしたお父さんは首を振った。豪雨に打たれてなお、その顔は興奮していた。

「今日はきっと、インドの歴史に残る日だ。私たちは立ち会わなければならない」

「なら、新しいのを買ってくださいね」

スピーカーが、耳障りな電気の音を発した。ヴィーナは雨に濡れた目元を手で拭って目を転じた。群衆の肩や頭、雨粒の向こうに、演台の影が見えた。

「インド国民の諸君」

スピーカーから割れたヒンディ語が聞こえたとたん、お父さんが「おお」とため息をもらした。ヴィーナは爪先を伸ばした。話す人の姿は雨に隠れて見えない。

演者はスバス・チャンドラ・ボースと名乗った。インド独立運動を指導する人らしい。

「遠からず、私は連盟を正式な政府に改編する。国民軍も正式な国軍となろう」

不思議な声だ、とヴィーナは思った。力強く、柔らかい。つい聞き入ってしまう。雨はいつのまにか止んでいた。演台がはっきり見えた。カーキ色の舟形帽と野戦服、大きな体軀、光る眼鏡。チャンドラ・ボースが拳を振り上げる背後には、濃緑色の軍服を着た日本の軍人がふたり控えていた。

ボースさんは戦争が必要だと説き、それがいかに辛いものであるかを語った。数万人の聴衆は沈黙に張り詰め、熱だけが急速に上昇しているようだった。

「デリーへ進め《チェロ・デリー》」

その言葉に、聴衆は思い思いの言葉で叫び返した。声はすぐ、ふたつの雄叫《おたけ》びに収束した。

――ネタージばんざい！

――チェロ・デリー！

いつ終わるとも知れない合唱は、ボースさんが両手を上げたことでようやく収まった。

「我らの軍隊、インド国民軍は兵士を欲している。祖国への道を塞ぐ扉を蹴破らんと思う者は、ぜひ志願せよ。男だけではない。婦人もだ」

事務員、電話交換手、はたまた慰安所の酌婦。女ができそうな仕事をいくつかヴィーナは思い浮かべた。

「祖国インドは兵士を欲している。銃を撃ち、ぬかるみに転がり、雨に打たれ、なおデリーへ進む。そんな兵士を、だ。祖国解放の戦士たらんと欲する婦人は志願せよ」

聴衆はまたも一斉に、そして何度も叫んだ。お父さんも声を張り上げた。お母さんは不安げなため息をついた。

両親の間でヴィーナは立ち尽くす。その胸は高鳴っていた。

――兵隊になったらインドに行けるんちゃうか。

思考は、自分を育てた日本語で紡がれた。


「駄目に決まってるじゃないか」

その夜、夕食を終えたテーブルでヴィーナが切り出すと、お父さんは露骨に顔をしかめた。

「おまえももう十七歳だ。たしかにもう子供じゃない。だが兵士となるとわけが違う」

「なにがどう違うの」

訊いてから、自分のヒンディ語もだいぶ上達したなとヴィーナは思った。

「兵士ってのは思いつきでできるものじゃあない。徴兵された男だって適性の検査があるんだ」

「わたしにも適性があるかもしれない。検査を受ければはっきりする」

言い返したヴィーナの隣に、食器をすっかり片付けたお母さんが座った。

「兵士になったら人を殺すのよ。あなたにそれができるの」

「それは——分からない」

考えれば当たり前だが、考えていなかった方向から問われたヴィーナは言葉に詰まった。

「駄目だ。駄目だぞ」

お父さんはすごい剣幕で怒鳴り、テーブルを叩いた。身体がびくりと震え、それからヴィーナは気付いた。こんなことくらいで驚いたり怯えたりしていて、兵士になれるのだろうか。自分は、できもしない我儘《わがまま》を通したいだけなのだろうか。急に恥ずかしく、さらには馬鹿ばかしく思えてきた。鼻の奥が痛い。たぶん今、自分は涙をこぼしている。

それでも、「しかたがないだろう。諦めなさい」とお父さんが言うとヴィーナは顔を上げた。

「シャアナクナイモン」

涙交じりの抗弁は日本語になった。お父さんは「いいかヴィーナ」と諭すような口調を使った。

「女に兵士ができるわけがない。重たい銃を担いで、何十マイルも歩いたり走ったりする。男だって音《ね》を上げるほど、つらいんだぞ」

ほう、とお母さんが眼を剝《む》いた。

「勘違いしてはいけませんよ、あなた」

「どういうことかね」

「できるでないに、男も女もありません」

「おい、おまえ、何を言ってる」

「ヴィーナ」

お母さんの強い声に、ヴィーナは顔を上げた。

「ひとつ条件があります。入営の日はサリーを着ていきなさい」

「サリー」涙ぐんだままヴィーナは言った。「どうしてなの」

「あなたは男の代わりをするんじゃありません。女として、立派な兵士になってきなさい。それとあなた」

「なんだね」

もうひとりのあなた、お父さんが殺伐とした声で応じた。

「ヴィーナは、わたしたちの世代ができなかった自由とか独立とかをやってくれるのです。お礼を言うべきではないの」

「そうかもしれんが、死ぬかもしれん戦場に娘をやる親があるか」

とどのつまり、お父さんはそう言いたかったらしい。

「死ぬかもしれない選択も、自由のうちでしょう。我が子の自由を認めないで、誰に祖国の自由を認めてもらうのよ」

お父さんは黙り込み、天井を仰ぎ、床を睨《にら》み、それから「ええい」と叫んで立ち上がった。

「サリーはお母さんに選んでもらいなさい」

そう言ってお父さんは寝室に引っ込んでしまった。

ラーニー・オブ・ジャンシー聯隊。

インド国民軍の婦人部隊はボースさんの発案で、かつてインド全土を席巻した大反乱で英軍と戦って死んだ、ジャンシー王国の王妃《ラーニー》ラクシュミーにあやかって名付けられた。聯隊長は偶然にも王妃と同名の、シンガポールで医師をしていたラクシュミー・スワミナタン大尉が任ぜられた。昭南特別市の外れに広がる野っ原が兵営の建設予定地で、さしあたり兵士はテント住まいをしていた。

緑色のサリー姿で入営手続きをしたヴィーナは、二等兵の階級章と野戦服、黒い半長靴、下着、毛布、アルマイトのコップと洗面器、歯ブラシと歯磨き粉を支給され、四人が寝転べばいっぱいくらいの広さのテントに四人めとして放り込まれた。適性の検査は年齢と顔色の確認だけだった。独身者、夫が国民軍の将校だという新婚さん、娼婦《しょうふ》だったという年嵩《としかさ》の人。ほかの三人は年齢ももとの職業もまちまちだったが、祖国の自由とネタージの情熱に心奪われていた。

兵営での起床は午前五時。樽《たる》の水を洗面器に汲《く》み、野ざらしのままで洗顔する。朝食は日本軍から支給された米とインドの煮込み料理だった。普通の聯隊だと兵士は一〇〇〇人を超えるらしいが、ジャンシー聯隊はヴィーナが入隊した時点で五〇人に満たなかった。ただし日に日に人数は増えていった。

毎朝、教官を務める男性の下士官と将校が出勤する。朝食の食器を洗い終わった兵士は一〇名前後の分隊に分かれて訓練となる。

「気を付け《アテンション》、回れ右《アバウト・ターン》、休め《アット・イーズ》」

インド国民軍は日本の支援を受けているが、号令や敬礼の形は英軍式だった。教官の怒鳴り声にあわせて整列し、声を出し、回れ右して行進する。その後は隊列を組んで野っ原を走る。日がな一日ひたすら身体を動かした。

ヴィーナの入営から一か月ほどして、国民軍の作戦部長がジャンシー聯隊の兵営を視察に訪れた。日本軍のマレー侵攻では大尉として英軍に従軍していたという歴戦の人だ。

「敬礼《サルート》！」

教官の号令で、婦人兵は軍靴の踵を鳴らし、上げた掌を前に向ける。

敬礼したまま微動だにしない婦人兵たちの前を、作戦部長は黙って歩く。端整に整えた口髭と、数学か哲学を好みそうな理知的なまなざしが特徴的だった。やがて作戦部長は、ヴィーナの左に立つ兵士の前でぴたりと止まった。

「そこの二等兵」

思慮深さを思わせる声で呼ばれた兵士は、「イエス・サー」と甲高い声で返事をした。隣のヴィーナも緊張し、思わず背筋を伸ばす。

「お前の敵は誰だ」

「敵。ええと」

「二等兵」

突如、作戦部長は怒鳴った。

「兵士に躊躇《ちゅうちょ》は許されぬ。はっきり言え。お前の敵は誰だ」

「イギリスです」

兵士が上ずった声で叫ぶと、作戦部長は「違う」と怒鳴り返した。いつも教官を務める軍曹よりよっぽど恐ろしかった。

「誰だ、早く言わんか」

「ええと、祖国独立を邪魔するやつらです、サー」

「違う」作戦部長はまた怒鳴った。

「お前の目の前に立ちはだかる全てだ。理解したか」

「理解しました、サー」

「お前の敵は誰だ」

「立ちはだかる全てです、サー！」

答えたとき、作戦部長の口の端が僅かに歪んだ。笑ったように見えた。

「ラーニー・オブ・ジャンシー聯隊の兵士諸君」

作戦部長は今度は隊列を見回しながら言った。

「諸君に与えられた命令は、一人前の戦士になれ、というものだ。女に兵隊などできないという誤解。それが諸君の最初の敵だ」

隊列の気配に揺らぎが生じた。

「もう戦闘は始まっている。敵を完膚なきまで叩け。二度と立ち上がらせるな。敵の足腰を、下らぬ意地を、大義めいた世迷言《よまいごと》を、微塵に打ち砕け。そのような兵士をこそ祖国は望んでいる。戦え、常に戦え、いつまでも戦え。倒れても戦え、倒すまで戦え。男より撃て、男より走れ、男より早く祖国の土を踏め。分かったか」

「イエス・サー！」

同じ隊列の兵士とともに、ヴィーナは精一杯の声で叫んだ。兵士になるとは大変なことだ、と思った。

# 七

四季のない昭南が、暦の上だけは晩秋を迎えた十一月半ばの昼下がり。

蓮見孝太郎少尉はチャンドラ・ボース氏を訪問すべく、光機関の本部を出た。

日本軍から提供する物資一覧の提出という些細《ささい》な用件だったが、万事をおろそかにしないボースは省略を許さなかった。自動車も使えたが徒歩で十五分もかからず、書類仕事で気が滅入《めい》っていたため、気晴らしに自分の足で向かった。

「そろそろ、お会いできなくなるかもな」

小振りで瀟洒《しょうしゃ》な、かつてホテルだったという建物の前で蓮見は寂しさを込めて呟いた。そこはいまや、ボース氏を主席とする自由インド仮政府の庁舎となっている。

仮政府の発足は先月。軍事、外務、財務、宣伝、婦人部の五部門で構成され、軍事部、外交部長は主席が兼任した。さしあたりの機構を整えたボースは東京へ行き、日本軍が占領していたベンガル湾小諸島の割譲を受けた。国民軍も再建が進み、三個師団が編成された。ボース主席肝煎《きもい》りの婦人部隊、ジャンシー聯隊は兵士二五〇〇人に看護師五〇〇人という規模になっていた。

政府、領土、軍隊。日本へ渡って僅か半年で、指導者チャンドラ・ボースは国家の体裁を整えた。その情熱と手腕に蓮見は改めて感服し、もう少尉風情が気軽に面会できるお立場ではないのだよな、とも思っている。

予感に反し、ボース主席は少尉風情に会ってくれた。二階の主席公室に備えられた露台に南国らしい籐のイスとテーブルがあり、男性がふたり向き合って座っていた。

蓮見は敬礼し、そのまま同席の軍人のほうを向いた。

「カーン大尉、いや中佐。お邪魔して恐縮です」

「私は構わない。指導者が許可されたのだから」

シャー・ナワズ・カーンは穏やかに応じた。

日本軍が昭南を占領した後、カーンはインド国民軍に加わった。その後の混乱が軍紀を頽廃《たいはい》させる中で黙々と軍務をこなし、新たに司令官となったボースの抜擢《ばってき》で中佐に上げられ、また国民軍全体の作戦立案、諜報《ちょうほう》、訓練を統括する作戦部長に就任した。

「で、今日はいかなる用かね」

ボース氏は蓮見に空いた椅子を勧めた。

「すぐ帰ります。いつもの物資一覧をお持ちしただけですから」

蓮見は書類封筒を手渡した。ボース氏は受け取りながら、

「ハスミ少尉に訊きたいことがある。座りなさい」

と言う。蓮見が高揚を覚えながら着席すると、指導者は肉付き豊かな顔に深刻そうな影を浮かべた。

「〝オペレーション・ウー〟はどうなっている」

蓮見が問われたのは、日本軍が「ウ号作戦」なる名で検討している計画だった。かつて立ち消えになったインド侵攻作戦の再来で、ビルマ中・北部を守備する第十五軍が熱心に推進している。インド方面からの連合軍の圧力は日に日に増しており、このままでは担当地域の防衛が全うできない。敵の攻勢準備が完全に整う前にインド領内のインパールを速攻で制圧し、防衛線を前進させたい、というのが第十五軍の言いぶんだった。

「ぼくは一介の少尉に過ぎませんから正確なところは分かりかねますが、やはり難しいというのが大勢のようです」

蓮見が聞く限り、ウ号作戦は第十五軍を指揮する緬甸《ビルマ》方面軍、その上級司令部である南方軍、その上で全軍を統括する大本営と、決裁に関わる全ての階層で実施困難と見られている。ビルマとインドの間は険しい山系とジャングルが横たわり、行軍と補給に大きな課題がある。

「ただ、一押しすればインド国内の独立気運を刺激できるという政略上の効果は認められているようです」

じっさいに開戦の翌年、インドでは「インドから出ていけ《クイット・インディア》」運動が巻き起こった。英軍のマレー、ビルマでの敗退に刺激されてのもので、運動を主唱したガンジーをはじめとする六万人の逮捕者、一万人以上の死者を出して鎮圧されたが、反英の熱はいまもくすぶっている。

さらには今年、ベンガル州で大飢饉《だいききん》が起こっている。不作ではなく、英国の強制買い上げによる食料不足、牛車まで持っていくという徹底的な徴用による物流の麻痺《まひ》が原因だった。正確な餓死者は不明だが、まず一〇〇万人はくだるまいという凄惨な人災で、これも民衆の大きな不満を引き起こしている。

「もし実施となれば、我が軍も参加せねばならぬ。準備はできているかね」

ボース主席の問いに、カーン中佐は「はい」と力強く答えた。

「砲や戦車が供与されないので軽装備ですが二個師団の戦力化が完了、もう一個師団が訓練中です。士気も高く、いつでも戦えます。ただ兵站《へいたん》は日本軍に依存しています」

「自前の兵站を持つことを日本が認めてくれれば、我らの独力で侵攻できるのだがな」

ボース氏は口を引き結んだ。常人なら深く深く息を吐いているのだろう。支援の蛇口を握ってインド独立の気運を操作する日本側の陰険さが、蓮見にはもどかしかった。

「日本軍が我が軍を軽んじて前線に出さない、という可能性があります」

「そうはさせぬ」

カーン作戦部長の指摘に、ボースは答えた。

「日本軍には強く申し入れる。インド人が戦わねば同胞も立ち上がってくれまい」

「祖国の自由を血で購え、という指導者の命令に従うため、兵士たちは軍に志願しています」

ふたりの話を聞きながら、蓮見なりに考えていた。

ウ号作戦にもし妥当性がなければ、もちろん中止すべきだ。だが、発動しなければインド独立は遠い夢のまま。余力があるならば、戦況に応じて柔軟に中止できるのなら、やってみる価値はあるのではないか。

蓮見はもともと、一介のサラリーマンだった。シンガポールが昭南に変わる端境期に聞いた虐殺で、戦争にうんざりしたはずだった。

なのに今、戦争を望んでいる。自分の変化に蓮見はうろたえた。否応《いやおう》なしに戦争に参加させられた蓮見なりに、参加する大義を求めているのかもしれない。

大東亜共栄圏なる言葉が叫ばれている。日本を盟主にしてアジア諸民族の共存共栄をうたう理念だ。かつての東亜新秩序が衣替えした虚構、と蓮見は思っている。同時に、虚構を現実にしたいとも願っている。

「どうしたね」

ボースの声に、蓮見は我に返った。

「そういえばジャンシー聯隊の具合はいかがですか」

自失をごまかしたくて思い付きを口にすると、カーン中佐が「とてもよい」と応じた。

「みな、兵士になる意志がある。この目で見たから間違いない」

「私が欲しいのは男の国ではない。人間である誰もが解放された自由な祖国だ」

指導者が言葉を継いだ。ジャンシー聯隊だけでなく内閣にも婦人部を置いているから、女性について一定の信念があるらしかった。

「見ていくかね。我が精鋭を」

ボースの急な提案に蓮見は戸惑った。少尉風情を誘って連れ出す国家元首さまなど聞いたこともない。

「きみがそうだとは言わないが、婦人を見くびっている日本人は多いだろう」

幸い、その日の蓮見に以後の予定はなかった。


原野を拓いたというジャンシー聯隊のキャンプには、真新しい木造の三角兵舎が並んでいた。国家主席と作戦部長、友軍のへっぽこ少尉から突然の訪問を受けた兵士たちは、浮足立つことなく機敏に動き、剣付きの小銃を背負って整列した。

「――捧げ銃《プレゼント・アームズ》！」

仮政府婦人部長を兼任するスワミナタン聯隊長の号令に合わせて、二〇〇名余の兵士は一斉に銃を両手に持ち、身体の前に真っ直ぐ立てた。

それから簡単な練兵が始まった。兵士は二列縦隊を組んで足を揃えて行進し、素早く横隊に変換し、伏せ、猛然と匍匐《ほふく》で進み、喊声《かんせい》を上げて駆ける。一連の運動を二度繰り返した聯隊は、指導者の前に再び壁のごとく居並んだ。

ボースは得意の演説で兵士たちを称賛し、続いて来賓を囲んで早めの夕食となった。まだ陽が沈まないキャンプに椅子とテーブルが引き出され、香ばしいカレーと焼きたてのチャパティが並んだ。

腹が減っていた蓮見はありがたく食事に手を付けたが、同じテーブルとなった指導者の席には兵たちが入れ代わり立ち代わり現れ、サインや握手を求めた。ボースは気さくに応じ、各人とゆっくり気さくに話す。はしゃぐ声の高さに、兵たちが婦人であることをやっと蓮見は思い出し、また落ち着いて食えぬと嘆いた。

「——聯隊長！」

ボースが突然怒鳴った。離れたテーブルからスワミナタン聯隊長が駆け寄り、ボースが定めた「インドばんざい《ジャイ・ヒンド》」という言葉とともに敬礼した。

「きみは兵士に何を教えているのか」

指導者は怒気を露《あら》わにしている。蓮見が上体をひねって覗くと、椅子に座るボースの前に兵士が跪《ひざまず》いていた。足の甲に触れて敬意を示すインドの挨拶をしたかったらしい。

ボースは言う。

「インドの民は誰にも頭を下げてはならない。百五十年、イギリスに頭を下げ続けたからだ。我が軍の兵士には二度とこんな真似をさせてはならぬ。これは最高司令官としての命令である。徹底せよ」

それからボースも跪き、ぽかんとしていた兵士の肩を摑んで立たせた。

「いま言った通りだ。きみの頭は下げるためでなく、上げるためにあるのだ。よいね」

ボースはゆっくり右手を挙げて敬礼した。兵士はあわてて「ジャイ・ヒンド！」と叫び返し、感極まったのかそのまま泣き出してしまった。仲間らしき数人の兵士が心配そうな顔で駆け寄ってくる。

「あれ、あなた」

蓮見の口からつい日本語が洩れた。

「ぼくです、蓮見です」

つい大きな声を出してしまった。泣いた兵士の肩に手を置いた兵士が顔を向けてくる。記憶にあるより背こそ伸びたが、目鼻立ちはほとんど変わらない。

「ぼくです。お嬢さんですよね」

声をかけた相手は僅かに目を見開いた。

「どうもご無沙汰《ぶさた》してます」

社長の一人娘、ヴィーナさんがぺこりと頭を下げた。

「お嬢さんがこんなところでなにを」

「何って、見ての通りです」

ヴィーナは少し困ったような顔をした。

「うち、兵隊やってますねん」

蓮見は奇妙な再会に驚き、まさかお嬢さんがと訝《いぶか》り、最後に「ああ」と合点の声を上げた。

「インドへ行かれるのですね」

「そうですねん」

ヴィーナは少し照れくさそうに微笑んだ。

# 八

その年、昭和十八年十二月二十八日。

南方軍はウ号作戦の実施に同意、大本営との最終調整のため参謀を東京に派遣した。

大本営のほうでも、ウ号作戦に対する評価が変わってきたらしい。太平洋方面で続く敗北を別方面で打開したい意図があるのだろう、と蓮見は想像した。

同日、日本側から連絡を受けたボース氏は作戦決定に備え、自由インド仮政府を昭南からビルマのラングーンへ移動させる決定を下した。政府関係者と動員予定の国民軍第一遊撃師団は慌ただしく移動を開始する。作戦部長のカーン中佐は師団隷下《れいか》の第一聯隊長に任命され、ジャンシー聯隊も同行した。

年明けた一月七日、大本営はウ号作戦を正式に認可した。第十五軍隷下の三個師団、都合一〇万近い兵と膨大な物資がビルマの西、インドとの境界へと移動を開始した。

「長い時間をかけただけあって、込み入ったものだ」

作戦計画を知らされた蓮見は、他人事《ひとごと》のように評した。

三個師団は境界近くを南北に流れる大河チンドウィン川に沿って展開し、防御を固めていると偽装したのち、攻勢を発起する。

まず南翼の師団が陽動としてインパール平原南方へ進出、遅れて北翼の師団がインパール北方にある補給拠点、コヒマを占領する。陽動に兵力を割かれ、またコヒマで増援を阻止されたインパールを、中堅の師団が急襲して陥落させる。

作戦の要諦は、通常なら軍隊が通行できない山地とジャングルを突破しての奇襲にある。各部隊は軽装備と三週間分の食料を携行し、自らの足だけで進む。ほぼ無補給であることが作戦の前提となるから、牛を大量に徴発して物資輸送にあて、いざとなれば解体して食う手筈《てはず》となった。

また、インド国内の独立運動を刺激するという政略も重視された。作戦に参加するインド国民軍は日本軍の指揮を受けるが、対等の友軍として扱われる。占領するインパールの統治も自由インド仮政府に委《ゆだ》ねられた。

仮政府は戦争準備と並行して、「新領土」に必要な行政員、各種技術者をかき集めた。また英軍インド兵に投降工作を行う小部隊を多数編成し、戦場予定地に潜入させた。各部隊には光機関からも機関員が同行した。

「インドの大地に最初に流れる血は、インド人のものでなくてはならぬ」

最高司令官の苛烈《かれつ》な激励を受け、第一遊撃師団も宿営地ラングーンを発した。攻勢の主力とはならなかったが、聯隊や大隊に分かれて日本軍の側面や間隙《かんげき》を固める。ボースが希望した通りの前線への配備だった。日本軍光機関の蓮見孝太郎少尉は、連絡要員としてカーン中佐率いる第一聯隊に同行した。

水を抜いた農閑期の田、壮麗な寺院や仏塔《パゴダ》、常緑の大きな樹木。そんなビルマの景色の中をサフラン、白、緑に塗り分けられた独立旗を掲げて第一聯隊は進んだ。自動貨車が不足していたため徒歩だったが、兵たちの士気は高かった。

——チェロ・デリー！

——ジャイ・ヒンド！

なにがあってもなくても、兵士たちは指導者が定めた標語を叫んで歩き続けた。

「今にして思えば」

行軍中、兵とともに歩くカーン中佐が蓮見を振り返ってきた。

「巡り合わせとは不思議なものだ。コタバルできみに降伏しなければ、私はこの戦いに参加できなかったかもしれないな」

中佐は珍しく上気していた。インド国民軍にとってはまさに興廃をかけた一戦となる。

「ぼくだって、中佐に出会っていなければどうなっていたか分かりません。少なくとも、ボース閣下とお近づきになることも、こんな興奮する戦さに出ることもありませんでした」

久しぶりに背嚢《はいのう》だの水筒だのという野戦装備に身を固めた蓮見は笑顔で言った。ウ号作戦によって友人たちは祖国奪還の戦いを華々しく開始する。蓮見は日本の将校だったことをはじめて、誇りに感じた。

——何の因果か。

巡り合わせを嘆くときの癖だった言葉が、いまは蓮見なりの熱狂とともにあった。

「このスバス聯隊は国民軍の最精鋭だ。きっと日本軍以上の働きをしてみせる」

中佐は誓うように言った。スバス聯隊とは第一聯隊の通称で、ほかならぬ指導者スバス・チャンドラ・ボースの名にあやかっている。

「がんばりましょう」

蓮見は頼もしいと感じたが、いっぽうで別の気がかりもあった。

ウ号作戦は確かに実施が決定した。すでに膨大な人と物が動いている。

だが肝心のX日、つまり作戦開始日がまだ決まっていない。各部隊の作戦発起点への移動が遅延しているからだ。ビルマは交通網が貧弱なうえ、日本軍には自動車が極端に不足していた。

五月の中ばには世界一とも評される猛烈な雨期がはじまる。道という道はぬかるみ、川という川はあふれ、とても戦争どころではなくなる。二月中には作戦開始と聞いていたが、すでに一月下旬。作戦の開始が遅れるほど不利になる。

蓮見は頭を振った。考えても仕方ない。いまはただ歩こう、と決めた。

二月初め、スバス聯隊は英軍の小部隊を蹴散らしてチン高地に進出した。日本軍中堅と南翼の連絡線上であり、高地を西に降ればインドに至る。

聯隊本部は、一個大隊を直卒《ちょくそつ》して高地の街道上に布陣した。塹壕《ざんごう》を掘り、テントを張り、偵察に出る。国民軍の兵士たちは全ての任務をきびきびとこなした。

――チェロ・デリー！

――ジャイ・ヒンド！

兵士たちの叫び声が高地にこだました。

X日が三月十五日と確定したのは二月十一日、紀元節の日だった。偶然かもしれないが、神がかりを頼っているようにも蓮見には思えた。チン高地の国民軍は戦意と焦燥を保ちながら、作戦開始を待った。

三月八日に日本軍南翼の師団が、十五日には中堅と北翼の師団が前進を開始、ウ号作戦が始まった。各師団は順調に進撃、四月五日には北翼の師団が目標であったコヒマの市街地を占領した。コヒマ占領の報を受けたチン高地のインド国民軍は快哉《かいさい》を叫んだ。補給の途絶したインパールは間もなく日本軍の猛攻にさらされて陥落する。誰もがそう思った。

蓮見は誰にも言わず、だが憂慮していた。

もうすぐ三週間が経ち、前線では携行の糧食が切れる。補給は追いついているだろうか。加えて日本軍は航空戦力を手当てできておらず、作戦当初から制空権を失っていた。

英軍は巧みに後退し、日本軍の疲弊を待っているのではないか。蓮見は念のため、作戦を指揮する第十五軍司令部とは別系統になる光機関本部に照会した。返ってきた結果は蓮見の想像より悪かった。

南翼と中堅の師団は、進路上の各所に構築された英軍陣地に阻止されていた。果敢に攻勢を続けているが軽装備のため攻めきれず、大きな損害を出している。北翼の師団もコヒマの市街こそ占領したが、街道を守る英軍陣地を奪取できず、目標だった補給路の遮断に失敗していた。奇襲のつもりで熱帯雨林に飛び込んだ日本軍を待っていたのは、英軍が入念に準備した堅固な陣地群だった。

軽機関銃と擲弾筒《てきだんとう》の援護だけで、日本兵は銃剣を掲げて突撃する。その柔らかな肉体を、英軍の地雷や砲弾が、あるいは戦車のキャタピラが、空からの爆弾や機銃掃射が、ぶちこわしてゆく。暗号電文を自らカタカナに直した蓮見は、戦場を想像した。

チン高地のインド国民軍は待機を続けた。やはり大きな戦闘はなかった。日本軍からの補給は日に日に減り、品も日本人と変わらぬ米と漬物だけになった。慣れない食材でカロリーと塩だけ補充する生活は兵の士気を大いに下げ、体力を奪った。そのうえマラリアが蔓延《まんえん》した。

息苦しい日々を経て五月に入った。

雨が、降りはじめた。


――北方のコヒマへ転進、当地で作戦中の日本軍第三十一師団の指揮を受くるべし。

五月十六日、ウ号作戦を指揮する第十五軍司令部からの命令を聞いた蓮見は耳を疑った。コヒマまでは険しい山地を越えて五〇〇キロほどの道のりとなる。自動貨車の用意は期待できない。徒歩での移動とすれば、実施可能とはとても思えなかった。

だいたい、すでに雨期が始まっている。ウ号作戦は中止されないのだろうか。慣性、無知、怠惰、無能。そんな言葉が頭をよぎった。

「コヒマはインドだ。だからコヒマへ行く」

聯隊本部のテントで、カーン中佐は命令を受領する意を示した。いつも通りの穏やかな口調だが、目には強い光が灯《とも》っていた。思いとどまらせる言葉が蓮見は思いつかなかった。

「インド国民軍は日本軍と対等の友軍です。必要とあらばその指揮を拒むことができます」

原則論だけを念のために伝えた。

雨と疲労、なにより無為に悩んでいた大隊の兵士たちも、コヒマ行きに奮い立った。翌朝、整然と並ぶ八〇〇人ほどの兵士を目の当たりにした蓮見は胸が痛んだ。後送を命ぜられた病人たちは激しく否み、可能な速度で本隊を追いかけることとなった。

「我らはついにインドの土を踏む。勇戦すべし」

中佐は短く、だが万感を込めて演説し、聯隊は出発した。兵たちは道なき道を行き、豪雨に打たれ、乾麵麭《かんめんぽう》を泥水で飲み下した。

半月あまりの強行軍を経て大隊はコヒマ市街の南郊に到達した。地図の上ではインドである。祝うようにその日の雨脚は弱かった。兵士たちは歓喜しながら、疲れた身体を鞭《むち》打って野営の準備を始めた。

夕暮れごろ、コヒマ方面を担任する師団長が副官と参謀を伴って訪れた。

あ、という声を蓮見は呑《の》み込んだ。参謀はかつてコタバルで蓮見に鉄拳をくれた少佐だった。

自慢げにぶら下げていた金紐《きんひも》の参謀飾緒は、野戦用の地味な緑色に変わっていた。カイゼル髭も、うなだれるように雨にしおれている。

蓮見は素知らぬ顔で敬礼した。少佐参謀と副官は外で待ち、老いた顔に憔悴《しょうすい》を浮かべた師団長と蓮見が聯隊本部のテントに入った。中にはカーン中佐だけがいて、卓上の書類にペンを走らせていた。

師団長は被っていた戦闘帽を直し、さすがに威厳ある挙措で友軍のカーン中佐に敬礼した。蓮見の通訳を介して行軍の労をねぎらい、遠路はるばるの増援への感謝を述べた。

「我が師団は撤退する。貴聯隊も退《ひ》かれるがよかろう」

聞こえた言葉を訳しながら、蓮見は暗澹《あんたん》たる思いにかられた。続けて師団長が言う。コヒマ市街を占領してから二か月にわたって英軍陣地への攻撃を続けた。もはや弾薬は尽き、飢餓状態にもあり、これ以上は戦えない。

「今から思えば馬鹿げたことだ」

師団長は苦い顔で笑った。難路の踏破に当たって物資を背負わせた牛は、使役に慣れず次々と逃げ出したという。最後は牛を食えばよい、という軍司令官の目論見《もくろみ》は近代戦の兵站計画ではなく、痴夢《ちむ》だった。

師団長はまっとうな補給を何度も要請したが、第十五軍司令部は攻撃命令のほか何も寄こしてこない。後方ではいちおう補給路の敷設に奔走していたが、鬱蒼《うっそう》と樹木が茂るジャングルでの道路啓開は進まず、道を通したところで自動貨車がなかった。そして雨期が全てを台無しにしてしまった。

「我々はやっと祖国の土を踏んだのです。何もせず引き下がることはできない」

カーン中佐が否むと師団長は首を振った。

「小官は独断で撤退する。軍法会議は必至、悪くすれば銃殺だが、預かる数万の兵がこの一命で助かるなら望むところと思っている。貴官も兵を預かる指揮官として事の軽重を考えるべきだ」

師団長はそう諭してテントを出た。黙したまま俯くカーン中佐をしばらく見つめ、蓮見は意を決してテントを出た。雨足はさっきより強くなっていた。

「師団長閣下」

呼びかける。副官と参謀の間から、師団長がゆっくり顔を向けてきた。

「インパール攻略まで、あと一歩ではないのですか」

大尉の階級章をつけた副官が「どなたに言っている」と拳を振り上げてきた。意外なことに、その腕を摑んで止めたのはカイゼル髭の少佐参謀だった。

「殴ってもしかたなかろう」

蓮見は妙に寂しくなった。参謀にまっとうな良識を回復させたのは凄惨な負け戦だ。籠城《ろうじょう》ならともかく進退自由な攻勢側が、しかも一個師団という規模で飢餓に陥るなど、尋常な戦争ではない。

師団長は副官が拳を下ろすまで待ってから、蓮見に向き直った。

「インパールは遠かった。いまは、さらに一日ごとに遠のいている」

掠《かす》れ声を残し、師団長は去っていった。小走りに副官と少佐参謀がついてゆく。強くなった雨足の中に、彼らの背中は頼りなく消えていった。

テントに戻ると、カーン中佐がひとり沈思していた。何と言ってよいかも、去っていずこへ行けばよいかも分からず、蓮見はその場に立ち尽くした。

やがてカーン中佐は口を開いた。

「我が聯隊は、これより独力でコヒマの英軍陣地を攻略する」

すぐに言葉が出なかった。中佐は続けた。

「もう日本軍には頼らない。我が聯隊でコヒマを完全に奪取し、後方に残置している二個師団で固守する」

「空論です」蓮見は声を絞り出した。「聯隊とおっしゃっても、いまここにあるのは将校一〇名足らずの聯隊本部と飢餓に苦しむ一個大隊に過ぎません。一個師団の全力でも攻めあぐねた敵陣をどうやって陥落させるのですか」

「ハスミ少尉、気づけば私ときみは長い付き合いだ」

カーン中佐は懐かしむように言った。

「初めて会ったとき、私は言った。嘘は許さないと」

「聞きました」

「日本は、インパールを占領すると言った。それは嘘だったのか」

「――嘘でした」

蓮見は、そう言わざるを得なかった。

「勝敗は結果論と言いたいところですが、今回は作戦を困難にする障害が事前に明らかでした。兵力、装備、兵站、制空権、作戦開始の遅延。挙げればきりがありません。中止すべきところを、しませんでした」

「だから我々はもう日本軍を信じない。我々自身で行動する。なぜならここは！」

中佐は卓を叩いた。

「インドだ。我らの国だ。離れるわけにはいかない」
カーン中佐は、数学者のような理知も哲学者のような思慮深さも捨てていた。余所者《よそもの》の蓮見が
インド人の苦境に介入するのは筋違いだろうが、言わずにはおれなかった。
「何人死ねば、あなたには分かるのですか。無理な作戦で部下を死なせる。それではぼくの国の
軍隊と変わらないではありませんか。そのようなインドを、あなたは望んでいるのですか」
蓮見なりに理屈をこねているが、とどのつまりは中佐を自暴自棄から救いたかった。どうぞ勝
手にお死になさい、では目の前で捕虜が斬殺されるより寝覚めが悪い。
「――望まない」
カーン中佐は、よろめきながら立ち上がった。
「ちょうど雨だ。頭を冷やしてくる」
そう言って中佐はテントを出た。蓮見は後を追い、その背を見つめた。中佐は西を向いて立ち
尽くし、ただ豪雨に打たれていた。彼の前には森が広がっている。そのまま西へずっとずっと越
えて行けば、デリーに行きつく。

カーン中佐は、所属する第一遊撃師団が司令部を置いているタムへの後退を決めた。コヒマの
日本軍が撤退すれば孤立するしかないからだ。
地図が示した三〇〇キロ近い道のりは、細長い泥の池に変わっていた。補給は一切ない。飢え
に苦しみながら念願の祖国を離れる兵たちの足取りは重かった。行く手には戦争に関わらない少
数民族の集落が点在していて、蓮見は陸稲《おかぼ》や粟、牛の乳を乞《こ》うた。多少は分けてもらえたが、英
軍の宣撫《せんぶ》工作も進んでいて門前払いされるほうが多かった。

ウ号作戦が原案の立案から実施に至るまでの二年、日本軍はただ指揮系統上で政治的な綱引きを続けていた。粛々と陣地を構築し、山間《やまあい》の小さな集落にまで工作の手を及ぼしていた英軍のほうがよっぽど真面目に戦争をしていた。

蓮見が大本営と上級司令部を呪っている間にも、大隊は体力に留《とど》まらず人命を消耗していた。彼らが望んだ戦争ではなく、移動のみによって。

武器は早々に投げ捨てられていて、大隊は戦闘能力を失っていた。過酷な行軍に軍靴は傷み、底が抜けた。飢え、マラリア、赤痢、名前も知らない皮膚病で次々に死者が出る。生きている者は戦友の死を悼みながら、その靴をもらってゆく。行く道は泥濘《でいねい》に、渡る小川は激流に変わっていた。

時おり死体に出くわす。樹木に凭《もた》れ、あるいは水たまりに頭を突っ込んでいる。日本陸軍の防暑衣を着て、肉体には大小の虫がびっしり張り付いている。また例外なく裸足《はだし》だった。

日本は何を得るために、何を守るために戦っているのだろう。今さらながら蓮見は思った。昭南のごとく占領地の恨みを買いながら、自国民を兵士に仕立てて無謀な作戦で磨《す》り潰す。突き詰めれば大本営は、世界でも例のない仕事をしている。

一か月ほど歩き、カーン中佐率いる大隊は目的地のタムに着いた。合流したかった師団司令部はインパール正面に進出して不在だった。高床式の倉庫を並べた日本軍の補給廠《ほきゅうしょう》には多少の食料が残っていて、大隊は命を繋ぐことができた。

蓮見は補給廠の電信機を借り、二通の電文を打った。ひとつは光機関宛てに現状を報告するもの。もう一つはカーン中佐の承諾のもと、インド国民軍最高司令官に以後の行動を尋ねるものだった。

中継やら組織間での伝達で、すぐに返事は来ない。数日は待つ必要がある。

通信所を出たところで、蓮見は唇を嚙んだ。数か月前、勇躍してラングーンを発《た》ったインド兵たちはいま、流民と化してそこら中に座り込み、あるいは寝転がっていた。カーン中佐は兵と同じ僅かな食事を摂《と》った後、部下のひとりひとりに声を掛けている。

コヒマで玉砕したほうがよかったのではないか。そんな後悔が過《よぎ》り、頭を振る。

――カレワまで撤退せよ。

翌日、指導者からの返電があった。蓮見は丸太を組んだ壁に張られた地図を食い入るように見つめた。ウ号作戦が発起されたチンドウィン川の西岸にカレワという字があった。帰ってこい、という命令だった。道伝いに行けば一五〇キロほどだった。

消耗しきった大隊の兵に歩ける距離だろうか。歩き切ったところで、次はどこへ行かされるのだろうか。暗澹たる思いに駆られた蓮見は、後ろから声をかけられた。補給廠長の痩せた髭面があった。その戦闘帽の額に張り付いた黄色い五芒星《ごぼうせい》は色褪《いろあ》せていた。

「ウ号作戦が中止になった。我々は当地を引き払い、後退する」

そうだろうな、という感慨しか湧かなかった。その日は七月十五日。三週間分の食料を背負って日本軍が進撃を開始してから、ちょうど四か月が経っていた。

## 九

ジャンシー聯隊はラングーン郊外の野営地に留まり続けた。性別以前に訓練未了であり、人数もまだまだ足りなかったからだ。

ヴィーナたち聯隊の兵士は、次々に届くインパール侵攻作戦の戦果を聞きながら訓練に励んだ。四月に入ると日本軍の司令部があるメイミョーなる街に、自由インド仮政府とジャンシー聯隊は移動した。前線に近く、指揮連絡に便利なのだというメイミョーは涼しい高地にあり、蒸し暑さと埃《ほこり》が絶えないラングーンよりずっと快適だった。

兵士と看護婦で五〇〇人くらいまで増えていた聯隊は、広い運動場と木造の校舎を備えた学校を兵営とした。入隊時期も練度もまちまちだったが、インドの土を踏む情熱と戦争への緊張感はみんな同じだった。

けれど、いっこうに出撃の命令は出なかった。ときどき英軍機の空襲があったから校庭に防空壕を掘った。二か月ほどしたころ、命令の代わりにネタージ自身が兵営に来た。

「我々は、インド同胞の自由のために戦っている。女性がこの闘争でしかるべき役割を担わぬかぎり、インドに自由は訪れないだろう」

校庭に兵士を集めたネタージは、そう説いた。兵士たちは出撃を予感し、無言のまま気配だけが激しく騒めいた。

「ただ目下、戦況は芳しくない。姉妹たちよ、諸君らの熱意と勇気を私は疑わない。しかし前線は五〇〇名の兵力で変えられるほど狭くも容易でもない。戦った者を癒《いや》すのもまた、戦いである。我が姉妹たちの奮励に期待する」

指導者は聯隊に傷病兵の看護を命じた。聯隊長のスワミナタン大尉はもと医師で、聯隊にも看護部隊がある。

出撃はないらしい。命令に逆らうつもりはないけれど、インドへ行けないと思うとヴィーナは虚脱した。ただし、受領した命令には全力を尽くさねばと思うくらいには兵士らしくなっていた。

翌日から、兵営は療養所になった。前線から数百キロも離れているためか生死にかかわる容体の患者はいなかったけど、コレラ、チフス、赤痢、マラリア、それと栄養失調の患者が次々に運ばれてきた。インド兵も日本兵もいた。校舎が病棟となり、兵士たちは寝具のシーツや包帯を替え、食事を作って配り、つらそうな人の話を聞いてやった。

ネタージはラングーンへ戻って政府の仕事を片付けたり、兵士の激励や慰問に出かけたりと忙しげだった。

サイパン島が陥落して東京が米軍の爆撃圏内に入り、東条首相が辞任した。日本語の新聞でそれを知ったヴィーナは、神戸にいる友人たちの顔を思い出した。

やがてインパール侵攻作戦は中止になった。英軍の逆襲がはじまり、作戦中止後に患者はむしろ激増した。ひどい負け戦であることは誰に訊かずとも明らかだった。

雨期が続く九月下旬の晴れた日、スワミナタン聯隊長は兵士を運動場に集めた。

「ネタージの命令により戦闘部隊はラングーンに撤退する。私と看護部隊はメイミョーに残留する」

解散後、ヴィーナは走った。校舎へ向から聯隊長を捉まえる。

「インドには行かないのですか」

聯隊長は速成軍人の仮面を外し、近所のお姉さんといった顔で「今はね」と告げ、寂しげに去った。

今でなければ、いつになるのだろう。ヴィーナは目の前が真っ暗になった。

冷涼な風が吹き渡っていた。

もう九月も終わろうとしている。日本の秋口に立つ風と似た雰囲気を楽しみながら、蓮見孝太郎は瀟洒な街並みを歩いていた。まともな飯にありつけるようになったから体力はだいぶ回復していた。ただ肉付きはまだ戻っておらず、軍衣の襟元はすかすかだった。

街はメイミョーという。標高一〇〇〇メートルを超える高地にあり、ビルマに満ちる湿った熱風とは無縁だった。降水量は東京より少なく、あの凄絶な雨期がないという。イギリス領時代からの避暑地であり、山荘を模した素朴なホテルや邸宅が並んでいる。

蓮見にとって信じがたいのは、第十五軍の司令部がこの地でウ号作戦を指揮していたという事実だ。作戦中に司令部はより前線寄りに移ったが、それで済む話ではない。

日本軍はウ号作戦で七万二〇〇〇人に及ぶ死傷者を出し、動員された三個師団は文字通り壊滅した。協力したインド国民軍も従軍六〇〇〇人のうち生還者は二六〇〇人に過ぎない。かくも膨大な死が、この快適きわまる気候の中で決定された。

インド国民軍スバス聯隊の本部と一個大隊、それに同行する蓮見がチンドウィン川西岸のカレワに到達した日は、分からない。泥水しか口にできない日が続き、脳味噌はただの味噌よりぐずぐずになっていた。そこには現地人の小さな集落、まともな補給を受けている守備隊、野戦病院、十分な食料、立てるほどに体力の回復を待つ数千人の兵、などなどが雑然と寄り集まっていた。数日を休息に充てたのち、大隊は出発した。舟艇で渡ったチンドウィン川の川筋は太く、泥と軍服の丸い背中が流れていた。

——きみのおかげで、私も兵たちも生きている。

対岸に降りたところで、カーン中佐はそう言ってくれた。頰こそ削《そ》げていたが、声は将校らしい張りを取り戻していた。

蓮見は何も言えないまま、インドの兵士たちと別れた。メイミョーへ行って光機関の支部で帰還を報告し、一か月の静養を命じられて先週、勤務に復帰した。ビルマ西方では逆襲に転じた英軍の進出が始まっていた。

そして今日、機関からの使いで久しぶりにボース氏に会う。用件はかつてと同じ、提供物資一覧の提出だった。

どんな顔で行けばよいのか。蓮見が迷っているうちに目的地に着いてしまった。戦争前までイギリス人富豪の別荘だったという自由インド仮政府のメイミョー庁舎は、ギリシャ神殿を引き写したようなコリント式の洋館だった。インド人の誰のせいでもないが、趣味が良いとは言えない。

「やあ、ハスミ少尉か。久しいね」

ボース氏は今日も、親しく蓮見を招き入れてくれた。主席公室は簡素な机と応接用の低いテーブル、ソファしかなく、寂しくなるほど広かった。元の主人が並べていたはずの調度類は、住民か日本兵が持って行ってしまったのだろう。

机の前で敬礼してから、蓮見は鞄《かばん》に入れていた書類をボースに手渡す。

「いつもの物資一覧です」

ボースは穏やかな微笑とともに受け取ってくれた。

「カーン中佐から報告は受けている。ハスミ少尉もよく帰ってきてくれた。我が軍への協力に心から感謝する」

ボースの顔は少しやつれていた。仮政府の仕事もこなしながら、あるだけの病院や拠点を回って兵士たちを慰問、激励していて、行き違いになったがカレワも訪れた。前線行きも願っていたらしいが、これは日本側が強く止めた。

「申し訳ありませんでした」

カーン中佐に言えなかったことを、蓮見は言った。

「無謀な作戦を決行し、あなたがたの兵を無為に死なせてしまいました」

「きみが決めたことではないだろう」

ボースが言う通り、蓮見はただの少尉に過ぎない。迷えるほどの選択肢は与えられていない。引き返すべき背後もない。左右は密室ほどの広さもない。戦況の推移や命令に、身を委ねるしかない。だから仕方ないのだ、などと思えるほど神経は太くない。ない。ない。ない。否定語だけが、病毒のごとく蓮見の体内をぐるぐると巡っている。そんな悩みを弄《もてあそ》ぶために生きながらえていたのかと思うとなお情けなく、死んだ兵たちにも罪悪感を覚えた。

「ぼく自身もウ号作戦の実施を願っていました。ぼくは無関係でも、被害者面《づら》できる立場でもありません」

「ハスミ少尉」ボースは静かに言った。「きみの心根は立派だ。しかし、どうにもならぬことに足を取られてはいけない」

蓮見は恥じた。手前勝手な贖罪《しょくざい》意識をぶつけられても困るだけだろう。

「できることをやりなさい。生きていれば、いつか過去に決着がつく日もあるだろう」

「過去に決着、ですか」

繰り返したとき、秘書らしき文官が部屋に入って来た。ジャンシー聯隊からの伝令が来ていて、用件はネタージに直接話すと言って聞かないという。

「今朝、彼女たちには撤退を命じてある。出発の報告だろうか」

ボース氏が尋ねると、秘書は「さあ」と言いたげに首をひねった。

「私は、これで失礼いたします」

次の来客に譲るつもりで蓮見は辞去の敬礼をした。ボースは目で応じ、次いで秘書に「通しなさい」と命じた。呼応するように扉が開いた。転がりこんできた婦人兵は秘書を背中から突き飛ばし、国家主席が使う机の前に立った。

「オジョウサン」

思わず蓮見は日本語で言った。

驚く蓮見に、カーキ色の軍服を着た女性はちらりと視線を向けただけだった。指導者に面会するくらいだから、よほど重要事らしい。

「ジャイ・ヒンド」

婦人兵は踵を鳴らし、右の掌を前に向けて指導者に敬礼した。

「ジャンシー聯隊のヴィーナ・クマール二等兵です。ネタージ、お願いがあります」

はきはきと話す。もうお嬢さんではなく、ヴィーナさんと呼ぶべきかもしれない。

「伝令ではなかったのかね、クマール二等兵」

「あれは嘘です。本当はお願いです」

国家主席に平気で嘘をつく二等兵の胆力に蓮見は感心した。ちょっとした異常事態だが、さすがというべきかボースには動じる気配がなかった。

「私にできることならいいが」

「さっき、ラングーンへ撤退するよう聯隊長から言われました。ネタージの命令だと」

「確かに命じた。敵が近付いている」

ビルマの防衛線を前進させるために発動されたウ号作戦は、かえって防衛の兵力をまるまる潰してしまった。手薄になった北ビルマでは米中の共同作戦で飛行場が奪われ、インパールを守り切った英軍も日本軍を追撃していた。日本軍を苦しめ、しかしこのメイミョーにはない雨期が英軍の進撃を鈍らせていることは、幸いとも皮肉とも言えた。

「わたしに」と若い二等兵は言った。「インド潜入の任務を与えてください。偵察でも、投降工作でも、なんでも結構です。ぜひお命じください」

服装さえ気を付ければ民間人と変わらないから潜入は容易である。身体能力には自信がある。口幅ったいし何の役に立つかは分からないが、日本で学校教育も受けている。そんなことを二等兵はまくし立てた。

「そんなにインドへ行きたいのかね」

真剣かつ拙《つたな》い自薦を聞き流し、ボースはあっさり核心を突いた。

「何か情熱を持っていることは分かる。だが、もう少し考えなさい」

諭された二等兵は首を振った。

「ネタージがおっしゃる自由は、考えないと行使してはいけないのですか」

「考えない自由はある。だがよりよい人生には熟慮を要することもある」

さすがに指導者も少し戸惑っているようだった。

「いまインドへ行くのは危険すぎる。敵地へ、それも戦地を越えて行くのだよ」

「ネタージはこれまでは危なくなかったのですか。私には自分の足があります。インドがどこにあるかも、地図を見れば分かります。あとは行くだけです」

蓮見は懐かしさを感じた。少尉に任官しての出征の直前、あいさつに訪れた神戸でヴィーナにそう言った覚えがある。

「閣下。ぼくが話してよろしいでしょうか。彼女とは顔見知りでして」

祖国の存亡にかかわらぬ限り万事に鷹揚《おうよう》なボースは「ああ、そうだったな」と許した。

「お嬢さん、いやヴィーナさん」

蓮見は日本語を使いながらヴィーナの右手に立った。

「死んじまっちゃあ、インドもなにもないのです。ラングーンまで後退すれば、とりあえずは生きていられます。しかたがないことですから、今は堪《こら》えて」

脳裏をよぎったのは、コヒマで自殺的な戦闘を考えたカーン中佐の顔だ。堪えるなんて口で言ったところで、人間の感情はついていけるのだろうか。ままならぬ感情を生得している人間というやつは、何があっても堪えるべきなのだろうか。

「しゃあなくないもん」

ヴィーナの声は強かった。

「インド、こっからすぐそこですねん。そら遠いですけど、うちが住んでた神戸からよりずっと、ずっとずっと近いんです」

「なぜインドに行きたいのです」

「分からへん。けど、行けば分かると思うんです」

はっきりした口調で、とても曖昧な答えが返って来た。

「行けば分かる」

蓮見は思わず反芻《はんすう》した。

我が身を振り返れば分からないことだらけだった。カーン中佐らが生還できたのは心底から喜ばしかったが、永らえた自身の命を持て余していた。何のために生き延びたのか。この戦争でどうふるまうべきか。見てきた景色をどう捉えたらよいのか。自分に何ができたのか。ウ号作戦の終了後、ずっと考えていた。

とどのつまりは立ち竦《すく》んでいただけだった。何ができるか分からないから、という理由で何もしていなかった。そんな蓮見に、自らの身体を張って分かろうと足掻くヴィーナは眩《まぶ》しくすらあった。

「なら、分かったら教えてください。約束ですよ」

はい、とヴィーナは頷いた。

蓮見は表情を改め、傍らに向き直る。たぐいまれな器量と情熱を総動員して足掻き続けている男がそこにいた。祖国で支配者の官憲に追われ、欧州で無為の時を強いられ、狭く臭い潜水艦を乗り継いで極東に現れた指導者に対して、友軍の少尉に過ぎぬ身ながら、できそうなことがあるならば足掻いてみてもいい。そう思いながら蓮見は息を吸った。

「閣下、両者の知り合いとして申します。彼女の気持ちやインドに行きたい理由はぼくにも分かりません」

ボースは黙って聞いている。

「けれど閣下、あなたが呼号し、まだ誰もなしえていない命令を、彼女は遂行すると言っているのです。インドの土を踏め、進めデリー《チエロ・デリー》へ。閣下はそうお命じになったはずです」

私の命令か。ボースは呟き、真新しい用箋《ようせん》を机に敷いた。万年筆を手に執って素早く走らせると立ち上がった。

「ヴィーナ・クマール二等兵」

厳かな指導者の声に、兵士は踵を鳴らした。

「最高司令官としてきみに命令する。生きてインドの土を踏め」

これが命令書だ、とボースは書いたばかりの用箋を示した。

「きみの任意で必要なものを兵舎から持ち出す許可も記してある」

「はい」ヴィーナの声は力強かった。

「ヴィーナ・クマール二等兵、インドへ行ってまいります」

「よろしい」ボースは言った。「では行け、インドの兵士よ」

「インドばんざい《ジャイ・ヒンド》！」

インド国民軍の二等兵は勇ましく踵を鳴らした。


かつて学校だったジャンシー聯隊の兵営は、喧騒《けんそう》と静寂が同居していた。部隊員の半分ほどは既にラングーンへ出発し、もう半分は荷造りに駆け回っている。運動場の中心では火が焚かれ、将校や下士官が書類の束をどんどん放り込んでいた。

小走りで兵舎に戻ったヴィーナは、さっそく分隊長にどやしつけられた。無断外出だったと思い返しながら指導者の命令書を見せると、分隊長は目を丸くした。

「まあ、がんばりなさい」

分隊長は近所の気さくなおばさんのような顔で激励してくれた。ジャンシー聯隊に志願するまではどこかの下町で、近所の気さくなおばさんをやっていたのだろう。

ヴィーナは食堂に入った。撤退前にのんびり食事をとる者はさすがにいないらしく、無人だった。普段は会議や将校のデスクワークにも使われていて、隅の棚には軍隊が使う資料と筆記具一式が揃っている。地図と鉛筆、定規を引っ張りだし、テーブルに広げる。

インドへは大河チンドウィン川、険しいアラカン山系、その間の密林を行かねばならない。かろうじて通っている道を辿《たど》ると、川を西へ渡って山沿いに北上、インパール平原へ抜けるルートが最も近そうだった。平和な時代であれば、インド兵も日本兵もだれ一人死ぬことなく行けたのだろうし、自分もこんな苦労をせずに済んだ。そんなことをヴィーナは考えた。

定規で道の長さを測り、地図の縮尺を確かめる。メイミョーからインパールまで五五〇キロほどの距離がある。行路の半分近くは曲がりなりにも道があるビルマの範囲内だったが、さすがに怯んだ。棚に戻り、今度は日本の地図を引っ張り出す。だいたい神戸・東京間と同じだ。四国《しこく》のお遍路さんは一二〇〇キロを歩くと聞いたことがある。

「行けへんことはないわ」

強がりを何度も口にし、ヴィーナは地図を軍服の胸ポケットに突っ込む。

それから倉庫へ行った。聯隊の撤退に同行できない物品たちが寂しげに佇んでいた。

背嚢を拝借し、棚の間を歩きながら所持品を考える。

ともかくインドへ行けばなんとかなる、と考えることにした。ヴィーナはジャンシー聯隊の兵士として、二〇キログラムの荷を背負って日に三〇キロメートルを歩けるよう訓練されている。血豆ができては破れた足の裏は象の皮膚ほども分厚くなったが、二十日もあればインドに辿り着けるだろう。荷物は米を持てるだけ、あと護身の拳銃と替えの靴、飯盒《はんごう》、マッチくらいでよいだろう。

ほんまかな。立てたばかりの見通しをヴィーナは疑った。

「知らんわ、そんなん」

自分の怯えに向かって言い放つ。

背嚢に必要な物を放り込んだ後は兵舎に行った。寝台だけが並び、人の気配はない。自分の寝台の下から木箱を引きずり出す。私物を掻き分け、入隊の日に着ていたサリーを背嚢に詰める。日本の学友にもらった四宮神社のお守りを摘まみあげ、いちど両手に包みこんでから首に下げた。

外に出る。運動場はあちらこちらで整列があり、書類の焼却もあり、相変わらず騒がしい。ヴィーナのそれよりずっと膨らんだ背嚢と銃を担いだ二列縦隊がちょうど出発するところだった。

ジャンシー聯隊の兵士は、祖国の自由を勝ち取るために志願している。その多くは性別に降りかかる理不尽とも戦うつもりらしかった。いつ終わるともしれない戦争に、生きては帰れないかもしれない戦場に赴く決心は立派だと思う。人生の巡り合わせ次第では、ヴィーナも銃を執るべきだと思ったかもしれない。

けど、そうならなかった。指導者へ直訴し、自分の願望を果たすためだけの旅にヴィーナは出発する。自分勝手とは分かっているつもりだ。

ドイツはアーリア人種の国であり、大和《やまと》民族は忠君愛国の大和魂を持ち、アングロ・サクソン人は世界帝国イギリスや自由の国アメリカを作ったと聞く。ほかにもいろんな民族がある。そんな世界の中で、インド人の「琴ちゃん」はどこの誰であるのか。故郷なる場所へ行って、確かめてみたい。

「いや、そんなんとちゃうな」

ヴィーナは首を振った。さっき指導者の前で蓮見さんに答えた通り、インドに行きたい理由は分からない。行ってみたいという衝動だけがある。衝動に従って悪いかと開き直るつもりもない。指導者には自由なる言葉を使ってみたが、わたしの自由だなどと理屈をこねる気も起こらない。

抑えきれない衝動だけがある。無理やり言葉にすればこうなる。

「しゃあなくないもん」

ヴィーナは背囊を担ぎ直し、堅く靴紐を結んだ軍靴で一歩踏み出した。


インドからあふれる英軍の奔流をせき止められぬまま、ビルマは昭和二十年を迎えた。

日本の緬甸方面軍は兵力を再編し、イラワジ川近辺で英軍主力に決戦を挑む積極的な防衛作戦を実行した。インド国民軍の三個師団も動員され、チャンドラ・ボースは前線近くまで出て兵たちを激励した。だが日本軍は各所で敗退、インド国民軍も壊滅してしまった。ここに至って友軍のビルマ国軍が日本軍に銃を向け、ビルマ全域の失陥は時間の問題となった。

緬甸方面軍司令官が随員一名だけを連れてラングーンから後方へ移動したのは四月二十三日。しのごの理由を付けていたらしいが、誰がどう見ても逃亡だった。

翌二十四日、ボースもラングーンを出発、タイのバンコクまで逃れた。帯同していたジャンシー聯隊の兵士と政府要員からはひとりも落伍者《らくごしゃ》を出さず、川に出くわせば必ず最後に渡り、道を歩けば必ず先頭に立った。

蓮見孝太郎少尉は、ほかの光機関員とともにボース一行に同行した。イラワジの決戦に出撃したシャー・ナワズ・カーン中佐の安否が気がかりでならなかったが、もはや知る術《すべ》はなかった。

バンコクに仮政府を移したボースは休むことなく、自らシンガポールやマレー半島各地を回った。支援者を集め、演説し、インド本国にラジオ放送を行い、祖国独立の火を懸命に守った。

八月十一日、光機関がバンコクに開いた本部に極秘電が入る。執務室に飛びこんだ通信員がもたらした電文は、すぐに将校以上の機関員たちに回覧された。

やることもなく机を使っていた蓮見は、回された紙片に目を落とした。

――ポツダム　センゲン　ジユダク　ケツテイ
連合国が降伏を勧告したポツダム宣言を、日本政府は受諾するという。停戦日は未定らしいが、その日までに生じる戦死戦傷にどんな意味があるのだろうか。

隣の機関員に紙片を回し、蓮見は席を立った。ゆっくり歩いて廁《かわや》へ向かい、用を足し、蛇口が並んだ洗面所で手を洗う。

奇妙なことだ、と蓮見は思った。戦争など馬鹿らしいと、大東亜共栄圏なんぞおためごかしだと思っていた。早く終わればいいと思っていた。実際、終わることだけはともかく決まった。喜ぶべきことだ。

なのに、どうしてこんなに悲しいのだろう。どうして自分は泣いているのだろう。

蛇口から流れる水に両手をさらしながら、蓮見は嗚咽《おえつ》を嚙み殺した。

自覚はある。蓮見なりにアジア解放の大義を信じたかった。インド独立と関わるようになって、なおその意を強くした。好きになれない戦争だったが、命懸けで従軍している以上は正しいのだと思いたかった。どれもこれも烏有《うゆう》に帰してしまった。

八月十五日、タイ時間で午前十時。事前に予告されたラジオの「重大放送」を光機関員は頭《こうべ》を垂れて聞いた。角ばった机と椅子が並んだ執務室に不明瞭な天皇陛下の声だけが響いた。蓮見にはほとんど何も聞こえなかった。

遊説先からバンコクに戻ったボースが光機関本部へ直行したのは、翌十六日の昼過ぎだった。応接室で行われた機関長との会談に、蓮見は通訳として立ち会った。

――ソ連へ行かせてほしい。

いつもの軍服姿でソファに腰かけたボースは、ラングーン脱出あたりから公言していた希望を改めて述べた。残念だが日本はもう頼れず、英軍に捕まれば死刑は免れない。米国は英国と関係が深いから助けてくれないだろう。ソ連は数日前から日本と戦闘状態にあるが、戦後には米英と利害が対立するはずだから、牽制《けんせい》としてインド独立を支援してくれるかもしれない、などとボースは熱っぽく語った。

機関長は了解し、満州方面へ向かう飛行機を探すと申し出て辞去した。部屋にはボースと、はす向かいにソファを使う蓮見だけが残った。

「まだ続けるのですか」

ふと蓮見が尋ねると、稀代《きたい》の煽動家は力強く頷いた。

「もちろんだ。私の戦いはまだ終わっていない」

蓮見は凝視した。日本の後押しで得た政府も軍隊も領土も失い、ほとんど裸一貫に戻ってもなお、ボースに疲れや諦めの色はない。強い光をたたえたその目に蓮見は吸い込まれた。

「ならば、ぼくの戦争もまだ終わっていません」

声はつい上ずった。

「日本は敗けました。けれどもアジアはどこも解放されていません。であれば戦争は終わっていません。少なくとも、アジア解放なる大義で駆り出されたぼくの戦争はまだ終わっていないのです。だからその、よければ、ぼくに閣下のお手伝いをさせてくれませんか。インド人でなくて恐縮なのですが」

大東亜戦争にはさんざん騙《だま》されてきた。だから本当の大東亜戦争を始めてやろう。他人を巻き込むつもりはさらさらないが、自分ひとりくらい戦争を続けてもいいだろう。蓮見はそう思っていた。

ボースは考えるように顎《あご》に指を当て、「しばらく私は住所不定だが」と少し笑った。冗談を言ったつもりらしい。

「ソ連か、あるいは別の場所か、いずれにしてもどこかに落ち着く。そのとき、私の下に来なさい」

「どこに参ればよろしいですか」

「探しなさい。それすらできぬようなら、残念だが私の力にはなれない」

「それは」蓮見は苦笑した。「意地悪ですね」

「他に方法がない」

蓮見は立ちあがり、深々と頭を下げた。

「ヨロシクオネガイシマス、ネタージ」

いずれ仕える指導者に、蓮見は日本語で言った。自分が誰かなんてどうだっていいが、日本がやると言ってやらなかった戦争をやるのだから、日本語がふさわしいと思った。

ボースは頷き、応接室を出た。勇ましく鳴る長靴は今日も磨き上げられていた。

二日後、十八日十四時ちょうど。大連《だいれん》へ向かう重爆撃機が台湾《たいわん》の飛行場で離陸に失敗、炎上した。日本の軍関係者とともに便乗していたスバス・チャンドラ・ボースは全身に重度の火傷を負い、運び込まれた陸軍病院で息を引き取った。

――まもなくインドは自由になると私は信じている。

ボースの遭難死の詳細は、彼の遺言とともにバンコクの光機関にも知らされた。

# 十

インド帝国の東部にある閑静な街は、湿った熱風と土埃、そして喧騒の中にあった。

煉瓦《れんが》積みの家屋や茶色い土壁が作る大小の辻《つじ》のそこここで、字が読める人は新聞を手に叫び、読めぬ人は叫びを聞いて叫んだ。

昨日、インドに英国の内閣使節団が到着したという。英国政府はすでに先月、インドの独立も憲法の制定もその人民の判断に委ねると公表していた。使節団は独立運動の諸会派からそれぞれの意向を聴取、調整する任を帯びている。

独立。インドの人々が待ちに待った日は刻々と近付いていた。

「おや、日本人かね」

地べたに布だけ敷いて新聞を並べている老人が見上げてきた。眼鏡でもかけていない限り、外国ではふつう支那人と間違われる。珍しいことだと思った。

「ええ、そうです」

蓮見孝太郎は頷いた。拍子に額の汗が一滴、左の小脇に抱える背広に落ちた。独立のご祝儀のようなつもりで新聞を拾い上げ、「いくらですか」と聞いた。

「いいよ、持っていきな」

老人は顔中の皺を人懐こく歪め、英字新聞を蓮見に差し出した。一九四六年三月二十五日という日付が躍っている。

「イギリス人どもがインドから出ていくことになったのは、日本のおかげだからね」

「では、ありがたく」

蓮見は老人の見解には言及せず、素直に頭を下げて新聞を受け取る。

「道を教えてくれませんか。このあたりにある小学校に行きたいのですが」

地図を持っているくせに道に迷ってしまった。とっくに除隊しているが、地図が読めない陸軍将校など世界で蓮見だけだっただろう。

老人は手振りと言葉で親切に道を教えてくれた。歓喜を叫ぶ人々、荷車を引く牛、裸足の少年少女、苦々しい顔の白人警官、熱気、埃、道に蹲《うずくま》る牛糞《ぎゅうふん》。それらを避け、掻き分け、蓮見はゆっくりと歩く。

インパール。かつて一〇万人近くの兵士が目指し、たどり着けなかった街に、蓮見はいる。

蓮見個人の思いは別にして、街はインド亜大陸の複雑さを象徴するような相貌を持っている。そもそもはビルマ系民族が建てた王国の都で、英国がビルマを侵略してインド帝国に併合した。マニプリ語というビルマ系の言語が使われているが、ヒンドゥーの宗教と文化、話者が混淆《こんこう》している。

英国からの独立。インド国家の樹立。両者は必ずしも同義ではない。独立でまとまっているインドの人々も、欲する国家という理想を巡って相争うかもしれない。なるべく穏便に済めばいいと蓮見は願っている。

「これはいったい何の因果か」

何度覚えたか数えきれない感慨を蓮見はひとり口にした。インパールに来たのは、捜し人がそこにいるらしいという偶然による。因果を説く仏教が生まれたインド亜大陸で因果を思うことすら、何の因果かとつい考えてしまう。

七か月前、蓮見はバンコクで大東亜戦争の終結を迎えた。タイが日本の同盟国だったおかげで、それほどの困難に遭わず帰国の船に乗れた。

帰ってきた東京は焼け野原だった。秋らしい景色とはとても言えないが、吹く風の冷たさで久しぶりに四季を感じた。実家もなくなっていたが両親は無事で、元の住所にバラックを建てて暮らしていた。思い出の品物は何も残っておらず、神戸でのサラリーマン時代に着ていた一張羅の背広だけは両親が持ちだしてくれていた。それを知るとつい泣いてしまった。

蓮見の戦争は二度、終わっていた。一度めは日本の降伏で、二度めは仕えると決めたばかりの指導者の死で。生きてはいるが生きるあては何もない。両親に悪いと思いながらも、ただぼんやり日々を過ごしていた。

秋の終わりを待たず、GHQの担当官が車でバラックに乗りつけてきた。戦犯なる言葉を口にして両親は怯えたが、身に覚えのない蓮見は素直に扉代わりの筵《むしろ》から這い出した。

担当官はガムを嚙みながら事情を説明した。インド国民軍の将兵が英国の軍事法廷で裁かれていて、弁護団が日本人の証人を探しているという。蓮見に断る理由はなかった。

一週間後、両親が守ってくれた背広を着込んで、インドへ向かう飛行機に乗った。同乗した日本人証人は外務次官だのビルマ大使だの少将だのと、すべて「元」がつくとはいえ偉い人ばかりで緊張した。

沖縄、フィリピン、昭南改めシンガポールなどを経由し、飛行機は英国王が皇帝を兼ねるインド帝国の首都、デリーに降り立った。人生の一時期にさんざん聞かされた「チェロ・デリー」のお題目がこんな形で実現するとは、と蓮見は他人事のように驚いた。

首都は反英独立の気運が燃え上がり、騒然としていた。火種は外ならぬ、ボースが育てたインド国民軍だった。

インドの新聞は終戦直後から、ウ号作戦やイラワジ決戦での様子をさかんに報道したらしい。「ボースとインド国民軍こそインドのために血を流した愛国者である」という熱烈な擁護が巻き起こり、ボースと袂《たもと》を分かった国民会議派も同調した。

英軍は二万人近い国民軍将兵を逮捕していたが、運動の過熱を恐れて佐官三名だけを起訴した。英国王、つまりインド皇帝への反逆というのが罪状だった。独立派は直ちに大弁護団を結成し、日本側から蓮見ら証人を招いた。被告のひとりはシャー・ナワズ・カーン中佐だった。

――できれば、きみに会いたかった。本当に呼べるとは思わなかったが。

監獄の面会室に設けられた鉄格子の向こうで、カーン中佐は蓮見にそう言った。

裁判の初日、被告三人は反逆罪を否認した。

――我々は英国王と祖国、そのどちらかしか選べなかった。私は祖国の独立を選び、ネタージに忠誠を誓った。

カーン中佐の陳述は即日、数百万部も刷られた新聞によって識字層に、高価なラジオを通じて富裕層に、そこから言葉を通じてあまねく人民に広まった。各地で被告を擁護する激しいデモが起こり、裁判はさっそく二週間の休廷を強いられた。

裁判再開の日、ボースの自宅があったカルカッタでは全市でゼネストが決行され、学生のデモ隊が警官隊と衝突して死傷者を出した。呼応した市民は暴徒と化し、英軍のみならず米軍の施設まで襲撃した。騒乱は全土に飛び火し、被告を収容するデリーの監獄は数万の民衆に囲まれた。

年が明けた昭和二十一年一月三日、英国のインド総督府は「被告三人は無期流刑と判決されたが、軍司令官の権限で執行を停止する」と発表した。実質的な敗北宣言だった。

即座に釈放された三被告、そして死せるスバス・チャンドラ・ボースは英雄となった。

以後のインドでは、英国が何をしてもデモを招き、何をしなくても暴動が起こった。海軍が反乱を起こし、六〇万人が参加したストライキは英軍との市街戦に発展した。

かくて昭和二十一年二月、英国政府はインドの独立を認め、翌三月に使節団を派遣した。

「ネタージ、あなたの言う通りになりましたよ」

晴れたインパールの空に向かって、歩きながら蓮見は言った。

まもなくインドは自由になる、という彼の遺言は本当に実現した。ボースが残した人たちの手によって。広大な国土、多数の宗教、言語、慣習を抱え込んだインドがいつ、どんな形で独立の日を迎えるかは、まだ分からない。けれども、もはや時計の針は戻らないだろう。

ちなみに蓮見自身の証言は、裁判にはそれほど寄与しなかった。寄与すればしたで責任の重みに耐えかねそうだったから、ちょうどよかった。

同時に、変わりゆくインドの様子が蓮見にある約束を思い出させてくれた。考えてみれば他愛ない約束だが、思い出せば気になってしょうがない。インド国民軍将校の裁判が終わってから二か月ちょっと、人から人へ話を聞いて回り、インパールに辿り着いた。

新聞売りに教えられた道順を早々に忘れてしまった蓮見は、当てもなく小振りな街の中心から郊外まで歩き回った。石の門柱の前で立ち止まり、汗を拭《ふ》く。

そこが小学校だった。門柱だけで塀はなく、運動場らしき広場の奥に切妻屋根の校舎がある。

蓮見の尋ね人は代用教員のような仕事をしているらしい。していなければ、どこへ行ったかを訊けばいい。これまでもそうやって足取りをたどってきた。これまでふたり、別人に行き当たった。今日で三人目になるかもしれないが、インド国民軍ラーニー・オブ・ジャンシー聯隊所属の元兵士は最大で五〇〇人だから、いずれは捜し当てられるはずだった。

気配に振り向く。記憶より大人びた目鼻立ちの女性が緑色のサリーを着て立っていた。右腕に教材らしき本の束をかかえている。

「お久しぶりです」

蓮見は言った。女性は少し首をかしげ、それから少し微笑んだ。

「お久しぶりです、蓮見さん」

ヴィーナ・クマールの返事には神戸の抑揚があった。


「いまお時間、大丈夫ですか」

「五分くらいなら。授業ありますねん」

久しぶりの再会なのにヴィーナはそっけない。日を改めてもよいが、蓮見としても訊きたいことを一言訊けば済む。五分なら多いくらいだ。

「メイミョーを出発してから今日まで、どうしていたのですか」

立ち話のまま、蓮見は問うた。彼女が蓮見の目の前で「デリーへ行け」という指導者の命令を受け、もう一年半ほどが経つ。ヴィーナは「思い出します」とちょっと俯いてから、話しはじめた。

インドには二か月ほどで到着した。日本軍を追う英軍部隊と何度か擦れ違ったが、衣服を土地の平服に替えていたから捕虜にされることはなかった。一度だけ英兵に乱暴されそうになったが、拳銃の銃床でどついて追い返した。聯隊の訓練で体力がついていたから道行きに困難はなかった。

インドではチャンドラ・ボースの名前を出せば衣食に不自由しなかった。そのまま歩いてデリーに入ったころ、戦争が終わった。再開された国際郵便でシンガポールの両親と連絡が取れ、いまは職を転々としながら帰る旅費を貯めている。

「それはそれは」

蓮見は心底から感心した。ヴィーナの説明は無味乾燥な概略だけだったが、簡単な旅でなかったことは容易に想像できた。思えばこの人がインドに到達できたのも、婦人部隊なんてのを発案した指導者の導きなのかもしれない。

「それで、ヴィーナさんにお尋ねしたいのですが」

「なんですやろ」

「インドに来て、分かりましたか。あれだけ行きたがっていた理由。教えてくれると約束してもらいました」

そんな些細なことを訊きたくて、日本に帰らずインドをほっつき歩いていたのか。我がことながら蓮見は内心で苦笑した。ただ戦争も独立闘争も取り上げられた空虚な身には、ほかにやることが、大袈裟《おおげさ》に言えば生きる動機がなかった。

「それが」

ヴィーナは照れくさそうに肩をすくめた。

「なんも分からへんかったんです」

蓮見は、目の前の女性を茫然と見つめた。危険な旅の末、何も得ていない。なのに奇妙なほど清々《すがすが》しい顔をしている。自分の足で立ち、いまは両親の元へ帰るべく働いている。それなりに悩みや面倒はあるだろうが、ヴィーナは迷いのない日々を送っているようだった。

「分からなかったのですね」

蓮見は笑った。そして気づいた。

それでよかったのだ。大義、あるいは指導者がいなくても、生きる理由を教えてもらわなくても、人は生きていけるのだ。そのための衝動は、常に人間の内に湧いている。

そして蓮見は少しだけ、ボースを憐《あわ》れに思った。彼が求め続けた自由は、突き詰めれば彼からの自由に逢着する。ひょっとすると自分のような煽動者が不要になる時代のために、ボースは戦っていたのかもしれない。

「日本中が焼けてしもたて聞いたんですけど、神戸がどうなったか知ってはります？」

今度はヴィーナが問うてきた。

「ひどい空襲があったそうです。詳しくはぼくも存じていませんが、市街は壊滅してしまったとか」

言い終える前から、ヴィーナの目には涙が膨らんでいた。神戸にも行かな、という小さな呟きが確かに聞こえた。その首からどこぞの神社のお守りが掛けられていることに、蓮見は今さら気付いた。

遠くでガラガラとハンドベルの音が鳴った。ヴィーナが「そろそろ」と校舎のほうへ目をやる。

蓮見は帳面と万年筆をいれてある背広の内ポケットに手を突っ込んだ。赤の他人でも尋常の再会でもない。別に下心はないが、連絡先を訊くとか渡すとか、あとで飯でもどうですかとか、そんなことを言おうとした。

「ではまた。どうかお元気で」

出てきたのは、全く別の言葉だった。

「ごきげんよう、蓮見さん」

ヴィーナは神戸に向かってにじませた目頭の涙を指先で拭い、微笑んだ。緑色のサリーを翻して蓮見とすれ違い、校舎へ歩いてゆく。

その背を、蓮見は見つめ続けた。

戦争は終わった。そこに至る経緯は困難を極め、ＧＨＱのきつい監視の下ではあるが、ともかく日本は自由の国になったらしい。

どうやらこれから、自分の人生が始まる。焦りも畏《おそ》れも、今はない。いずれ自分は何かを求めるのだろう。誰に憚《はばか》ることなく、そこへ向かって行けばいい。

「進めデリーへ《チエロ・デリー》、だな」

蓮見孝太郎が見上げた異国の空は、澄み渡っていた。

# 参考文献

ゴスペル・トレイン

『黒人霊歌とブルース　アメリカ黒人の信仰と神学』
ジェイムズ・H・コーン著　梶原寿訳／新教出版社
『クー・クラックス・クラン　白人至上主義結社KKKの正体』浜本隆三著／平凡社
『文語訳旧約聖書（岩波文庫）』／岩波書店
『勝海舟関係資料海舟日記4（江戸東京博物館史料叢書）』
勝海舟著　東京都江戸東京博物館都市歴史研究室編／東京都
『佐土原町史』佐土原町史編纂委員会編／佐土原町
『宮崎県大観』宮武喜三太編著／青潮社
『宮崎県五十年史』松尾宇一著／宮崎県五十年史編纂会
『薩軍佐土原隊長　島津啓次郎小伝』上村幸盛編／霧峰社
『宮崎県地方史研究紀要第十九輯』宮崎県立図書館編／宮崎県立図書館
『西南戦争従軍日誌・北譴日誌』小牧久渓著／河野ユキ
『西南戦争　西郷隆盛と日本最後の内戦』小川原正道著／中央公論新社
『薩南血涙史　西南戦争史料集』加治木常樹著／青潮社

虹の国の侍

『ハワイ日本人移民史』ハワイ日本人移民史刊行委員会編／布哇日系人連合協会

『ハワイ日本人移民史　1868-1952（明治元年－昭和二十七年）』川﨑壽著／ハワイ移民資料館仁保島村
『ハワイとフラの歴史物語　踊る東大助教授が教えてくれた』矢口祐人著／イカロス出版
『アメリカ黒人の歴史』ジェームス・M・バーダマン著　森本豊富訳／ＮＨＫ出版
『ハワイの歴史と文化　悲劇と誇りのモザイクの中で』矢口祐人著／中央公論新社
『ハワイ』山中速人著／岩波書店
『ハワイ王朝最後の女王』猿谷要著／文藝春秋
『ハワイ・さまよえる楽園　民族と国家の衝突』中嶋弓子著／東京書籍
「メレの中のハワイ語～ナー・プアア」ハワイ州観光局公式ポータルサイト allhawaii（オールハワイ）
https://www.allhawaii.jp/article/320/
『戊辰役戦史上巻』大山柏著／時事通信社

南洋の桜

『中島敦全集２』中島敦著　高橋英夫ほか編／筑摩書房
『アメリカ海兵隊　非営利型組織の自己革新』野中郁次郎著／中央公論新社
『忘れられた島々　「南洋群島」の現代史』井上亮著／平凡社
『日本を愛した植民地　南洋パラオの真実』荒井利子著／新潮社
『モデクゲイ　ミクロネシア・パラオの新宗教』青柳真智子著／新泉社
『第一次世界大戦と日本海軍　外交と軍事との連接』平間洋一著／慶應義塾大学出版会
『ミクロネシアを知るための60章第２版』印東道子編著／明石書店

『日本帝国と委任統治　南洋群島をめぐる国際政治　1914-1947』等松春夫著／名古屋大学出版会
『パスポートとビザの知識』春田哲吉著／有斐閣
『南洋庁施政十年史』南洋庁長官々房編／南洋庁長官々房
『ミクロネシア民族誌』松岡静雄著／岩波書店
『海軍大学教育　戦略・戦術道場の功罪（光人社NF文庫）』実松譲著／光人社
『日本陸海軍総合事典第2版』秦郁彦編／東京大学出版会
「エリス中佐変死事件――英雄は創られる」平間洋一筆（「日本歴史」通号587）
「エリス事件――日本海軍はエリス少佐を毒殺したか」平間洋一筆（「軍事史学」通巻91号）

黒い旗のもとに
『ニセチャイナ　中国傀儡政権　満洲・蒙疆・冀東・臨時・維新・南京』広中一成著／社会評論社
『馬賊　日中戦争史の側面』渡辺竜策著／中央公論社
『シベリア出兵　近代日本の忘れられた七年戦争』麻田雅文著／中央公論新社
『シベリア出兵「住民虐殺戦争」の真相』広岩近広著／花伝社
『回想のモンゴル　改版』梅棹忠夫著／中央公論新社
『最後の馬賊「帝国」の将軍・李守信』（電子書籍版）楊海英著／講談社
『モンゴルの歴史と文化（岩波文庫）』ハイシッヒ著　田中克彦訳／岩波書店
『モンゴルの歴史　遊牧民の誕生からモンゴル国まで（増補新版）』宮脇淳子著／刀水書房

進めデリーへ
『藤山一郎全集下　貴重な遺産』（CD）藤山一郎／日本コロムビア
『日印文化　創立35周年記念特集号』関西日印文化協会
『インド国民軍　もう一つの太平洋戦争』丸山静雄著／岩波書店
『革命家チャンドラ・ボース　祖国解放に燃えた英雄の生涯（光人社NF文庫）』
稲垣武著／潮書房光人社
『インド独立の志士「朝子」』笠井亮平著／白水社
『戦慄の記録インパール』NHKスペシャル取材班著／岩波書店
『F機関　アジア解放を夢みた特務機関長の手記』藤原岩市著／バジリコ
『近代インドの歴史』ビパン・チャンドラ著　粟屋利江訳／山川出版社
『世界の歴史19　インドと中近東』（電子書籍版）岩村忍、勝藤猛、近藤治著／河出書房新社
『日米全調査　ドーリットル空襲秘録』（電子書籍版）柴田武彦、原勝洋著／PHP研究所
『インパールを越えて　F機関とチャンドラ・ボースの夢』国塚一乗著／講談社
『日本軍占領下のシンガポール　華人虐殺事件の証明』
許雲樵、蔡史君編　田中宏、福永平和訳／青木書店
『シンガポールを知るための65章第4版』田村慶子編著／明石書店
「伊号第29潜水艦とスバス・チャンドラ・ボース」米田文孝、秋山暁勲筆／関西大学学術リポジトリ

初出

ゴスペル・トレイン　「小説 野性時代」二〇一九年一一月号
虹の国の侍　「小説 野性時代」二〇二〇年一一月号（掲載時タイトルは「虹の侍」）
南洋の桜　書き下ろし
黒い旗のもとに　書き下ろし
進めデリーへ　「小説 野性時代 特別編集」二〇二一年冬号

本書はフィクションであり、実在の個人、団体とは一切関係ありません。

作中で「サラリーマンの唄」の歌詞の一部を使用しております。歌詞使用にあたって、作詞者・太田哲城氏及びそのご関係者を探しましたが、刊行までに情報を得ることができませんでした。お心あたりのある方は、弊社オフィシャルサイト（https://www.kadokawa.co.jp/）「お問い合わせ」窓口までご連絡いただければ幸いです。

川越宗一（かわごえ　そういち）
1978年鹿児島県生まれ、大阪府出身。龍谷大学文学部史学科中退。2018年『天地に燦たり』で第25回松本清張賞を受賞しデビュー。19年刊行の『熱源』で第9回本屋が選ぶ時代小説大賞、第162回直木賞を受賞。23年に『パシヨン』で第18回中央公論文芸賞受賞。その他の著書に『海神の子』『見果てぬ王道』がある。


福音列車《ふくいんれっしゃ》

2023年11月2日　初版発行

著者／川越宗一《かわごえそういち》

発行者／山下直久

発行／株式会社KADOKAWA
〒102-8177　東京都千代田区富士見2-13-3
電話　0570-002-301（ナビダイヤル）

印刷所／大日本印刷株式会社

製本所／本間製本株式会社





●お問い合わせ
https://www.kadokawa.co.jp/（「お問い合わせ」へお進みください）
※内容によっては、お答えできない場合があります。
※サポートは日本国内のみとさせていただきます。
※Japanese text only

定価はカバーに表示してあります。




ISBN 978-4-04-112509-0　C0093